Las buenas amigas

Las buenas amigas

ANTON DISCLAFANI

Traducción de Ana Isabel Domínguez Palomo
y María del Mar Rodríguez Barrena

Barcelona • Madrid • Bogotá • Buenos Aires • Caracas • México D.F. • Miami • Montevideo • Santiago de Chile

Título original: *The After Party*
Traducción: Ana Isabel Domínguez Palomo
    y M.ª del Mar Rodríguez Barrena
1.ª edición: febrero de 2017

© 2016 by Anton DiSclafani
© Ediciones B, S. A., 2017
    Consell de Cent, 425-427 - 08009 Barcelona (España)
    www.edicionesb.com

Printed in Spain
ISBN: 978-84-666-6063-1
DL B 23548-2016

Impreso por Impreso por Unigraf, S. L.
Avda. Cámara de la industria, 38,
Pol. Ind. Arroyomolinos, n.º 1 - 28938 - Móstoles (Madrid)

*Para Peter Smith, que me ha acompañado
en todo momento mientras escribía este libro,
y en recuerdo de Peter DiSclafani, 1928-1990*

Prólogo

Son las mujeres quienes me siguen preguntando por Joan. Mujeres jóvenes, que han descubierto por azar su historia y mi participación en ella. Mujeres mayores, que acostumbraban a admirar sus fotografías en las columnas de sociedad: Joan la joya, siempre rutilante del brazo de algún hombre; Frank Sinatra, Dick Krueger, Diamond Glenn. Todas quieren saber quién era. Primero les digo que era la princesita rubia de Furlow Fortier. Adorada desde el primer momento.

Después se convirtió en la chica más famosa de Houston, en la chica de moda. Jamás entenderán qué se sentía estando en su presencia, pero intento describirlo. No había nada sutil en Joan, una mujer que nació para ser admirada. Era delgada, pero no un palo. Llevaba vestidos ceñidos para resaltar sus voluptuosas caderas, sus fuertes brazos y su famoso busto. Allí donde iba, corría el champán como si fuera una fuente. Lograba alegrar a los demás. Era guapa, desde luego, pero era mucho más. Irradiaba luz desde el interior.

Me detengo ahí. Quieren saber cómo desapareció. Pero no puedo contarles eso.

No les digo que quererla fue algo instintivo para mí, mi primer recuerdo. Fui su mejor amiga desde la infancia, su dama de compañía moderna, su hermana aunque no nos uniera la sangre.

Desapareció por primera vez en 1950, cuando cursábamos el último año de instituto. No tardamos mucho en descubrir que se había fugado a Hollywood para convertirse en una estrella. Y cualquiera que estuviese con ella en una habitación en aquella época habría creído que sería capaz de conseguirlo. Porque Joan era el sueño de cualquier persona en aquel entonces, ¿por qué no también del ejecutivo de algunos estudios de cine? Estuvo fuera un año entero, intentándolo, y después regresó, y la vida tal como la conocíamos retomó su órbita, con Joan en el luminoso y ardiente centro. Después de su paso por Hollywood, desapareció de mil formas distintas. Durante un día, durante una noche, durante una semana. Incluso cuando estaba conmigo daba la impresión de que se desvanecía.

Era una constante en nuestra amistad: ella se marchaba y yo la buscaba. Hasta que dejé de hacerlo.

Al principio, ambas éramos Joan. Joan Uno y Joan Dos cuando nuestras niñeras nos dejaron en la Escuela Elemental River Oaks el primer día de cole. Nuestra maestra, una chica rubia muy joven que enseñaba a leer y a colorear a los niños de los ricos hasta que su novio por fin le propusiera matrimonio, se detuvo mientras pasaba lista. Se detuvo al llegar a nosotras, las dos Joan. Una rubia; la otra morena. Una destinada a ser una belleza, algo evidente incluso en aquel entonces. La otra, morena, con rasgos definidos. Guapa sin más.

—¿Cuál es tu segundo nombre? —me preguntó. Yo era la morena.

—Cecilia —contesté. Tenía cinco años. Sabía cual era mi segundo nombre, mi dirección y mi número de teléfono.

—¿Y el tuyo? —preguntó al tiempo que se arrodillaba delante de Joan y le tomaba la mano como si de un frágil pajarillo se tratara.

Aparté la mano bronceada de Joan de la de la maestra. No me gustaba que la gente se tomara libertades con mi amiga, ni siquiera entonces. Estaba acostumbrada a ver que la gente quisiera tocarla. Lo entendía, pero no me gustaba.

—No tiene —contesté, y Joan asintió alegremente con la cabeza. No le asustaban los desconocidos, ni los hombres grandes con voces graves, ni nada en realidad. Había empezado con las clases de natación el año anterior y ya se lanzaba desde el trampolín de la piscina.

—No tengo.

—Bueno —replicó la maestra, con los brazos en jarras.

En mis recuerdos la veo con un vestido de color celeste con un delicado estampado floral y una melenita corta. Le vi el encaje de la combinación cuando se agachó para hablarnos. Era el año 1937, y seguro que estaba desesperada por casarse, desesperada por enseñar a leer a sus propios hijos, desesperada por enseñarlos a distinguir los alegres y brillantes colores del mundo.

—Pues de ahora en adelante vas a ser Cecilia. No, Cece. Suena mejor. Y tú... —Esbozó una reconfortante sonrisa mientras miraba a Joan—. No te preocupes, seguirás siendo Joan.

Nuestras madres no eran amigas, pero mantenían una relación cordial. Nos conocíamos porque nuestras niñeras, Idie y Dorie, eran hermanas. Habían tratado de buscar empleos que las mantuvieran juntas, en River Oaks, y lo habían conseguido, de manera que trabajaban apenas a una calle de distancia. Una con Mary Fortier y la otra con Raynalda Beirne, dos tipos de mujeres muy distintos. Las diferencias procedían del dinero, tal como sucede con muchas diferencias. Mary, la madre de Joan, había vivido una infancia pobre y sencilla en Littlefield, Tejas. Conoció al padre de Joan cuando estaba en el instituto, un hombre que era quince años mayor que ella, y que ya entonces era rico. Mary comprendió la magnitud de la buena suerte que había tenido, la escasa probabilidad de poder escapar del polvoriento y muerto Littlefield. Joan nació cuando Mary pensaba que sus años fértiles habían quedado atrás. Convirtió a Furlow en padre y a Mary en madre, y ambos progenitores parecían estarle agradecidos de por vida por haberles hecho semejante favor. Furlow, el dueño de una petrolera de Luisiana que había seguido ganando dinero durante la Gran Depresión, creía en la divina providencia, tal como suelen hacer los hombres afortunados, y la tardía llegada de Joan al mundo fue para él una prueba de que su vida estaba bendecida.

Mi familia también era rica, pero no al nivel de los Fortier. Mi madre era la heredera de una fortuna familiar y mi padre trabajaba como ejecutivo en Humble, aunque no era un profeta del petróleo como Furlow Fortier. El matrimonio de mi madre supuso para ella un declive en su modo de vida con respecto a su infancia. Había crecido con doncellas, mayordomos y niñeras en Savannah. En River Oaks solo contaba con una doncella y una niñera, y vivía en una casa que ni de lejos era la más grande.

Sin embargo, ambas mujeres habían llamado «Joan» a sus primogénitas. El gesto me parece ahora algo esperanzador. Joan. Un nombre muy elegante. Y también fuerte. Seguro que tuvieron la impresión de que estaban poniéndoles nombres masculinos a sus diminutas recién nacidas. Tal vez esperaban que sus hijas heredasen un mundo masculino, con todos los privilegios asociados a los hombres. Seguramente ni lo pensaran siquiera. Joan era el quinto nombre de niña más popular en 1932. Mary y mi madre nos llamaron Joan a ambas como lo hicieron todas las demás, porque eso era lo que la gente solía hacer: lo que hacían los demás.

Pero mejor retomar aquel primer día de cole. Aquella noche, después de que mi niñera, Idie, me hubiera dado la cena y me hubiera bañado, y después de que mi madre hubiera venido a meterme en la cama, le dije que me habían cambiado el nombre. Naturalmente, se enfadó. Mi madre siempre estaba enfadada. Pero el nombre se quedó conmigo y a partir de aquel momento Joan siguió siendo Joan, y yo fui Cece, apenas un nombre, más bien un sonido. Un siseo, una especie de silbido.

Me acostumbré a él.

1

1957

Joan estaba sentada en mi salón, en el sofá bajo de color naranja, bebiendo un martini sucio, su cóctel de costumbre. Era la segunda copa, pero siempre había aguantado el alcohol como un hombre. Durante aquel húmedo y caluroso día de mayo (porque los veranos siempre se adelantaban en Houston), nuestras vidas seguían siendo normales. En agosto, Joan ya habría desaparecido.

Joan y yo vivíamos a cinco minutos la una de la otra, todavía en River Oaks, el barrio más bonito de todo Houston, lleno de casas a cada cual más espectacular. Tenías la sensación de que eras una persona importante si vivías en River Oaks. Los jardines eran tan extensos que podrían ser prados; las casas, tan elegantes que podrían confundirse con castillos; y los céspedes y las explanadas estaban tan cuidadas que podrían estar en Versalles. Había otros barrios bonitos en Houston, claro que sí, pero West University no era tan rico y Shadyside no era lo bastante grande, parecía más una colección de casas que un barrio. River Oaks era otro mundo. Nada más pasar su frontera, te encontrabas en una tierra espectacular e interminable.

Yo tenía veinticinco años, era madre de un niño pequeño y me pasaba los días ocupándome de la casa, realizando visitas sociales y, en general, cumpliendo el papel de un ama de casa rica. Claro que ninguna de las mujeres casadas que vivíamos en River Oaks éramos otra cosa salvo amas de casa. ¿Qué más podíamos hacer? Pertenecía al Club de Jardinería de River Oaks, a la Liga Infantil de Houston y al Club de Lectura para Damas. Joan también, aunque no se tomaba en serio su membresía, ya que apenas acudía a las reuniones. Pero a nadie se le habría pasado por la cabeza suspender su condición de miembro. Joan era la hija de Mary Fortier, y Mary fue la reina de River Oaks en su época. Y, además, yo habría montado una escena.

Reclinada en mi sofá, Joan lucía un vestido camisero marrón de la temporada anterior, ceñido a la cintura con un cinturón rojo. El vestido era espantoso: pensado para el otoño, demasiado ancho en los hombros y con una tela recia que no la favorecía en absoluto. Joan no tenía estilo a la hora de vestirse. Yo siempre me encargaba de vestirla para las veladas formales. O las dependientas de Sakowitz enviaban conjuntos completos, desde los zapatos pasando por el vestido y la ropa interior hasta los pendientes, con una fotografía Polaroid en blanco y negro del conjunto completo prendida a la bolsa que lo contenía.

Yo era la que siempre iba mejor vestida de las dos. Ese día, aunque solo había salido de casa en una ocasión para asistir a una reunión de la Liga Infantil, llevaba una falda a la altura de la rodilla de tafetán azul que se movía conmigo al andar y que brotaba desde mi cintura como una flor. Lucir ropa bonita hacía que me sintiera más atrevida.

Solo tuve que inclinarme hacia delante para tocar el bajo de su vestido y Joan puso los ojos en blanco.

—Creo que lo que quieres decirme es: vamos a deshacernos de eso para los restos. Envíalo al cementerio de la ropa. —Soltó la copa en la mesita de cristal y acero inoxidable que tenía preparada para los cócteles, cruzó las manos detrás de la cabeza y se desperezó. Había algo masculino en la forma en la que Joan se movía. Como si no fuera cuidadosa con sus gestos, con sus extremidades. Echó un vistazo por el salón y lo miró todo, menos a mí. Se aburría—. ¿Dónde está Tommy? —preguntó con un deje cantarín y falso que me hizo pensar que la había malinterpretado por completo. Tal vez no se aburriera. Al mirarla fijamente, me di cuenta de que sus aclamados ojos castaños estaban un poco hinchados.

Me pilló mirándola y enarcó las cejas.

—¿Qué pasa? ¿Tengo un trozo de pollo entre los dientes? He almorzado enchiladas de pollo en el Felix's. Con acompañamiento de manteca de cerdo. En breve me convertiré en una enchilada... —Dejó la frase en el aire e hizo como que se quitaba algo invisible del regazo.

—¿Te encuentras bien?

—¿Seguro que no tengo un trocito de tortilla? —repuso, esquivando la pregunta con una broma. Separó los labios y dejó al descubierto dos preciosas hileras de dientes blanquísimos. Durante un segundo olvidé lo que le había preguntado, y después se me olvidó también por qué se lo había preguntado—. ¿Tommy? —insistió ella.

Llamé a Maria. Apareció enseguida, bajita y de piel oscura, con Tommy en la cadera. Maria era, técnicamente, nuestra ama de llaves, y ayudaba con Tommy. La gente, las mujeres de nuestro círculo social, creían que era raro que no tuviera más personal de servicio, una niñera para Tommy, y aunque me preocupaba que la gente creyera que no podíamos permitirnos una niñera, no quería una. La idea de que Tommy sufriera el escrutinio de otro desconocido, aunque trabajara a mi servicio, me inquietaba.

—Sabe andar —la reprendí—. Tommy, ven a saludar a la señorita Joan.

Si Tommy llegaba a hablar algún día... O mejor dicho: cuando Tommy comenzara a hablar, era muy probable que lo hiciera en inglés y en español por culpa de Maria. La mujer y yo nos comunicábamos con una mezcla de palabras y gestos.

Todos los criados con los que Joan y yo habíamos crecido eran de color, con algún que otro blanco de zonas rurales. La mayoría del servicio de River Oaks seguía siendo de color, descendientes de aquella primera generación, pero yo había recorrido todo Houston en busca de alguien que no me recordase a Idie.

Tommy me miró fijamente antes de extender una mano hacia Joan. Acababa de cumplir los tres años y todavía no había pronunciado una sola palabra inteligible. Adoraba a Joan. Adoraba muchísimas cosas: el agua, los perros y los toboganes. Un libro sobre un mono volador. La forma en la que yo le daba unas palmaditas en las mejillas y se las besaba, primero la izquierda y luego la derecha, justo antes de darle el beso de buenas noches. Sin embargo, a veces, me parecía, y ojalá que solo me lo pareciera a mí, que había cierto vacío en sus ojos, como si estuviera ausente.

Joan cruzó la estancia con tres zancadas y cogió a Tommy de los brazos de Maria.

—¿Para qué andar cuando te pueden llevar en brazos? —canturreó mientras le acariciaba el cuello y le alisaba el precioso pelo castaño contra la cabecita.

Los miré y me sentí feliz. Joan también parecía más contenta.

Era muy fácil sentirse feliz con Joan. Mi marido, Ray, estaba en el lugar que le correspondía en ese momento:

su oficina del centro. Pero volvería a casa pronto y, después, cuando Joan y yo nos hubiéramos cambiado de ropa y Ray se hubiera puesto algo más cómodo, saldríamos a la ciudad. Fingiríamos que éramos jóvenes de nuevo. Esa noche cenaríamos y beberíamos en el Cork Club. Bailaríamos y bromearíamos, con un renovado sentimiento de felicidad gracias al champán. Cada vez que Joan iba al club, las copas corrían a cargo de la casa y la gente se mostraba desesperada por estar a su lado, por conocerla, por conseguir su atención.

Sin embargo, de todos los lugares del mundo donde Joan podría estar, estaba allí, conmigo. En mi salón, con la mano de mi pequeño en la suya, intentando enseñarle a bailar. En cuestión de segundos, me pediría que pusiera música.

Siempre había un futuro con Joan. Otro instante que esperar. Tommy me miró y le sonreí. Parecía que, si bien no bailaba, al menos lo estaba intentando. Como si entendiera lo que Joan le pedía.

Joan estaba sentada en una inestable valla ese verano. Todas las chicas con las que solíamos relacionarnos ya se habían casado, habían tenido hijos y ocupado el lugar que se esperaba de ellas. Como yo. Desde el instituto, a Joan le acompañaba la reputación de ser una alocada, pero eso no importaba demasiado en Houston, no cuando se era joven. No si tenías dinero; la belleza también ayudaba. Y Joan disponía de ambas cosas. Otra ciudad no le habría perdonado su escapada a Hollywood: a saber con cuántos hombres habría estado o qué habría probado estando allí. Pero Houston era magnánima en todos los aspectos.

Sin embargo, ya no tenía dieciocho años. Y el mes anterior, en el aseo del Confederate House, escuché a Darlene Cooper decirle a Kenna Fields que Joan Fortier ya estaba talludita para llevar el pelo recogido en una coleta, como si fuera una niña pequeña.

Me quedé en el reservado, con la vista clavada en el papel de rayas blancas y negras, avergonzada. Una amiga mejor habría salido en tromba y le habría dicho a Darlene Cooper, de cuyo marido se sabía que era de la acera de enfrente, justo lo que pensaba de sus rumores baratos y de su vestido más barato todavía. Darlene formaba parte de nuestro círculo social desde el instituto. Ya debería saber que no tenía que hablar así.

Sin embargo, llevaba un tiempo escuchando muchos rumores acerca de Joan. Los hombres eran juguetes de los que se cansaba tras jugar con ellos un mes o dos. A nadie le importaba que no hubiera tenido un novio formal desde el instituto, pero conforme pasaban los años, la gente empezaba a murmurar. Había llegado el momento de que la estupenda Joan Fortier sentara la cabeza, eso era lo que pensaba todo el mundo.

Claro que yo tenía que escoger mis batallas. Esa no merecía la pena lucharla, eso fue lo que me dije, pero, en realidad, creía que Darlene podía tener razón.

Después de que Joan bailara con Tommy, se fue a casa para cambiarse de ropa. Reapareció varias horas más tarde, cruzando mi jardín a la carrera con un vestido de terciopelo azul y unos pendientes de perlas del tamaño de una nuez.

Yo salí de casa al oír su Cadillac por la calle y la vi saltar del coche verde claro antes de que Fred, su chófer de toda la vida, pudiera ayudarla.

—¡Tachán! —exclamó al acercarse descalza por el césped, en vez de hacerlo por el recto sendero de ladrillos. Llevaba los zapatos de tacón en la mano. Iba sin maquillar y sin peinar: parecía que acabara de levantarse de una de las hamacas junto a la piscina. Algo que seguramente fuera verdad.

Golpeé el suelo con un pie, irritada: llegaba cuarenta y cinco minutos tarde.

—Tenemos que irnos —le dije.

Me sonrió, se encogió de hombros como si nada y me besó en la mejilla. Capté el olor a coco de su aceite bronceador.

—¿Te has duchado por lo menos? —le pregunté—. ¿Te has bañado?

Se encogió de hombros de nuevo. Tenía los ojos desenfocados, como si hubiera pasado demasiado tiempo al sol.

—¿Para qué? —preguntó ella a su vez, y pasó junto a mí para entrar en la casa, donde soltó los zapatos, unos Ferragamo, en el duro suelo del vestíbulo.

La obligué a sentarse delante de mi tocador y, con el comentario de Darlene sobre la coleta en mente, le recogí el pelo en un moño francés. Le apliqué polvos en la frente, pero no usé el colorete porque ya tenía las mejillas rojas.

—Si pasas mucho tiempo al sol —le dije—, te convertirás en una langosta.

Joan no me hizo el menor caso y empezó a juguetear con una pulsera de diamantes que Furlow le había regalado cuando cumplió los veintitrés.

Sus padres seguían viviendo en la casa donde Joan había crecido, Evergreen; su padre tenía más de ochenta años y estaba perdiendo la cabeza; y Mary, su fiel compañera, se había convertido en cuidadora.

—No te muevas —susurré mientras rellenaba las cejas de Joan con un lápiz. De un tiempo a esa parte, Joan solo toleraba el maquillaje si yo se lo aplicaba. Conocía su cara mejor que la mía: el lunar en la sien derecha que cautivaba en vez de distraer; los afilados pómulos; la delicada lluvia de pecas en la frente que solo aparecía en verano.

—¿Te has enterado de lo de Daisy Mintz? —me preguntó.

Claro que sí. Daisy Mintz, Dillingworth de soltera, había provocado todo un escándalo en River Oaks hacía tres veranos al irse para casarse con un judío de Nueva York. Sus padres la habían desheredado, aunque brevemente. Al parecer, la fortuna de Mintz había apaciguado su rabia. La semana anterior, me había enterado gracias a nuestra amiga Ciela de que Daisy quería el divorcio. El señor Mintz había sido infiel, que era una historia tan antigua como el mundo. O más. Aburridísima a la fuerza.

—¿Qué se esperaba? Escogió la ostentación, el glamur y el dinero. Casi un desconocido. Y todo se ha ido al traste. —Joan se quedó callada—. De todas formas, parece muy desagradable todo —proseguí—. Quiere que el niño se quede con él. Menuda tontería —susurré mientras difuminaba un poco de base de maquillaje en su barbilla—. Los hijos tienen que estar con sus madres.

—Va a conseguir mucho dinero —dijo Joan de repente—. Muchísimo.

—¿Y qué? —Todos teníamos mucho dinero—. Ese niño va a crecer con unos padres que se odian. ¿Qué quería Daisy al irse con él?

—A lo mejor estaba enamorada.

—A lo mejor estaba cegada —repliqué.

—Ay, Cee —dijo Joan—, no seas un muermo. —Lo dijo sin maldad, no me sentí ofendida. De las dos, yo era un muermo. Me daba igual.

—Seré aburrida, pero al menos mi vida no se ha ido al traste.

—Daisy Dillingworth Mintz —dijo ella—. Varada en la gran isla de Manhattan.

—Estás acalorada —comenté al tiempo que le tocaba la frente con el dorso de la mano.

—¿En serio? Será cosa del tiempo. Parece que el sol ha salido solo para mí.

—A lo mejor es verdad —repliqué, y Joan sonrió, y hubo una total complicidad entre nosotras, una sensación de absoluta complacencia.

No hacía falta decir que el verano era la estación preferida de Joan. Le encantaba nadar, zambullirse y hacer cualquier cosa que estuviera relacionada con el agua. Las demás nos aburríamos con el calor, aunque estábamos acostumbradas a las temperaturas de Houston, pero Joan parecía haber nacido para ese clima.

—Ha podido ver mundo —dijo Joan, y al principio no supe de qué me estaba hablando—. Daisy —explicó, impaciente—. Durante tres años, ha conseguido hacer lo que ha querido.

—Ojalá haya resumido toda una vida en esos tres años.

El Hotel Shamrock era la joya de la corona del magnate petrolero Glenn McCarthy. Y era todo verde, sesenta y tres tonalidades de ese color para ser exactos: moqueta verde, sillones verdes, manteles verdes, cortinas verdes. Uniformes verdes. El hotel estaba junto al Centro Médico de Tejas que Monroe Dunaway había fundado y al que había legado diecinueve millones en su testamento. Así eran las cosas en Houston: había dinero por todas partes, y algunas personas hacían cosas buenas por él, como el señor Anderson, y algunas personas erigían edificios glamurosos y estrafalarios, como el señor McCarthy. El señor Anderson había ayudado a muchas más personas que el señor McCarthy, sin lugar a dudas, pero ¿dónde se lo pasaban mejor?

El resto del país estaba preocupado por los rusos, estaba preocupado por los comunistas entre nuestros vecinos, preocupado por los coreanos. Pero el petróleo de Houston se había llevado todas las preocupaciones. Ese era el lugar donde un soltero rico se había comprado un guepardo y había dejado que nadase en su piscina; donde un viudo loco importaba caviar y vodka de distintos sabores que luego servía en unas veladas salvajes en las que todos tenían que hablar con acento ruso; donde Jim West, apodado «Dólar de Plata», había lanzado monedas de plata desde su limusina antes de decirle al chófer que parase para contemplar cómo la multitud se volvía loca. Los grifos del Petroleum Club estaban chapados todos en oro de veinticuatro quilates. Había una cantidad limitada de oro en el mundo, no se podía regenerar. Y la mayor parte se encontraba en Houston, estaba convencida de ello.

Dejamos el coche con los aparcacoches y nos dirigimos directamente al Cork Club del Hotel Shamrock. Louis, nuestro camarero irlandés de pelo canoso, estaba allí, y me dio una copa de champán, a Joan le dio un martini sin hielo, y a Ray, un gin-tonic.

—Gracias, encanto —dijo Joan, y Ray deslizó unos cuantos billetes enrollados por la barra.

Esa noche estábamos todos presentes: la ya mencionada Darlene, ataviada con un vestido lavanda con, debía reconocerlo, un bonito escote corazón; Kenna, la mejor amiga de Darlene, que era muy agradable pero muy aburrida; y Graciela, a quien todos conocíamos como Ciela. Ciela fue un escándalo cuando nació, el fruto de la aventura de su padre con una guapa mexicana a la que conoció trabajando en las refinerías de petróleo de Tampico. Su ex había sido recompensada por el pecado: recibió la mayor compensación económica en un divorcio de la historia de Tejas. Aunque todo eso era agua pasada. Desde entonces, se estipulaban mayores compensaciones por divorcio, muchísimo mayores. Era Tejas: todo era más grande, siempre.

El padre de Ciela se había casado con la señorita, y seguía casado con ella, lo que tal vez habría supuesto el mayor escándalo de no ser tan poderoso como era. Todos tenían eso en común, salvo en mi caso: padres poderosos. Y maridos que también se convertirían en personas poderosas. Y nosotras los acompañaríamos.

Darlene besó a Joan en ambas mejillas antes de volverse hacia mí:

—Hace mucho que no te veo, Cece —dijo, y se echó a reír a carcajadas por la repetición. Ya iba borracha—. Te pareces a la mismísima Leslie Lynnton siguió, y aunque no me parecía en nada a Liz Taylor, salvo por el pelo oscuro, me complació el comentario. Todos habíamos visto *Gigante* al menos tres veces y nos emocionaba el hecho de que el personaje de James Dean estuviera inspirado en el propio Glenn McCarthy, aunque en público todos odiábamos a Edna Ferber y la imagen que había proyectado de Tejas.

Ciela, cuyo pelo se había vuelto tan rubio y tan repeinado que se parecía a una mexicana tanto como Marilyn Monroe, iba del brazo de su marido, y los maridos de Darlene y de Kenna estaban en el otro extremo de la estancia, fumando. Mi marido estaba a mi lado. Ray era un hombre callado, un poco reservado, y se sentía más cómodo junto a mí. No se podía decir que fuera tímido, pero no sentía la necesidad de ser el centro de atención, algo poco común en nuestro círculo de amistades.

La noche ya no estaba llena de oportunidades para las casadas, como lo estuvo en otra época, como debía seguir estándolo para Joan. Sin embargo, el champán era chispeante, los hombres eran guapos y fuertes, y la música nos elevó el ánimo. Yo lucía un precioso vestido plateado, sin tirantes, ceñido a la cintura. (Ray se ganaba bien la vida en Shell, pero mi madre me había legado su modesta fortuna, y por ese motivo lucía ropa increíble. Mi única extravagancia. Mi madre siempre se había negado a tocar el dinero, creía que mi padre debía ganar más. De modo que era mío, lo había recibido gracias a un legado de amargura y no por devoción materna. Estaba decidida a gastarlo por completo.) En la muñeca, llevaba el regalo que recibí al cumplir los catorce años: un exquisito reloj de diamantes que solo me ponía cuando me sentía esperanzada. Tal vez esa noche saliéramos al exterior, a la piscina del hotel, que era la piscina exterior de mayor tamaño del mundo, construida para poder realizar exhibiciones de esquí acuático. A Joan le encantaba zambullirse desde el trampolín más alto, decía que era como volar. O tal vez fuéramos a la Emerald Room, la sala de fiestas del hotel.

Charlé con Ciela, que tenía una hija, Tina, de la misma edad que Tommy, y hablamos de si enviaríamos o no a nuestros hijos a preescolar en otoño (cosa que yo no haría, porque ni se me pasaba por la cabeza arrojar a Tommy a los lobos de esa forma) mientras veíamos cómo Joan reinaba sobre su corte a unos pocos metros, riéndose, sonriendo y comportándose como si fuera lo más normal del mundo. Tal como era. Ray estaba a mi lado y él también la miraba, y me pregunté qué pensaba sobre Joan Fortier tras esa calma inquebrantable.

—¿Qué crees que está diciendo? preguntó Ciela al tiempo que seguía mi mirada. Su olor era una mezcla de Chanel N° 5, que todos nuestros maridos nos regalaban una vez al año, el día de los enamorados, y laca. Estaba segura de que yo olía casi igual, con un poco del jabón de burbujas de Tommy. El marido de Ciela, JJ, un hombre alto y afable de Lubbock, que me resultaba un poco atrevido, estaba en la barra, pidiendo otra copa.

Joan parecía demasiado alegre esa noche, al menos para mi gusto. Un poco alterada, casi a punto de perder el control.

—Con Joan nunca se sabe —contesté y bebí otro sorbo de champán.

JJ se colocó detrás de Ciela y la besó en la mejilla. Ella se sorprendió, como si acabara de aparecer de la nada. Sonreí y dejé que JJ me besara la mano; después, el brazo de Ray se enroscó en mi cintura y me condujo a la pista de baile. Ray nunca le besaría la mano a una mujer. Era una de las cosas que me gustaban de él: no le interesaban las galanterías.

—¿Quieres bailar? —me preguntó, y le sonreí, permitiendo que me arrastrara hasta el brillante suelo de madera de la pista de baile. Enseguida me animó. Una orquesta de cuatro integrantes tocaba una pieza lenta. No reconocí la música, pero eso daba igual. Apuré la copa de champán y la dejé, vacía, en la bandeja que un camarero de color sujetaba con una mano cubierta por un guante blanco.

A Ray le encantaba bailar. Era el motivo de que tolerase esas salidas nocturnas. De no ser por el baile, querría quedarse en casa, bebiendo whisky mientras leía una de sus biografías de presidentes. Pero, en la pista de baile, se convertía en otro hombre. Me sentía pequeña entre sus brazos, aunque era casi tan alta como Joan, con su casi metro setenta y cinco; pero Ray medía metro noventa y tenía una constitución fuerte. Encajaba entre sus brazos. Yo era atractiva, pero no guapa, y era lo bastante honesta para reconocer la diferencia. Seguía siendo delgada, pero el embarazo había redondeado mis formas, había hecho que mi cara estuviera más llena, me había dado más kilos y más curvas, me había anclado al mundo. Mi pelo era una lucha constante debido a la humedad de Tejas, pero tras los rulos y la sesión semanal en la peluquería, me enmarcaba la cara de una forma que me sentaba muy bien. Mis ojos castaños eran mi mayor atractivo, almendrados y brillantes; Ciela dijo en una ocasión que eran la envidia de todas, y aunque estaba borracha cuando lo dijo y seguramente ni se acordase de haberlo hecho, yo sí lo recordaba.

—Es estupendo —dije, y Ray me pegó a su cuerpo. El Cork Club se estaba llenando de gente a la que conocíamos y a la que no. Eso era lo mejor de ese lugar: solo los más ricos y los más populares conseguían entrar, y nunca se sabía a quién ibas a ver.

La orquesta empezó a tocar una pieza rápida y Ray me hizo girar hasta que su brazo quedó extendido, y en el segundo que tardó antes de hacerme regresar a él, vi a Joan con el rabillo del ojo. Joan, con un hombre al que no reconocí. Apoyé la barbilla en el duro hombro de Ray y los observé. Joan estaba de espaldas al resto de la estancia, algo muy raro en ella. Parecía que estuviera escondiendo a su acompañante.

Los demás queríamos el amor verdadero y un marido, y si no era el amor verdadero, tendríamos que conformarnos con el marido; pero Joan siempre se había contentado con pasar de un hombre a otro. Los periódicos la adoraban: solía aparecer en las columnas de sociedad (como «El Pregonero de la Ciudad», del *Houston Press*, o «El Trotacalles», del *Chronicle*), normalmente con un hombre y una foto. Pero esos hombres no eran nada serio, y tampoco eran desconocidos.

—Deja de mirar a Joan —me susurró Ray al oído, y volví a concentrarme en él. Joan, la verdad fuera dicha, era una pequeña disensión en nuestro matrimonio, aunque casi nunca hablábamos de ella.

—Solo te miraré a ti durante el resto de la noche —repliqué.

—Eso me gusta más —dijo Ray, que me hizo girar por la pista de baile en respuesta.

Ray me prometió durante la noche de nuestro compromiso que nunca me dejaría. Y, a cambio, pidió que le prometiera lo mismo, algo que me pareció absurdo. Los hombres dejaban a las mujeres; las mujeres nunca dejaban a los hombres, a menos que fueran tontas, y yo no lo era.

Me hizo girar de nuevo y me miró con una sonrisilla torcida, como solía hacer cuando había bebido, y sentí su mano, cálida y fuerte, cuando me volvió a atrapar. Seguía observándome atentamente. Ray me sorprendía con su enorme perspicacia. Una perspicacia a la que me costó acostumbrarme. Era capaz de entrar en una habitación y leerla en un segundo. En medio segundo.

—Cee —dijo en ese momento—, ¿te he perdido?

—Estoy aquí —le contesté, y me pegué más a él para poder observar a mi amiga sin que se diera cuenta.

Joan no se encontraba bien esa noche. Lo supe desde la tarde. En ese momento, veía mejor al hombre con el que estaba. Era alto y musculoso. Y desde luego que era un desconocido. No era guapo. Pero la belleza no le importaba a Joan. «Soy como Jesús —me dijo en una ocasión cuando le pregunté cómo era capaz de salir con hombres que eran tan poco adecuados para ella—. Los quiero a todos.»

Una pareja de bailarines se cruzó en nuestro camino y me ocultó a Joan y a su desconocido. Ray me besó en la mejilla y yo cerré los ojos y me dejé llevar por la música, perdida en la fusión de los cuerpos, en Ray, durante unos segundos.

Cuando abrí los ojos me sentía mareada, pero vi con absoluta claridad al alto desconocido mientras salía por la puerta situada junto al escenario, que conducía a las entrañas del club y del hotel, hasta una escalera; dicha escalera conducía a las habitaciones del Shamrock.

Recorrí el club con la mirada en busca de Joan y la vi cerca de la barra, fumando y riendo. Fue un alivio ver que me equivocaba.

En ese momento, Joan apagó el cigarro en un cenicero, se guardó el mechero en el bolso de satén y siguió al desconocido por la puerta. No me había equivocado.

La vida ya debería haberme enseñado a esas alturas que era impotente frente a Joan. Se trataba de una mujer adulta, una mujer adulta acostumbrada a salirse con la suya. Jamás le habían dicho que no. Desde luego, sus padres no lo hicieron. Ni los profesores. Mucho menos un hombre. Joan Fortier hacía lo que quería. Yo solo era su amiga.

2

Yo tenía quince años cuando mi madre murió. Era diciembre, casi Navidad. Una semana después del funeral, Joan y yo seguíamos en casa de mi madre, sin ir a clase, levantándonos a mediodía y acostándonos al amanecer. Joan ya me había dicho que me iría a vivir con los Fortier a Evergreen. Yo lo deseaba, fervientemente, pero no creía en sus palabras. Joan me quería, y yo la quería a ella, pero Mary y Furlow no eran mis padres.

Furlow vino a Tejas desde Luisiana para hacer fortuna cuando era muy joven, y decidió quedarse. Tejas le hacía eso a las personas: llegaban de visita y, de repente, un buen día descubrían que no podían marcharse. Construyó Evergreen como regalo de boda para Mary. Una mansión elegante al estilo de las antiguas plantaciones con enormes columnas en el porche, mecedoras y ventanas con contraventanas de color negro. El nombre era un homenaje a sus amadas magnolias, que flanqueaban la avenida de entrada.

Furlow y Mary querían que viviera con ellos porque yo cuidaba de Joan. Tenía acceso a lugares que a ellos les estaban vetados. Pero entonces yo no lo sabía. En aquella época era normal que la siguiera a las fiestas, que me asegurara de que volvía a casa a la hora convenida, que recortara estilismos que me parecían adecuados para ella de la revista *Harper's Bazaar* y se los diera a Mary para que los comprara.

Estaba dormida en la casa que había conocido desde mi nacimiento, con Joan a mi lado roncando con suavidad (nadie pensaría que una chica como Joan podía roncar, pero lo hacía), cuando llamaron al timbre. Al principio creí que se trataba de mi madre. Me senté en la cama, desorientada, con la boca seca a causa del vino blanco dulce que habíamos estado bebiendo hasta bien entrada la madrugada. La letra de la canción que llevábamos escuchando todo el otoño daba vueltas en mi cabeza: «Y entonces es cuando siempre estaré a tu lado, no solo durante una hora, no solo durante un día».

Por supuesto que no era mi madre. Mi madre estaba muerta.

—¿Cece? —Joan se había sentado también en la cama. Su voz tenía un deje soñoliento. Apoyó una cálida mejilla en mi hombro y así nos quedamos un instante.

El timbre sonó de nuevo, pero no hice ademán de levantarme. No había nadie en el mundo que me interesara ver. Solo quería seguir sentada allí, con Joan a mi lado, y olvidar todo lo que me aguardaba. El abogado de mi madre llevaba un tiempo llamando para concertar una cita. Estaban sus cosas (cosas y cosas y más cosas, cajitas de porcelana de Limoges, antiguos frascos de perfume y un guardarropa infinito) que debía organizar. Mi padre, que residía permanentemente en el Hotel Warwick, bien podría estar en Suiza. Yo sabía que estaba con su amante. Una mujer llamada Melane, con quien se casaría y se mudaría a Oklahoma en cuanto se secara la tinta del certificado de defunción de mi madre. No podía culparlo, pero tampoco me apetecía verlo.

Joan se levantó cuando el timbre sonó por tercera vez.

—Yo voy —dijo mientras recogía su bata del suelo.

Regresó al cabo de un momento con Mary, que examinó la habitación con la mirada, levantó la botella de vino vacía del tocador y torció el gesto. Joan, a quien su madre no podía ver, la imitó y me vi obligada a contener una carcajada.

Mary era la secretaria de la Liga Infantil. El año siguiente, según decía mi madre, sería la presidenta. Mi madre no entendía a Mary Fortier: Mary no era guapa, su familia no tenía dinero y, sin embargo, era poderosa. Una mujer como Mary no encajaba en la visión que mi madre tenía del mundo. Mary debería haber sido una persona insegura, llena de dudas.

—Es hora de irnos —anunció Mary. Por supuesto, yo no la llamaba Mary. Llevaba unas cuantas semanas viviendo con ellos en su casa cuando me dijo que la llamara por su nombre de pila, que los formalismos ya no eran necesarios. Sin embargo, la sugerencia se me antojó poco sincera, de manera que continué sin llamarla por su nombre de pila.

Seguí sentada en la cama como una niña pequeña y las observé recoger mis cosas, asintiendo o negando con la cabeza cuando Joan levantaba un bolso, una blusa o unas bailarinas.

—Por supuesto, vendremos después —dijo Mary— para hacer el resto del equipaje, pero, de momento, con esto será suficiente.

Sabía que nunca regresaría. Que unos desconocidos guardarían en cajas el resto de mis posesiones y me las enviarían. Todo lo demás, salvo la Biblia familiar y las joyas de mi madre, se vendería en una subasta pública.

—Es el día libre de Fred —anunció Mary mientras abría la puerta del copiloto, que era lo que siempre decía cuando conducía. Podía ser cierto o no.

A Mary le gustaba conducir, aunque estaba mejor visto que una mujer de su posición social tuviera chófer.

Me senté en el asiento trasero y Joan, en vez de sentarse al lado de su madre, se sentó conmigo detrás. Cerré los ojos y no volví a abrirlos hasta que Joan me tocó la rodilla.

Estábamos enfilando la avenida de gravilla roja de Evergreen. Oí el crujido de la gravilla bajo los neumáticos.

—Tu nueva vida —dijo Joan.

—Sí —repliqué—. Gracias.

Joan rio, pero cuando habló su voz era muy seria.

—Cee, jamás me des las gracias.

Una semana después, Joan me convenció de que saliéramos. Llevaba meses sin relacionarme con personas de mi edad, salvo por ella. Darlene, Kenna y Ciela habían asistido al funeral de mi madre, pero yo apenas les había dirigido la palabra.

—Te sentará bien —me aseguró Joan al tiempo que se pintaba los labios con un tono muy suave. Si elegía otro más fuerte, Mary lo notaría.

Joan, que era estudiante de segundo año en el Instituto Lamar, había sido invitada a formar parte del comité de bienvenida del instituto. También era animadora, una de las dos integrantes más jóvenes del grupo. Almorzaba en la mesa central de la cafetería, rodeada por los jugadores del equipo de fútbol. La invitaban a todas las fiestas, a todos los bailes. Sin Joan, yo no habría sido nadie. Una chica que tenía amistad con el grupo más popular gracias al hecho de que mi familia tenía dinero y vivía en River Oaks: una chica con una cara olvidable, con un nombre olvidable. Pero me libré de ese destino porque era la mejor amiga de Joan. Almorzaba con ella, asistía con ella a las fiestas y, normalmente, me beneficiaba por estar a su lado. Podría haberme sentido celosa, pero no ansiaba ser el centro de atención, no lo necesitaba. Necesitaba a Joan y la tenía.

La pubertad para algunas chicas era como una mecha que se prendía de repente. A los catorce años, cuando era alumna de primer año, los pechos de Joan adquirieron el tamaño de un par de melones. Eso fue lo que oí que decía un chico un día después de clase. Ya era la más guapa, la más rica, la más simpática, la más todo. A partir de aquel momento, también tenía el cuerpo de Carole Landis. Un cuerpo que la mayoría sabíamos, ya entonces, que jamás conseguiríamos ni por asomo.

Joan se sentía cómoda en su cuerpo. Otras chicas que se desarrollaban pronto encorvaban los hombros o llevaban los libros delante del pecho, pero ¿Joan? El primer día de instituto se puso un sujetador con copas puntiagudas, como hacían las estrellas de cine. Lo escondió en el bolso y se cambió en los servicios.

La noche en cuestión llevaba un vestido conocido, de color celeste con falda de vuelo. Sin embargo, el colgante que había elegido me resultaba desconocido. Era una estrellita de oro con un diamante en el centro. Descansaba, muy reluciente, en el hueco que separaba sus clavículas.

Acaricié la estrella mientras aguardábamos en la puerta de la casa frente a la que nos había dejado Fred.

—¿Y esto? —le pregunté.

—Ah —exclamó ella—. Me lo ha regalado papá.

—¿Por qué?

Ella se encogió de hombros y comprendí que estaba avergonzada de tener un padre que le hacía regalos sin un motivo concreto (solo por ser Joan) cuando mi propio padre parecía siquiera no existir a todos los efectos.

Joan llamó al timbre. Como nadie abría la puerta, lo hizo ella, y descubrimos una multitud de estudiantes en el interior. Un chico que había estado saliendo con Joan la agarró de la mano y la llevó escaleras arriba casi en cuanto entramos, mientras que yo me quedé junto al cuenco del ponche hasta que por fin localicé a Ciela. Hablamos de cosas sin importancia e intentamos fingir que no estábamos pendientes de aquellos que nos miraban.

—Joan lleva mucho rato arriba —comentó Ciela. Llevaba un vestido plisado de manga corta, con cuello. Casi parecía un uniforme escolar, salvo por el hecho de que era muy ceñido. Ciela se vestía como una sirena, pero no permitía que su novio, un estudiante de último curso, la tocara por debajo del sujetador. Sentí una punzada de celos. Esa noche se parecía a Lana Turner.

Me emborraché por culpa de la granadina y el whisky. La casa, situada en Tanglewood, era nueva y poco elegante. La fina moqueta azul que cubría el suelo parecía ya marrón bajo nuestros pies.

—Está hablando con Fitzy —dije.

Ciela me miró.

—¿En serio no sabes lo que están haciendo allí arriba?

—Estarán haciendo lo que les apetezca —respondí—. Joan hace lo que quiere. —Defender a Joan era instintivo.

Ciela asintió con la cabeza y bebió un sorbito de ponche.

—Desde luego —replicó al final. Me sonrió—. Desde luego.

En ese momento apareció Fitz en lo alto de la escalera y me hizo un gesto. Dejé a Ciela allí plantada, como si no hubiéramos estado en medio de una conversación.

—Joanie está un poco alterada —me dijo Fitz cuando estuve a su lado.

Aferré el pasamanos para guardar el equilibrio (estaba más borracha de lo que pensaba) y me percaté de que Fitz se pasaba una mano por su abundante mata de pelo negro y se lamía los labios, que tenía agrietados. A esa distancia, incluso le veía los pellejitos de lo resecos que los tenía.

—¿Dónde está? —pregunté.

Señaló con la cabeza en dirección a una puerta cerrada, situada en la parte superior de la escalera, que resultó ser un cuarto de baño.

Joan estaba sentada en el borde de la bañera. Había una vela encendida en una estantería emplazada sobre el lavabo, y el olor era asfixiante. La estancia estaba a oscuras salvo por la llama de la vela, pero sabía que era Joan quien estaba allí sentada, en silencio. La oscuridad me inquietaba desde la muerte de mi madre.

Encendí la luz y Joan me volvió la cara, un gesto inusual, que me resultó terrible. Me percaté al instante de que el colgante había desaparecido.

—¿Qué ha pasado?

Se encogió de hombros. El gesto pareció exagerado y descuidado, pero elegante en cierto modo. También estaba borracha.

—Nada —respondió.

Me senté en el inodoro, cuya tapa estaba bajada, tan cerca de Joan que nuestras desnudas pantorrillas se rozaban.

—Has perdido el colgante. —Le di unos golpecitos al hueco situado entre sus clavículas, el lugar donde antes brillaba la estrella, y ella dio un respingo. Cuando me miró lo hizo con los ojos desenfocados—. ¿Dónde estabas antes de venir al baño?

Al principio no me contestó y actuó como si ni siquiera me hubiera oído.

—En la habitación del fondo —respondió por fin—. Parece el dormitorio del hermano pequeño de alguien.

Era el dormitorio del hermano pequeño de alguien, decorado para que pareciera una estancia del Salvaje Oeste, con cojines en forma de caballos sobre la litera. La cama de abajo estaba deshecha, aunque el resto del dormitorio parecía impoluto. Encontré el colgante de Joan en la almohada, con el cierre roto.

Regresé al cuarto de baño, me arrodillé y le levanté la barbilla con el pulgar y el índice para obligarla a mirarme a los ojos.

—¿Te ha hecho daño? —le pregunté.

Por un instante, pareció que estaba a punto de decirme algo. Pero después negó con la cabeza. Sonrió.

—¿Fitzy? Dios, no. Solo estoy cansada y como una cuba. Ayúdame a levantarme. —Extendió los brazos y la tomé de las manos. Cuando las dos estuvimos de pie, le coloqué el colgante en la palma de una mano. Jamás se lo vi puesto de nuevo.

Aquel día fue cuando descubrí que Joan tenía secretos. Al principio, Joan me hablaba de su vida privada. De los chicos a los que besaba. La primera vez que dejó que un chico le tocara el sujetador, en octavo. Cuando sintió que a Fitz se le ponía dura mientras ella lo acariciaba. Pero a medida que crecíamos, me contaba menos cosas. El sexo se convirtió en su mundo privado.

Aquella noche me quedé dormida al lado de Joan, acompañada por el conocido sonido de su respiración. Me desperté en plena noche y me senté en la cama. No podía desterrar la sensación de que a Joan le había sucedido algo terrible en el dormitorio del niño, algo que me estaba ocultando.

—No pasa nada —dijo Joan con voz soñolienta—. Todo pasará, Cece. Pasará.

Me acostumbré a la vida en Evergreen. Al principio, me resultaba extraño. Al cabo de un mes, se había convertido en mi hogar. Qué rápido olvida la juventud. Y aunque jamás me sentí como la hija de Mary y Furlow, acabé queriéndolos. Me gusta pensar que ellos acabaron queriéndome a mí.

3

Joan hacía lo que quería, siempre lo había hecho. Cuando era pequeña encajaba con los deseos de Mary: Joan no era rebelde. Y Mary no era una mojigata. Nuestra hora de vuelta a casa era muy laxa. Podíamos acudir a todas las citas que quisiéramos, asistir a todos los bailes que quisiéramos, ir a todas las fiestas que nos apeteciera. Mary no controlaba a Joan de la misma manera que mi madre me había controlado a mí. Entrábamos y salíamos de Evergreen cuando nos apetecía, conducidas a todas partes por Fred, con los gastos pagados por Furlow. Joan tenía cuentas abiertas en las tiendas y los restaurantes que frecuentábamos, y todo lo que comprábamos se cargaba en dichas cuentas. Las transacciones eran invisibles a nuestros ojos.

Sin embargo, Joan empezó a cambiar el último año de instituto. Me contaba menos cosas. Salía a escondidas de nuestra habitación después de que yo me quedase dormida. Nunca olvidaré la vez que me desperté en la habitación que compartíamos y la espantosa sensación de pánico y de aislamiento que sentí al darme cuenta de que su cama estaba vacía.

Y, después, llegó nuestra presentación en sociedad. Todas habíamos esperado el baile durante años. Desde niñas. Joan estaba tan emocionada como todas las demás el verano anterior, cuando empezaron los preparativos.

—Este vestido —dijo durante una de las pruebas, mientras frotaba el satén blanco entre los dedos.

—¿Qué le pasa al vestido? —preguntó Ciela.

—Es como si nos casáramos. Como si nos hicieran desfilar delante de todos los solteros ricos de Houston para que puedan escoger entre todas nosotras.

—Esa es la idea —replicó Ciela, que se echó a reír, pero su voz tenía un deje tenso del que solo yo me percaté.

Era la idea sí, pero al mismo tiempo no lo era. Nos harían desfilar, por supuesto, y aunque algún apuesto y joven soltero pudiera fijarse en nosotras, no nos casaríamos al menos hasta dentro de tres o cuatro años. Dos como muy poco.

Todas nos volcamos con los vestidos blancos, pasamos horas con las modistas, que obraron milagros; todas ensayamos las reverencias, nuestras «genuflexiones tejanas», una y otra vez, y practicamos tanto que podríamos habernos postrado con los ojos cerrados ante el mismísimo presidente.

Joan estaba saliendo, cómo no, con el capitán del equipo de fútbol americano, un chico de pelo oscuro llamado John. Pasó cada vez más tiempo con él durante ese otoño, y menos conmigo, o con el resto de las chicas. Ciela dijo una semana antes, en la cafetería, mientras pedíamos el almuerzo, que Joan parecía hastiada de nosotras. Había empezado a desaparecer de nuestra mesa central durante el almuerzo. Supuse que para estar con John, aunque en realidad no lo sabía con seguridad. Fulminé a Ciela con la mirada hasta que esta levantó las manos en señal de rendición y se disculpó sin mucha sinceridad, pero no dejaba de pensar que tal vez tuviera razón.

—El efecto será despampanante —oí que Mary le decía a Joan una mañana, mientras bajaba a desayunar.

Faltaba un mes para el baile, que se celebraría en el Club de Campo de River Oaks, en diciembre. Por las noches cenábamos en el comedor formal, y por las mañanas, en la pequeña mesa de pino del comedor matinal, que estaba separado de la cocina por una estrecha puerta de vaivén—. Tendrás un aspecto etéreo —siguió Mary—. Como un ángel rubio. —Llevaba horas despierta, bebiendo café. Siempre esperaba para desayunar con nosotras.

Joan masculló algo mientras yo entraba en la cocina. Estaba encorvada sobre una tostada. Al verme, puso los ojos en blanco.

—Buenos días —me saludó Mary, que repasó mi atuendo. Nos obligaba a cambiarnos si creía que nuestras faldas eran demasiado cortas o nuestras blusas, demasiado transparentes. Satisfecha, se concentró de nuevo en su hija mientras Dorie, que en ese momento trabajaba como criada, me ofrecía sin mediar palabra un cuenco con copos de avena, otro con pasas y un vaso de leche, todo sin mirarme a los ojos.

Idie era la mejor de las dos hermanas. Tenía siete años menos, y era delicada y bonita; mientras que Dorie estaba entrada en carnes y era fuerte, con la mandíbula de un hombre. Siempre pensé que tuve a la mejor de las dos hermanas.

Yo nunca le había caído bien a Dorie, y le empecé a caer todavía peor después de que mi madre muriese e Idie dejara de trabajar para mi familia. Pero, de todas formas, sentía cierto afecto hacia ella. Sabía que echaba de menos tener a Idie al otro lado de la calle, tal como me pasaba a mí.

—Siéntate derecha, Joan —ordenó Mary—. Va a salirte joroba si te sientas de esa forma. Los hombros son muy sensibles. —Me sonrió cuando me senté—. Joan y yo estamos manteniendo una pequeña discusión.

—Ah... —Miré a Joan. Era viernes, en plena temporada de fútbol, de modo que llevaba su uniforme azul marino de animadora, el jersey azul con la L roja bordada y el pelo recogido en una coleta alta adornada con un lazo rojo. No parecía etérea, era demasiado voluptuosa para eso, pero sí que parecía un ángel rubio. Un ángel rubio muy bronceado.

—Sí, me temo que es la verdad. Joan ha decidido que no quiere ser presentada en sociedad. Al parecer, no quiere saber nada del baile.

Me atraganté con los copos de avena y Joan me miró un segundo con el ceño fruncido, aunque fue una mueca casi imperceptible. Pero era una novedad para mí: ¿cómo iba a defender a Joan cuando me pillaba desprevenida con decisiones así?

—Es una estupidez —adujo Joan al tiempo que enderezaba la espalda y se tensaba la coleta con calma. El único indicio de que estaba furiosa era el cuchillo, que apretaba con fuerza entre los dedos.

Me sentía dolida. ¿Cómo no estarlo? Llevábamos hablando del baile desde que éramos niñas. Durante meses, casi no habíamos hablado de otra cosa: vestidos, invitaciones y acompañantes. Cómo íbamos a peinarnos. Y al parecer, en ese momento, Joan no quería saber nada del tema.

—¿Una estupidez? —repitió Mary. Hablaba con voz tensa y tenía las mejillas sonrojadas. Era poco habitual ver a Mary descompuesta.

Joan emitió un sonido estrangulado pero, en un abrir y cerrar de ojos, pareció recobrar la compostura. Agitó una mano.

—De acuerdo —dijo—. Iré.

—Deberías... —empezó Mary, pero Joan la interrumpió.

—He dicho que iré. —Su tono cantarín era falso, y

comprendí que eso era peor, ya que no permitía que Mary pudiera discutir.

—En Littlefield —dijo Mary en voz baja— ni siquiera sabía lo que era un baile de debutantes. —Se echó a reír y miró a Joan con expresión esperanzada. Mary había permitido que la viera vulnerable, algo que no sucedía a menudo. Joan me miró y volvió a poner los ojos en blanco.

Por supuesto, Mary lo vio. Joan lo había hecho para que la viera. Mary se endureció una vez más, al punto.

—Pues claro que irás —sentenció Mary—. Irás y te lo pasarás bien. O no. Sea como sea, te comportarás.

Me sentí avergonzada por Joan. Mary le hablaba como si tuviera diez años. Joan clavó la vista en su plato. Yo no sabía si iba a echarse a llorar o a tener un arrebato de furia. En ese preciso momento, Furlow apareció en el vano de la puerta, y me debatí entre el alivio por la interrupción y la irritación por no ver cómo seguiría la discusión entre Mary y Joan. Suprimí el escandaloso impulso de echarme a reír cuando Furlow se sentó para dar buena cuenta del filete y los huevos que Dorie acababa de ponerle por delante.

—Joanie —dijo él después de cortar un trocito de filete y mojarlo en la yema del huevo. El desayuno de Furlow siempre lograba revolverme el estómago—. Lonny quiere que entregues un premio en la Feria de Ganado. Al mejor ternero, o algo del estilo. Tendrás que elegir algo bonito que ponerte. —Se echó a reír y me guiñó un ojo cuando se dio cuenta de que yo era la única que lo miraba. Tanto Joan como Mary tenían la vista clavada en su respectivo mantel individual.

Furlow era amable conmigo, me trataba como trataba a todos los demás: como a alguien con quien no tenía que preocuparse demasiado. Se movía por el mundo como un hombre que poseía un buen pedazo del mismo.

Llevaba diez años seguidos entre los cincuenta hombres más ricos de Tejas.

La Feria de Ganado y el Rodeo de Houston era el evento social de más calado de la ciudad, se celebraba en febrero y asistía todo el mundo. Empezaron a zumbarme los oídos al enterarme de que habían escogido a Joan para que entregase un premio. Iría de punta en blanco y saldría a la arena, donde todos la verían y la admirarían.

—¡Ah! —exclamó Mary—, a Joan no le interesa el tema. Todo ese asunto le resulta... —Guardó silencio y agitó las manos en el aire, como si estuviera espantando moscas—. Le resulta una estupidez.

Furlow soltó el tenedor, miró primero a su mujer y luego a su hija. Hizo ademán de decir algo, pero Joan se le adelantó.

—Lo haré, papá —dijo con dulzura—. Será un placer.

El ceño de Furlow desapareció y miró a Mary con una sonrisa. Aunque yo no era capaz de descifrar la tensión existente entre esos tres, sí captaba que se trataba de Joan y Furlow contra su mujer.

Mary se puso en pie.

—Pues claro que lo harás.

Joan la observó alejarse, con la cara blanca. Furlow, en cambio, terminó de desayunar en silencio. Pero sus ojos no se apartaron de su hija.

Comprendí que Furlow debería haber seguido a Mary. Que estaba escogiendo a Joan al quedarse sentado.

Fuimos al instituto en el asiento trasero del Packard plateado, conducido por Fred. Joan permanecería callada una temporada. No solía enfadarse a menudo, ¿qué motivos tenía para hacerlo? Llevaba una vida regalada. La navegaba con facilidad. Pero cuando se enfadaba, se quedaba callada.

—No sabía que no querías ir.

Se encogió de hombros.

—Me importa un pimiento el dichoso baile.

Esperé un segundo.

—¿Y qué te importa?

Me miró.

—A veces, la odio. —Apartó la vista—. Lo siento. Ni siquiera tienes... —Dejó la frase en el aire.

—¿Ni siquiera tengo madre? —Me había quedado de piedra: Joan nunca se disculpaba—. No —convine—. Pero eso da igual. Cuéntamelo. —Era lo único que siempre había querido, que Joan me contara cosas: algo, todo.

Vi que Joan debatía consigo misma si explicarse o no. Creía que no lo haría, de modo que me acomodé en el asiento, decepcionada. Pero al final habló.

—Odio su mundo. Presidenta de la Liga Infantil, tesorera del Club de Jardinería. —Hizo una pausa y miró por la ventana—. La petarda más grande de River Oaks.

—¡Joan! —Nunca la había oído decir algo así de su madre.

—¿Qué pasa? Odio su mundo, y creo que ella me odia. —Jugueteó con uno de los colgantes de su pulsera, un nadador de oro macizo en el momento de la zambullida.

—No te odia —la contradije—. Lo que pasa es que no te comprende.

—¿Qué hay que comprender? No quiero ser como ella.

—¿Por qué? —La vida de Mary parecía casi perfecta, salvo por el hecho de que no era guapa. De pequeña se me pasó por la cabeza que si mi madre y ella hubieran sido la misma persona, habría sido un ser perfecto: la belleza de mi madre y el poder y la desenvoltura social de Mary.

Joan era dicha persona, me di cuenta en ese momento. Guapa y poderosa. Sería como su madre, heredaría la posición social de Mary, y su belleza solo aumentaría su poder. Era imposible que anhelara otra cosa, no había otra cosa que las chicas como nosotras deseáramos.

—Es lo que tú quieres, ¿verdad? Los mismos amigos, toda la vida. La fiesta de Navidad todos los diciembres, la merienda campestre del Cuatro de Julio todos los veranos. Galveston para cambiar de aires. Un almuerzo semanal. Niños —añadió, casi como si se le hubiera ocurrido en el último momento.

Aunque no quería ser cruel, sus palabras fueron hirientes. Yo quería tener hijos. Todas queríamos tener hijos. Necesitábamos familias, porque, de lo contrario, iríamos a la deriva. Necesitábamos hogares en los que tener dicha familia. Pero no dije nada de eso. De repente, me sentí tonta.

—Serás mi amiga toda la vida —dije. «Ojalá», pensé.

—Pues claro que sí —repuso Joan, impaciente. La había perdido—. Si no sabes a lo que me refiero, no puedo explicártelo. Da igual —dijo, y abrió el bolso, del que sacó una barra de labios que era demasiado oscura para llevarla delante de Mary. «Llamativa», la habría llamado.

Metí la mano en el bolso y saqué la polvera, que sostuve en alto mientras Joan ponía una mueca y se pintaba los labios de un rojo subido.

—¿Qué quieres en realidad? —le pregunté, y Joan apartó la vista de su reflejo y la clavó en mi cara, sorprendida.

—Quiero lo que tú no quieres —contestó en voz baja—. Quiero irme.

—¿Por qué dices eso? —pregunté, con voz chillona.

Pensé en nuestros vestidos de debutantes, ambos confeccionados en París, una ciudad que Joan había dicho de visitar juntas el año siguiente, después de nuestra graduación. El mío tenía un hombro al descubierto, mientras que el suyo tenía un delicado fruncido en la cintura. Los dos eran de seda. Los dos eran la clase de vestido que te ponías una vez en la vida si tenías suerte.

—Ah, no estoy hablando en serio. —Pero solo me estaba tranquilizando—. Venga —dijo—, deja que te pinte los labios. —Y sin pensar, estiré los labios de forma que me cubrieran los dientes y dejé que me los pintara de un rojo muy vulgar que me quitaría en cuanto llegáramos al instituto.

—Dices que quieres irte. Pero ¿adónde te irías?

—A algún sitio en el que nunca haya estado. A algún sitio donde nadie pueda seguirme —añadió.

Se refería a Mary, supuse. Pero fui incapaz de no aplicarme el cuento: «A algún sitio donde tú no puedas seguirme».

—¿Qué harías cuando estuvieras allí? —pregunté en voz baja.

Joan se limitó a mirarme. Esa mañana estaba en otro mundo.

—Cosas que nunca haya hecho antes —contestó. Estábamos llegando a Lamar. Una compañera de clase, Daisy, nos saludó con la mano.

Joan le devolvió el saludo y esbozó una sonrisa deslumbrante, como si no acabara de discutir con Mary, como si no acabara de decirme que quería dejar todo eso, incluida a mí, atrás.

Subíamos la escalera del instituto cuando Joan me agarró de la manga de repente.

—¿Dónde has conseguido esta ropa? —me preguntó. Lucía un vestido granate ceñido a la cintura, con botones de nácar por delante.

—En Sakowitz.

—Pero ¿de dónde lo han sacado ellos? —insistió al tiempo que meneaba la cabeza.

—No sé dónde lo han conseguido. A lo mejor en Houston.

—Pero ¿de dónde sacan las ideas? No de Houston. ¿De dónde sacas tú las ideas para la ropa?

Estábamos ya al final de la escalera. Con el rabillo del ojo me di cuenta de que Ciela me estaba esperando. Íbamos a la misma clase.

—Supongo que de las revistas. De *Vogue, Harper's...* —Se me saltaron las lágrimas, aunque sabía que era una estupidez llorar. Pero no entendía qué me estaba preguntando.

—Sí —dijo ella—. ¡Sí! —Pegó su cara a la mía—. Eso es. Quiero ir al lugar donde están las ideas.

—¿Quieres ir a Nueva York? Pero si no te interesa la moda.

Golpeó el suelo con el pie y me la imaginé de pequeña, enfadada porque no había conseguido salirse con la suya en algo.

—Nueva York, Chicago, algún lugar grande. Algún otro lugar. Y no por la ropa. Por el mundo.

Me dio un beso en la mejilla y sentí su aliento cálido en la oreja. Luego se marchó. John la esperaba al otro lado de las puertas de cristal y ella le dejó los libros en los brazos antes de darle unas palmaditas en el hombro. Me fijé en que no lo besó en la mejilla. Joan tenía mucho cuidado con lo que hacía con los chicos en sitios públicos.

—Bonitos labios —comentó Ciela cuando llegué a su lado, y me llevé la mano a la boca, avergonzada—. ¿A qué ha venido eso?

Me encogí de hombros.

—Joan cree que quiere irse a Nueva York. —Me sentía como una chica mala. Experimenté cierto placer al revelarle los planes de Joan a Ciela, al hacer que parecieran frívolos.

Ciela se echó a reír.

—¿A Nueva York? ¿Qué quiere hacer allí?

Intenté imaginármelo: Joan en una esquina con mucho tráfico, a la espera de un taxi. Mi idea de Nueva York se la debía a las películas. ¿Cómo podía preferir las multitudes y la suciedad cuando tenía Evergreen? Habría mucha gente, tendría que mezclarse con todas esas personas. ¿De verdad quería irse? En Houston era una estrella. La veía justo por delante de nosotras, en el pasillo, cogida del brazo de John. Los grupos, de chicas y de chicos, en varias fases a punto de convertirse en mujeres y hombres, se apartaban para dejar paso a John y a Joan, nuestros reyes. John podría ser cualquier hombre guapo. Era reemplazable. Pero no así Joan.

—Supongo —comenzó Ciela mientras se volvía hacia la clase de la señora Green y yo hacia los servicios situados al otro lado del pasillo— que conocería a muchos hombres.

4

1957

¿He logrado describir bien cómo era nuestro grupo? Todos éramos iguales. Por supuesto, había jerarquías. El dinero, la familia y la belleza. Pero ninguno de nosotros nos alejábamos mucho del centro. Éramos hijos e hijas del petróleo, algunos de forma más directa que otros. Joan, por ejemplo, llevaba el petróleo en su apellido. Como Ciela. El resto teníamos padres y maridos que trabajaban para gente que llevaba el petróleo en sus apellidos.

Salvo por River Oaks y unos cuantos vecindarios más, Bayou City solo era una ciénaga carente de encanto en la que de repente habían crecido altos edificios, regados por el petróleo.

Esso, Shell, Gulf, Humble. Nuestros hombres trabajaban en el centro, en altos edificios plagados de trajes y corbatas incluso en el mes de agosto. Si eras abogado, trabajabas como abogado, y si eras médico, trabajabas como médico para los empleados de las petroleras. Te encontrabas en el Houston Club para disfrutar de ese licor ambarino y hacer negocios. Yo vi en una ocasión el petróleo. Cuando éramos pequeñas, tendríamos ocho o nueve años, Furlow nos llevó a Joan y a mí a uno de sus campos petrolíferos, al este de Tejas. Supuestamente nos iba a llevar al cine, una actividad del Club Lúdico, algo que a veces hacíamos los sábados. Normalmente consistía en una película de dibujos animados, seguida por un documental de la guerra. Pero se produjo una alarma por polio — a un niño que vivía cerca del canal se la habían diagnosticado poco antes—, y nuestras madres no querían que nos acercáramos a lugares concurridos.

Furlow nos dejó meter los dedos en un barril. Yo lo hice con cuidado, porque no quería ensuciarme el vestido (tendría que pagar las consecuencias después), Joan lo hizo sin pensar. No me pareció gran cosa.

—Aceitoso —comentó Joan, y Furlow se echó a reír.

Pero yo levanté la mano hacia el sol y medité al respecto. Joan tenía petróleo y yo no.

En Houston no había una vieja guardia garante de las tradiciones. Nuestros padres lo eran. La alta sociedad de la mayor parte del país se habría reído de nosotros, pero en Houston nuestros apellidos tenían peso, aunque fuésemos la primera generación. En Houston teníamos peso y lo sabíamos, y cuidábamos mucho dicha posición. Tal vez nos pusiéramos un poco tontas cuando bebíamos, pero siempre tratábamos de no cometer descuidos. No consumíamos drogas. Guardábamos los calmantes que nos habían recetado en casa, en el botiquín, donde debían estar. No seguíamos a los hombres mayores hasta el cuartos de baño ni nos tragábamos lo que nos hubieran puesto en la palma de la mano. Sabíamos que en otros sitios sí lo hacían. En Nueva York, en Los Ángeles. En las grandes ciudades. Pero ¿nosotros? El alcohol nos bastaba. Nos relajaba. Nos hacía sentir vivos.

Tampoco nos relacionábamos con desconocidos. De ahí que el hombre de Joan me pusiera nerviosa. Por supuesto que aparecían desconocidos a todas horas. Socios de negocios de nuestros maridos que acaban de mudarse desde San Diego, desde Oklahoma City e incluso en una ocasión llegó uno desde Londres. Los admitíamos porque habían sido examinados a fondo. Los conocíamos por referencias.

Muchas historias comenzaban cuando un forastero llegaba a la ciudad. Incluyendo a ese, aunque no de la manera que creí al principio. No comprendí nuestra historia, cómo comenzó realmente, hasta que transcurrieron muchos años, cuando me alejé lo suficiente para verlo con claridad. Tal vez un desconocido se limita a revelar lo que siempre ha estado ahí, oculto a simple vista.

Ray, por su parte, estaba harto de la idea de que Joan debería ser más cuidadosa.

—¿No está Joan siempre hablando con algún hombre? —comentó cuando saqué el tema la mañana siguiente a la velada—. Nunca le ha pasado nada. —Había clavado la vista en algún punto situado detrás de mí, como acostumbraba a hacer cuando estaba irritado.

No llamé a Joan, porque con ella me movía con pies de plomo. Había ciertas cosas que no me contaba, al menos no en un primer momento, y ese hombre parecía entrar en dicha categoría.

El lunes por la mañana me desperté, me arropé los hombros con el cobertor (a Ray le gustaba poner al máximo el aire acondicionado por la noche) y traté de desterrar el rostro de Joan de mi mente.

¿Qué estaría haciendo en ese preciso instante? Durmiendo, en su cama. Ojalá hubiera abandonado el Shamrock de forma discreta, por una puerta trasera. Ojalá lo hubieran hecho por separado. Sentí que Ray se movía a mi lado y, después, repasé todas las cosas que debía hacer ese día. Llamar a Darlene y preguntarle si quería que fuéramos juntas a la reunión del Club de Jardinería.

Siempre podía contar con ella para ese tipo de cosas. Llevar a Tommy al parque. Hacer la lista de la compra para Maria, que iba todos los lunes al Jamail's. Planear el menú semanal.

Siempre trataba de mantenerme ocupada. Cuando no lo estaba, me descubría al borde de una desesperación peligrosa que siempre parecía estar allí, bajo la superficie. Pensaba en ella como si fuera el suelo debajo de un coche. Cuando era una adolescente, acepté una cita con un chico que no era de River Oaks. El coche con el que fue a recogerme estaba tan viejo que veía el asfalto por los agujeros de la parte inferior. Aquella imagen me entristeció muchísimo y fingí que me había puesto enferma.

—El estómago —dije—. Lo tengo delicado.

—Delicado —repitió él en voz baja.

Dio media vuelta en silencio y me llevó de vuelta a la mansión de mi familia suplente, a mi hogar prestado. Aquel momento se me quedó grabado. Su patética expresión, furiosa y dolida. El suelo que desaparecía velozmente bajo mis pies.

A esas alturas, tenía una casa que organizar, una criada que supervisar, un hijo y un marido a los que atender. Era infinitamente mejor no ver nunca el sucio suelo pasar bajo mis pies. Estaba allí, sí, pero ¿para qué detenerme a mirarlo?

La vida antes de Tommy apenas resultaba memorable. ¿Qué hacía yo entonces con todo aquel tiempo?

La mayoría de los días me levantaba antes de las seis para poder desayunar con Ray antes de que se fuera al trabajo. Ray podría haberse preparado solo el desayuno, por supuesto, pero yo intentaba vivir mi vida de forma radicalmente opuesta a como mi madre había vivido la suya. Me levantaba, me cepillaba los dientes y me recogía el pelo en un moño suelto. Casi ninguna mujer permitía que su marido la viera sin maquillar, pero a mí me gustaba pensar que Ray y yo estábamos demasiado unidos como para caer en eso. Le daba unos golpecitos a Ray en el hombro antes de marcharme («Arriba, campeón», le susurraba) y después me detenía en el dormitorio de Tommy. Ya estaba de pie en su cuna, con su pelele azul, esperando que lo cogiera en brazos. Su silueta en la penumbra del amanecer siempre me emocionaba. En aquel entonces, ya se mostraba más cariñoso, me permitía que le acariciara la mejilla con la nariz, que le cubriera de besos la frente. Le encantaba jugar con el cinturón de mi bata de seda.

Había llegado el momento de cambiarlo a una cama de verdad, pero me negaba a hacerlo hasta que supiera hablar. Me parecía más seguro de esa forma, mantenerlo confinado hasta que pudiera llamarme si me necesitaba. Ese día, apoyó su cálida mejilla en mi hombro y así nos quedamos un momento, completamente inmóviles. Ese sería mi único momento tranquilo del día.

Cuando Ray se reunió con nosotros en la cocina, Tommy ya estaba sentado en su trona con una tostada. Ray nos saludó con un beso y se sentó delante del plato que le había preparado. Tommy, que estaba a su lado, extendió una mano, la agitó y lo miró con gesto expectante. «Pídelo», pensé, pero no lo dije. Era algo que había oído que otras madres les decían a sus hijos, aunque por supuesto se lo decían a unos niños que sabían hablar. Ray lo entendió de todas formas y dejó una cucharada de huevos revueltos y un trozo de beicon en la bandeja de la trona.

—Ciela nos invita a Clear Lake en agosto —dije, en cambio.

—Una semana entera con JJ.

Sonreí.

—Yo también estaré. Y Tommy. Y creo que unas cuantas parejas más.

Desayunamos sumidos en un agradable silencio. Ray

hojeaba el periódico y, de vez en cuando, nos leía algo en voz alta.

—¿Hemos acabado? —le pregunté a Tommy mientras humedecía un paño—. Sí —añadí al tiempo que le limpiaba la cara—, hemos acabado. —Tommy extendió las manos para que se las limpiara a continuación. Ése era el tipo de gesto que me daba esperanzas.

Estábamos acostumbrados a vernos todas las mañanas. No recordaba haber visto jamás a mis padres de esa manera, hablando durante una hora mientras desayunaban. Para mí significaba mucho que Ray y yo tuviéramos ese tipo de cordialidad. Y todo parecía más esperanzador a la luz de la mañana, incluso de aquella mañana, si bien Joan me tenía de los nervios. Que Tommy no intentara hablar con nosotros, y que ni siquiera balbuceara; que pareciera más interesado en la trona, en sus manos, en el pájaro que se había posado al otro lado de la ventana que en nosotros... Bueno, era nuestro hijo. Lo que nos diera me parecía suficiente.

Sin embargo, seguía preguntándome cuándo llamaría Joan. ¿Me habría excedido llamándola esa semana? Todas las amistades tienen sus límites. Eso es lo que creo: antes, ahora y siempre. Una mujer es más poderosa que la otra. Pero debía ser algo muy sutil. Porque si había una diferencia demasiado grande, como la que existía entre Darlene y yo, era imposible entablar una amistad verdadera. Pero incluso con las amistades más profundas, como la mía con Joan, una mujer siempre necesitaba menos a la otra. Joan no se pasaba los días preguntándose cuándo la llamaría yo. Si quería oír mi voz, cogía el teléfono.

Darlene me respondió la llamada para hablar de la reunión del Club de Jardinería al día siguiente. Empezábamos a planear la Ruta de las Azaleas del año siguiente, un evento durante el cual los forasteros que visitaban River Oaks recorrían nuestras casas, y Darlene aprovechó para invitarse esa noche a tomarse unos cócteles.

—Es que estamos a mitad de la semana —señalé, tratando de encontrar el modo de librarme de ella. Me encontraba en el despacho de Ray, hablando a través del segundo supletorio del teléfono, una extravagancia.

Era una excusa muy tonta, porque acostumbrábamos a recibir visitas entre semana. Pero no me importaba en absoluto la posibilidad de ofender a Darlene. De forma distraída, saqué uno de los libros de Ray de la estantería. Una biografía de Abraham Lincoln.

—Maria está en su casa porque está enferma. Y esta semana estoy liadísima. —En el grupo me conocían por ser la que iba de frente, la que decía las cosas con franqueza, a la que no le importaba herir sentimientos.

Joan se reía cuando me describían de esa manera, decía que yo era el alma más sensible que conocía, y tal vez lo fuera, pero, a veces, todos los rituales y la parafernalia que involucraba la condición de ser mujer me agotaban. Y en ese momento estaba agotada. Tommy no tardaría en despertarse de la siesta y le había prometido ir al parque. Lo último que me apetecía era aguantar a Darlene mientras nos tomábamos un *gin-tonic*.

—Ah, ¿sí? Igual que yo. ¿Joan también está muy liada? —Parecía alegre.

En ese momento me la imaginaba perfectamente: a cinco kilómetros de distancia, en su salón decorado con tonos blancos y negros, enrollándose el cable del teléfono en un dedo. Iría vestida de blanco. Aunque jamás lo admitiría, le gustaba ir a juego con los muebles cuando estaba en casa. Absurdo, pero cierto. Sonriendo. Estaría sonriendo. Un gesto felino. Porque me había pillado.

Una hora y media después, tras una apresurada visita al parque, durante la cual Tommy había estado mirando a otros niños mientras estos jugaban, si bien me había permitido que lo columpiara, Darlene se sentaba en mi salón, en el lugar que siempre ocupaba Joan en mi querido sofá naranja, que me habían hecho a medida en Nueva York.

Ray, que había vuelto pronto a casa del trabajo, estaba fuera, preparando unos filetes en la barbacoa. Cuando le dije que Darlene iba a visitarnos y que me sentía irritada, se encogió de hombros y me preparó un cóctel de ginebra con zumo de lima.

Lo veía desde el sitio donde me encontraba. Estaba silbando, y me imaginé cuál era la canción. Tommy estaba jugando muy tranquilamente con un trenecito de madera que siempre llevaba consigo desde diciembre. Le encantaba ese trenecito en concreto, un regalo de Navidad de los padres de Ray. Los padres de Ray eran amables, pero completamente leales a la hermana de Ray, Debbie, que vivía en Tulsa con sus cuatro hijos, cada cual más rubio que el anterior. Los veíamos una vez al año, en Navidad. Yo nunca había visto la casa de mi cuñada, pero imaginaba que sería tan perfecta y aburrida como la misma Debbie. Desde el principio, quedó claro que los Buchanan se dedicarían en cuerpo y alma a Debbie, no a Ray y, por extensión, no a mí. Se limitaban a seguir la regla tradicional: tras el matrimonio, las hijas seguían siendo leales a sus madres, mientras que los hijos trasladaban su lealtad a sus esposas.

La coctelera metálica estaba preparada, así como un platito con galletitas saladas, pepinillos en vinagre y queso. Tenía un juego de vasos de cóctel de Russel Wright, adornados con burbujas doradas y granates, pero no pensaba sacarlos para Darlene. Ésta merecía los vasos sin adornos. Sin embargo, esa actitud me hacía más daño a mí que a ella. Darlene sí se habría fijado en los vasos, a diferencia de Joan.

La había recibido en la puerta principal y, en ese momento, estaba sentada frente a mí. Llevaba unos pantalones capri estrechos de color blanco y una blusa blanca sin mangas. Sus ojos, que siempre habían sido pequeños, casi como los de un pájaro, estaban profusamente delineados con lápiz de color negro, y las mejillas le brillaban por el colorete. Jamás había visto a Darlene sin maquillar. Era una de esas mujeres que se arreglaba la cara antes de hacer cualquier otra cosa, y que se desmaquillaba sólo cuando su marido estaba dormido.

De repente, la odié. Asentí con la cabeza a algo que dijo sobre el Club de Jardinería, sobre el divorcio que se le avecinaba, y bebí un sorbo del cóctel. Mantuve la ginebra en la boca un segundo más de lo necesario, hasta que sentí la quemazón del alcohol, y después tragué.

—Bueno, Darlene, cuéntame —dije—. ¿Qué noticias hay?

La vi trazar el borde del vaso con la yema de un dedo, cuya uña estaba pintada de color rosa claro.

—En fin —contestó ella, que hizo una pausa, bebió un sorbo del cóctel y alargó el momento todo lo que pudo—. El domingo por la tarde vieron a un hombre salir de casa de Joan. —Enarcó una ceja y no pudo contener la sonrisa.

—Ah, ¿sí? —Traté de disimular la impresión que sentía. Joan jamás llevaba a hombres a su casa. Salía con hombres. Si se trataba del mismo hombre con el que la había visto en el Shamrock, eso quería decir que no solo se lo había llevado a casa, sino que había estado con él tres días, según mis apresurados cálculos.

Intenté mantener la calma. Eché un vistazo por mi salón. Naranja con pinceladas azules. Todo era sencillo, moderno. No había ni rastro del mundo de mi madre. Los recargados y antiguos canapés y las vitrinas, todo de estilo victoriano. Los colores apagados y oscuros. La sensación de estar viviendo con muebles prestados, algo que invariablemente conducía a la sensación de que se estaba viviendo una vida prestada.

Así era como debía ser una habitación: moderna, refrescante y sencilla. Había trabajado con un diseñador de interiores para decorarla poco después de mudarnos. Era la estancia que recibía más luz, más sol, más energía. Me encantaba. Ray me había cogido en brazos mientras cruzaba el umbral y me había llevado hasta ese salón cuando era una novia muy joven. Recordaba que me sentí en casa por primera vez en mi vida. Era el único lugar donde había vivido que no era ni de Joan ni de mi madre.

Percibí la mirada de Darlene sobre mí. Casi había apurado el cóctel. Podría haberle servido otro, eso habría sido lo cortés.

Me incliné hacia delante y le dije en voz baja:

—Ah, Darlene —parecía estar hablándole a una niña pequeña—, ese hombre era un socio de Furlow. Pero creo que ya es hora de que vuelvas a casa. Tengo que acostar a Tommy dentro de un rato. —Me puse en pie, me ajusté el cinturón. Me había puesto de punta en blanco y había malgastado un conjunto por culpa de Darlene. No era mi mejor conjunto, pero eso era lo de menos. Observé a Darlene mientras trataba de reunir las piezas del rompecabezas.

¿Qué acababa de pasar? ¿Cómo era posible que hubiera pasado de ser la portadora de una valiosa información a que la despacharan de esa forma de casa de Cece Buchanan antes incluso de apurar el cóctel?

Agité la mano a modo de despedida mientras ella daba marcha atrás por el camino de entrada y di un respingo al ver que pisaba con la rueda el césped que rodeaba el buzón. No era una buena conductora. En realidad, ninguna lo éramos. Supuestamente, no debíamos preocuparnos por los coches ni por nuestra forma de conducir, así que no lo hacíamos.

Por un instante, me preocupó la idea de que Darlene llamara a Kenna, o a Ciela, o a alguien más del grupo (Crystal Carruthers o Jean Hill) y le contara algún sórdido secreto sobre mí. Pero no era tan tonta. Jamás le había revelado a nadie, salvo a Joan, información esencial sobre mí misma.

Además, tenía calada a Darlene. No era ni cruel ni agradable, ni lista ni tonta. No era espectacular en ningún aspecto, pero aspiraba a serlo. Joan era espectacular. Joan era un objetivo. Siempre lo había sido, siempre lo sería para las mujeres como Darlene. Yo no era espectacular, pero tampoco era digna de ser envidiada, salvo cuando estaba cerca de Joan.

Darlene se marcharía a casa, se quitaría los zapatos, se serviría una copa de vino, se sentaría en su sofá de cuero blanco y llamaría a Kenna para relatarle mi insulto y retratarse de forma virtuosa —¡solo trataba de ayudar a la pobre Joan!—, y ella y Kenna se pasarían media hora hablando, una hora, mientras sus criadas preparaban la cena y las niñeras bañaban a los niños. Al día siguiente, Darlene habría olvidado que Cece Buchanan prácticamente la había echado de su casa.

Podría haber sido más cruel con ella, podría haberle dicho exactamente qué opinaba en vez de obligarla a marcharse. Casi todos queríamos lo que no podíamos tener. Darlene quería ser más popular que Joan. Yo quería que Tommy hablara.

También quería que Joan se comportara. Siempre era la comidilla de la ciudad. Si Darlene sabía que habían visto a un hombre salir de su casa, lo sabría todo el mundo. Le diría a cualquiera que me preguntara que era un socio de Furlow, pero nadie me creería.

Seguí en el vano de la puerta un instante más. En el interior me aguardaba una serie de tareas: la cena, el baño de Tommy, acostarlo, leerle el libro por el que apenas demostraba interés. Recogerlo todo, limpiar. Hablar un rato con Ray. Pero después de defender a Joan, me sentía poderosa. Examiné mi jardín delantero. La hiedra podada que crecía a ambos lados del camino de entrada, los lirios de la mañana blancos y los dompedros rosas. Dentro de poco todo se habría marchitado y achicharrado por el calor de Tejas. Pero todavía no.

Ray y yo nos sentamos junto a la piscina después de acostar a Tommy. Por la noche se estaba mejor fuera.

—He puesto a Tommy delante de Roy Rogers —dijo Ray—. Creo que le ha gustado.

—¿A quién no le gusta *Trigger*? —repliqué y Ray chasqueó la lengua. No quería hablar de Tommy esa noche. Me pregunté cuánto interés habría demostrado por la televisión. Ray y yo estábamos divididos con respecto a nuestro hijo. Él no soportaba pensar que pudiera pasarle algo malo. «Yo también tardé mucho en hablar», decía. O «Será una estrella del fútbol, no un lumbrera».

—¿Qué planes tienes para mañana? —me preguntó Ray, que era lo que siempre me preguntaba por las noches.

Enumeré mis planes: almorzar con las chicas, la reunión del Club de Jardinería. Las minucias del matrimonio. Las minucias de la vida. Eran esas minucias las que me consolaban. Jamás había tenido a una persona que se interesara por mí antes de conocer a Ray. Joan no estaba hecha para las minucias.

Le rocé la mano con suavidad y él me miró con una intensidad que no esperaba.

—¿Crees que Tommy se siente solo? —me preguntó.

Supe que llevaba un tiempo esperando para hacerme esa pregunta. O tal vez no exactamente esa pregunta. Lo que de verdad quería preguntar era cuándo intentaríamos tener otro hijo. Si bien aún no era un problema, sí que era algo preocupante, algo por lo que pasábamos de puntillas. Casi todos nuestros amigos habían empezado a intentarlo de nuevo cuando sus hijos cumplieron dos años. Hacerlo antes sería visto como un desliz. Después, sugería que había problemas. Tommy ya tenía tres años.

Mi secreto era que necesitaba que Tommy empezara a hablar antes de ir a por el segundo. Quería asegurarme de que nuestro siguiente hijo hablara. Quería estar segura. No podía decírselo a Ray, pero me preguntaba si el silencio de Tommy era un reflejo de mi forma de cuidarlo. Si no era lo bastante cariñosa, lo bastante maternal; si Tommy percibía algo que yo no veía. Al fin y al cabo, había descubierto el valor del silencio gracias a mi madre. Cuanto menos hablara yo, menos posibilidades había de que ella se ofendiera.

Ray me diría que todo eso eran tonterías, que me había entregado por completo a Tommy, que cualquiera vería lo mucho que Tommy me quería. Yo quería creer que eran tonterías, pero, a veces, en los momentos más tenebrosos, no podía.

—Se relaciona con otros niños —le recordé, y percibí la desilusión de Ray por no haber contestado su pregunta, por eludir el tema. Pero ¿cómo no iba a hacerlo? Me sentía avergonzada. Por no albergar más esperanzas. Por la idea de que otro niño despertara miedo en mi corazón en vez de amor.

—Es cierto —replicó Ray en voz baja.

Me acomodé en la tumbona y cerré los ojos. El aire olía a cloro, a césped recién cortado y a dompedros. El olor del verano.

«Otra noche —me dije—, reuniré el valor suficiente para darle otra respuesta a Ray. Una respuesta honesta. Para enseñarle un trocito de mi corazón.» Pero esa noche estaba ocupada con Joan y no fui capaz de realizar el esfuerzo que requería mantener una conversación seria.

Ray se puso en pie, se inclinó y me besó en la frente.

—Buenas noches —dijo—. No te acuestes muy tarde.

—No lo haré —le prometí.

Pronto entraría. Estaba agotada y el nuevo día comenzaría dentro de unas pocas horas, me sintiera descansada o no.

5

1957

En cuanto Maria apareció por la puerta a la mañana siguiente, yo salí.

—Vuelvo enseguida —le dije por encima del hombro, y me escabullí antes de que Tommy se percatara de lo que estaba haciendo. No acostumbraba a tener berrinches, pero a veces se aferraba a mi pierna y lloraba, y cuando lo hacía me resultaba casi imposible marcharme.

Un jardinero cortaba el césped al otro lado de la calle, despacio y de forma metódica. Salvo por eso, el vecindario seguía en silencio, ya que era demasiado temprano para que los niños estuvieran despiertos, chapoteando en las piscinas o correteando con pistolas de agua. River Oaks era un barrio para familias, con jardines pensados para largos juegos del escondite, para columpios y balancines. Al menos, los jardines traseros. Porque los jardines delanteros estaban pensados para ser vistos.

La casa de Joan era cinco veces más grande de lo que necesitaba: era la única soltera de todo River Oaks que no vivía con sus padres. Siempre creí que su marido se mudaría a ese lugar cuando se casaran, pero ningún hombre decente iba a querer a Joan si de verdad se relacionaba con desconocidos.

Pasé por la casa donde crecí de camino a la de Joan, una casa que en ese momento era propiedad de una familia a la que no conocía. Era una antigua construcción de estilo colonial, que se erigía, altiva y fuerte como un soldado, con blancas columnas, grandes ventanales y contraventanas. Recordaba a mi madre sentada en el alféizar de una de esas ventanas, fumando mientras me decía que fumar era vulgar y que si alguna vez me pillaba haciéndolo, me retorcería el cuello. Sin embargo, me pilló en una ocasión, y no me retorció el cuello. De hecho, pareció no importarle en lo más mínimo. En ese preciso momento, el jazmín estrellado que mi madre había plantado y guiado por un cenador estaba en flor. Yo acostumbraba a olerlo por la ventana de mi dormitorio.

Llamé al timbre de Joan y oí cómo el zumbido eléctrico resonaba en la casa de altos techos. Era una construcción de estilo español, muy amplia, con tejas rojas y un jardín de rosas que daba a la piscina. Nunca había pisado el jardín.

Esperé. Tal vez despertase a Joan, que no solía madrugar, pero me daba igual.

Sari abrió la puerta. Era alemana y llevaba con Joan desde nuestra época posterior al instituto, cuando vivíamos juntas. Todas las demás criadas de River Oaks eran de color, pero Mary Fortier se las había apañado para encontrarle a su hija una criada alemana.

—He venido a ver a Joan —anuncié, y Sari frunció el ceño mientras me saludaba. Era lo bastante mayor como para ser mi abuela, y no creo que la haya visto sonreír en la vida. Sari hacía que Alemania pareciese un lugar que no quería visitar. Normalmente, Joan abría la puerta en persona.

Vi el gato blanco de Joan, sordo como una tapia, cruzar el vestíbulo y supe, de repente, que Joan estaba en la planta alta con él. Con el desconocido de perfil desagradable. Darlene dijo que lo vieron irse el domingo; eso quería decir que el hombre iba y venía a su antojo. Al menos, no había un coche desconocido en el camino de entrada.

—Está con alguien, ¿verdad? —Extendí el brazo y apoyé la mano en el marco de la puerta.

Sari miró mi mano y luego a mí.

—Está indispuesta —respondió ella.

Olí el pan recién horneado en la cocina. Observé el espacioso vestíbulo de Joan, detrás de Sari. Me fijé en el jarrón con rosas amarillas recién cortadas que descansaba en el taquillón, junto a una bandeja de plata llena con el correo del día anterior. Era un montón alto con revistas y reconocí la esquina roja del *Time*, al que Ray estaba suscrito. Joan era la única mujer que conocía que se aseguraba de leerlo, y nos deleitaba los almuerzos de señoras con las noticias del día.

—Sé que está en casa —dije, y detesté el deje de mi voz, quejumbroso, incluso celoso. Sabía que Sari era lo bastante avezada como para no contarme nada, pero empezaba a alterarme mucho la idea de que Joan estuviera en la casa, con él. A saber lo que quería de ella. ¿Y qué quería ella de él? Joan no era una niña. Sabía que no debía hacer algo así. Retrocedí, alejándome de la puerta—. Dile que he venido a verla —le ordené. Levanté la mano para despedirme.

En una ocasión, cuando éramos pequeñas, estábamos jugando en casa de Joan (casi siempre estábamos en Evergreen, con Dorie e Idie) y levanté la vista del foso que estaba construyendo en el arenero y vi que Joan había desaparecido. Debíamos de tener unos cuatro años, lo bastante pequeñas para que el recuerdo fuera confuso, pero lo bastante grandes para recordarlo. Idie y Dorie estaban sentadas a la sombra de un enorme roble, con vasos de limonada, charlando. Recuerdo sentir alivio al ver que no estaban preocupadas.

Me levanté, ya que la arena que hacía un momento no me había molestado me resultaba irritante de repente, casi insoportable, y me acerqué a Idie.

—¿Dónde está Joanie? —pregunté, y seguro que mi voz sonó preocupada, porque Idie se quedó callada y me tomó la mano un momento.

Dorie y ella olían a la misma loción, algo que me confundía, ya que yo solo quería a Idie. Desde muy pequeña comprendía que Idie sabía cómo lidiar con mi madre, cómo contrarrestar sus cambios de humor, cómo protegerme de ella. Prefería la compañía de Idie a la de mi madre, la prefería a casi la de todo el mundo, menos a la de Joan. Era una adulta en cuya presencia me sentía a salvo, claro que no lo habría expresado de esa forma cuando era niña. En aquel entonces, yo solo sabía que la quería.

—Está dentro —contestó Idie—. Ahora vuelve.

—Quiero estar con ella. —Sentí el escozor de las lágrimas en los ojos.

—No puedes tenerla. —La voz de Dorie. Me pegué a las rodillas de Idie y me rodeé con su brazo. Dorie era seria, mayor que Idie y más peligrosa. Joan y yo rara vez la hacíamos enfadar—. Está en la casa. Volverá enseguida. Pero hasta que lo haga, no puedes tenerla. —Se recostó en la silla, ya que había terminado conmigo.

La amenaza de las lágrimas desapareció. Reemplazadas por la rabia.

—Puedo tenerla cuando me apetezca —dije.

Idie fue la primera en echarse a reír, seguida de Dorie, que meneó la cabeza.

—Pues claro, niña —dijo una y otra vez—. Pues claro.

Por supuesto, no podía tener a Joan cada vez que me apeteciera, ni en aquel entonces ni ahora ni en cualquier otro momento. Se trataba de una lección que debería haber aprendido pronto: Joan nunca sería del todo mía.

6

1957

Pasaron unas noches y estaba acostada en mi cama, despierta, consciente de que iba a llamar a Joan. Se había portado bien durante mucho tiempo. Pero ese comportamiento (subir a hurtadillas a una habitación del Shamrock, llevar a un hombre a su casa, pasar días con él) me alarmaba. Había estado a punto de perderla en una ocasión, el año que regresó de Hollywood. No supe cómo ayudarla.

En esta ocasión, la había dejado tranquila todo lo que me había sido posible, con la esperanza de que fuera ella quien viniera a mí. No me convenía hacerle demasiadas preguntas. Pero no había venido a buscarme, de manera que dejé en la cama a mi marido, que estaba dormido, y recorrí descalza el pasillo hacia su despacho.

Antes le eché un vistazo a Tommy. ¿Sería posible pasar por delante del dormitorio de tu hijo de noche sin entrar a comprobar que seguía respirando? Seguía haciéndolo, de forma pausada y profunda, con la misma cadencia que la de un reloj.

Después de haber sufrido los crujidos del viejo parquet de madera de la casa de mi infancia, le dije al diseñador de interiores que instalara una gruesa moqueta beis en todas las estancias salvo en la cocina. Sobre dicha moqueta descansaban alfombras de pelo largo de colores intensos, diseminadas por toda la casa. Era imposible no caminar sobre una superficie blandita en mi hogar.

Tras entrar en el despacho de Ray, cerré la puerta, me serví un dedo de su whisky y me lo bebí de un trago. Odiaba el sabor, pero me gustaba el efecto.

Casi me había dado por vencida y estaba a punto de colgar cuando Joan contestó.

—Hola —dijo—. Solo puedes ser Cece si llamas a estas horas. —No parecía borracha. No parecía de ninguna manera. Parecía ella misma, tal vez un poco molesta.

Me dejé caer en el mullido sillón de cuero del escritorio de Ray. Tenía la impresión de que los huesos se me habían licuado.

—Soy Cece. Yo...

—Por supuesto que lo eres. —Exhaló el aire y supe que estaba fumando. Yo asociaba el humo con Joan, el olor del tabaco, la visión de una mujer llevándose un cigarro a los labios.

—¿Recuerdas cuando me enseñaste a fumar? —le pregunté.

—¿Es algo que se pueda enseñar? —replicó ella.

—Estábamos en Evergreen. Creo que teníamos trece años.

—Doce —me corrigió—, teníamos doce. —Me encantó que lo recordara—. Vomitaste en el césped y me asusté por la posibilidad de ser la responsable de tu muerte. —Se echó a reír—. Pero eres dura.

—Te preocupabas por mí —repuse—. Me dijiste que me cambiara para que Dorie no oliera nada en la ropa, y después convenciste a nuestras madres de que me dejaran pasar esa noche en tu casa, aunque al día siguiente teníamos clase.

—No querías irte a casa —me recordó Joan—. Nunca querías irte a casa.

Era cierto. No quería irme. El humo me había revuelto el estómago y había vomitado detrás de un cobertizo del jardín. Joan me frotó la espalda y me dio un paño húmedo para que me lo pusiera en la frente. De esa manera, conseguí dormir con ella aquella noche.

—Le robaba los cigarros a mi padre —siguió ella—. Él nunca los contaba. Mi madre sí. —Suspiró—. Y ahora mi padre no sabe quién soy.

—Todavía te quiere —le aseguré. Porque lo creía. Querer a Joan era algo instintivo para Furlow.

Joan guardó silencio un instante.

—Supongo que sí. No lo sé. Pero es tarde. Muy tarde. A mí no se me ocurriría llamarte a esta hora. Podría despertar a Tommy.

Esperé. Sentía que la cara me ardía.

—Así que, ¿qué es lo que quieres saber esta noche? ¿Si estoy bien? Estoy bien. Solo necesitaba pasar un tiempo a solas.

—Pero no estás sola —señalé mientras acariciaba el borde del grueso vaso de cristal con un dedo.

Joan guardó silencio. Cuando habló, lo hizo con resignación.

—¿Alguna vez te has parado a pensar el tiempo que has malgastado preocupándote por mí?

—Soy tu amiga.

—Ya tengo una madre —replicó ella como si no me hubiera oído—. Tengo una madre que se preocupa por mí. No necesito dos.

Sentí sus palabras físicamente: un golpe en el pecho. O no, no era eso. Era más bien todo lo contrario a eso. Una repentina falta de aire en los pulmones. Como si me los hubieran perforado. ¿Sería consciente del poder que tenía? Seguro que sí. Seguro que lo sabía.

—Pero eres un encanto por preocuparte —añadió, justo cuando estaba a punto de invadirme la desesperación. El truco de nuestra amistad, tal vez: Joan era capaz de ser cruel, podía ser irritable, temperamental y tratarme como yo jamás la trataría a ella. Pero nunca se pasaba de la raya. Siempre reculaba.

—Bueno, pero... —Dejé la frase en el aire—. Ten cuidado. Por favor.

—Y ahora tengo que dejarte. —Y colgó.

A esas alturas, no podría conciliar el sueño. Me levanté y acaricié con un dedo los lomos de los libros de Ray. Saqué uno. Volví a dejarlo en su sitio sin haberme fijado en absoluto en él.

Tras los años transcurridos, sabía que preocuparme por Joan era un poco como estar enamorada. Su ausencia era dolorosa. Escuchar su voz, ver su cara... me sentía renacer. Como si hubiera revivido.

A Ray no le gustaría que hubiera llamado a Joan en plena noche. Ni que bebiera whisky solo como si fuera un hombre. Yo también estaba furiosa conmigo misma; ¡eran las tres de la madrugada! Tendría que levantarme dentro de tres horas, y había estado malgastando el tiempo con Joan, con los problemas de Joan, con la vida de Joan. Me enderecé.

—Ya está bien —dije.

Entré en el dormitorio de Tommy para echarle otro vistazo antes de meterme en la cama al lado de Ray. Joan me buscaría con el tiempo. Siempre lo hacía. El hombre se iría. Siempre lo hacían.

Debería haberla buscado llegadas a ese punto. De haber sabido todo lo que ocurriría a lo largo de las siguientes semanas, lo habría hecho. Tal vez no habría evitado nada. Joan ya había emprendido su particular camino mucho tiempo antes.

Algunos dirían que solo se limitaba a cumplir su destino. Pero los destinos pueden cambiarse. Al fin y al cabo, Joan había cambiado el mío.

7

Joan se escapó la primavera de nuestro último año de instituto. Una semana antes de que desapareciera por completo, la seguí durante el almuerzo. Había dejado de pasarse por la cafetería y yo estaba harta de que se fuera, estaba harta de no saber adónde iba. Me salté la clase de Mecanografía y esperé detrás de unas taquillas a que sonara el timbre y a que Joan saliera de Labores del Hogar.

Era la primera persona en salir por la puerta e iba sola, lo que me sorprendió. Joan solía ir acompañada de una multitud. En ese momento parecía pensativa, con los libros aferrados contra el pecho. Fue muy fácil seguir su cabeza rubia por los pasillos y esconderme entre la gente cuando parecía que iba a darse la vuelta. Pero nunca lo hizo. A Joan ni se le pasó por la cabeza tener cuidado.

Dobló en la esquina y atravesó la puerta abierta del gimnasio, donde teníamos las concentraciones y donde veíamos los partidos de baloncesto. Donde Joan había animado, un millón de veces. Recuerdo los rectángulos de luz proyectados por las ventanas altas mientras Joan los atravesaba, con los libros abrazados contra el pecho.

Me pegué a la fría pared, junto a la puerta. El gimnasio era enorme, construido para albergar a cientos de personas sentadas, pero ese día solo albergaba a dos: a Joan y a mí.

Salí de las sombras.

—Joan —dije en voz baja, y ella ladeó la cabeza, pero en ese momento otra figura se alzó de las gradas.

Éramos tres, no dos. John, pensé al principio, el alumno de último curso con el que Joan llevaba saliendo unos meses; pero John era más alto que ese chico, tenía otro porte. A ese chico no lo había visto en la vida.

Joan se acercó a él. Sentí algo muy raro en el estómago: lo supe sin saber. Joan subió las gradas en silencio. Cuando llegó a su altura, el chico la besó con pasión mientras le sujetaba la cabeza poniéndole una mano en la nuca. Nunca había visto un beso igual, con los labios abiertos, con la misma dosis de deseo por ambas partes, eso era evidente. Joan no se alejaba, al contrario, contraatacaba. Ella también lo deseaba.

—Vamos a quitar esto de en medio —dijo él, y aunque no podía verlo, podía oír su voz con claridad. Hablaba en voz baja, tensa. Le quitó los libros a Joan de las manos y los dejó caer sobre el asiento metálico.

Estaba convencida de que alguien aparecería, y contuve el aliento durante un segundo o dos, pero nadie apareció.

Joan llevaba un jersey de cachemira rosa, de manga corta; el chico le pasó las manos por los pechos, con delicadeza al principio, pero después fue apretando cada vez más hasta que Joan gimió.

Nunca había oído un sonido semejante procedente de ella. Y, después, la vi arrodillarse. El chico la instaba a agacharse, pero ella seguía gimiendo. Pensé en sus rodillas desnudas sobre las gradas, en la presión de esa mano sobre su hombro. El chico se bajó la cremallera, deprisa, con torpeza —me quedé de piedra al verlo— y se la metió en la boca antes de acariciarle la mejilla, en un gesto que se antojaba raro por su ternura.

La cabeza me daba vuelta. El chico tenía los ojos cerrados. Yo no podía verle la cara a Joan.

Cuando Joan se puso en pie, me volví para irme, pero el chico habló.

—Ahora tú —dijo, y sus palabras resonaron en el gimnasio vacío.

Metió una mano por debajo de la falda de Joan, una falda que había escogido yo, en el Battelstein's, por lo bien que le marcaba la cintura, y Joan emitió otro sonido que nunca había oído de sus labios, y lo repitió una y otra vez mientras echaba la cabeza hacia atrás y el chico le colocaba la mano en la nuca de nuevo. Al principio, creí que le iba a hacer daño, pero después vi que solo la estaba ayudando a mantener el equilibrio.

Veía la tensa garganta de Joan, la curva de sus pechos debajo del jersey. Estaban sumidos en una extraña danza que yo no comprendía; no sabía quién conducía a quién, aunque tal vez nadie llevara el mando, tal vez fuera una danza sin reglas.

Oí un ruido al otro lado de la puerta, un grito lejano. Joan se volvió hacia mí. Cerré los ojos, como si al cerrarlos me volviera invisible.

Sin embargo, ella se volvió de nuevo y yo salí por la puerta, recorrí el pasillo desierto y regresé al ruido y al bullicio.

Una semana más tarde, en plena desaparición, me preguntaría si se había marchado a algún sitio con ese chico. La veía una y otra vez, arrodillándose. Pero ni siquiera sabía el nombre del muchacho. Estaba segura de que no lo había visto antes. Lo busqué en el comedor, durante los cambios de clase, pero no sabía a quién estaba buscando. Un chico más bajo que John. Un chico al que Joan había tocado.

Joan se fugó mientras yo estaba en Oklahoma City, durante la Pascua, soportando una tensa e incómoda visita a mi silencioso padre y a la imbécil de su nueva mujer, Melane. Melane, que había sido su amante durante muchos años antes de convertirse en su esposa, se reía de todo lo que ella decía, de todo lo que mi padre decía, de todo lo que cualquiera decía, y servía canapés diminutos en vez de una cena normal. Su casa era grande y cuadrada, decorada con los chismes que a ella le gustaban, sin los fuertes muros de Evergreen, ni fotografías de familia ni historia alguna. Pero era muy agradable, algo que mi madre nunca había sido.

Cuando volví a Houston, Mary me recogió en el aeropuerto, no Joan. Mantuve la calma mientras me acompañaba por la bulliciosa terminal, llena de gente que llegaba y de gente que se marchaba. Tomé varias bocanadas de aire, tal como Idie me había enseñado a hacer de pequeña cuando algo me alteraba.

Fred estaba junto al coche, esperándonos con su uniforme negro; ladeó la cabeza, me miró con una sonrisilla tristona y mis miedos se confirmaron: Joan se había marchado.

—Dímelo ahora mismo —ordenó Mary en cuanto estuvimos sentadas en el asiento trasero—, cuéntamelo todo.

—Joan se ha ido —dije, casi para mis oídos. Miré por la ventanilla a todos los viajeros que regresaban de sus infelices vacaciones de Pascua. Mujeres cansadas con sombreros en tonos pastel, hombres trajeados que aferraban las manos de sus encantados hijos. Los viajes eran algo emocionante para ellos; no sabían que las personas a quienes querían acabarían abandonándolos. No sabían que el amor no era un hecho. Pegué la frente a la ventanilla y contuve un sollozo. ¿Quién me quedaba a mí?

¿Qué sabía yo? Le dije a Mary que no sabía nada

mientras me secaba las lágrimas que empapaban mis mejillas y que Mary fingía no ver. Intenté concentrarme en sus preguntas, intenté entender qué me estaba pidiendo. Pero no era cierto que no supiera nada. Sabía que Joan se había alejado de mí. Sabía que sus planes de futuro habían dejado de incluirme. El apartamento en el que íbamos a vivir después de graduarnos; el curso a distancia que íbamos a hacer, sin tomárnoslo muy en serio, ese verano; las fiestas que íbamos a celebrar... Su corazón no estaba pensando en eso de un tiempo a esa parte. Había dicho que quería abandonar Houston, que quería ir al lugar donde estaban las ideas, y por fin lo había conseguido.

Esa noche me quedé dormida con una facilidad pasmosa, agotada por los acontecimientos del día. Me desperté cuando todavía estaba oscuro al otro lado de las cortinas. Miré la cama de Joan y, durante un exasperante momento, creí que se había escabullido para reunirse con un chico, pero luego lo recordé todo.

El pánico fue abrumador. Se me cerró la garganta y me costaba respirar. La cabeza y las manos me ardían. Se me entumecieron los labios. Me clavé las uñas en las mejillas, y el dolor trajo cierto alivio.

En penumbra, me acerqué al armario de Joan y encontré el vestido que llevaba la última vez que la había visto, un bonito vestido de cuadros morados y amarillos con mangas casquillo. Me lo puse.

El vestido me quedaba muy ancho, pero olía a Joan. Me metí en su cama y me tapé la cabeza con la sábana. ¿Había mirado Joan mi cama vacía antes de salir del dormitorio? ¿Me había imaginado en Oklahoma City, soportando a mi padre y a su mujer, mientras sentía lástima de mí? ¿O se alegraba de que no estuviera allí para arruinar sus planes? ¿Acaso había pensado en mí en algún momento?

Me quedé dormida pensando en Joan. Me desperté pensando en Joan. Bajé con mi ropa, por supuesto, pero durante el desayuno Mary me miró, sorprendida, y por un segundo creí que se me había olvidado cambiarme. Me miré y comprobé que llevaba mi falda verde militar.

—Tu cara... —dijo Mary, y me llevé una mano a la mejilla.

—Ah —repuse—, me he debido de arañar mientras dormía.

—Tienes sangre en la cara, Cecilia. Deberías lavártela.

El arañazo era muy leve. En cuanto la sangre desapareció, casi no se notaba. Pero me resultaba extrañamente satisfactorio ver que me había hecho daño. Quería demostrarle al mundo que la marcha de Joan me había dejado huella.

Claro que era demasiado práctica para hacerlo. El mundo solo creería que había perdido la cabeza.

Después de eso, dormí con la ropa de Joan cada vez que me sentía muy sola. Nadie lo supo jamás.

Todos los días, Stewart, el mayordomo de los Fortier, organizaba el correo en un montoncito ordenado y lo dejaba en una bandeja de plata en el vestíbulo, y, todos los días, yo buscaba una carta de Joan. Un mes después de que desapareciera, llegó una postal con un campo de altramuces de Tejas.

«Estoy bien —decía—. No me busquéis. Os quiero a todos.»

Le di la vuelta a la postal. El matasellos decía que era de Fort Worth, pero sabía que Joan ya no estaba en Tejas. Estaba en Nueva York. Estaba en Hollywood. Circulaban un sinfín de rumores. Pero yo solo sabía que no estaba cerca de mí.

Ansiaba romper en dos la postal, pero la devolví al montón de cartas y entré en el aseo de la planta baja antes de que Steward o Mary me pillaran fisgando. El espejo que había en la estancia era una antigüedad de los Fortier, y el cristal estaba manchado por el tiempo. Apenas podía ver mi reflejo con tan poca luz.

¿Quién me vería, sin Joan?

Esperé mi postal privada, mi señal. Un reconocimiento, cuando menos. No podía mandarlo a Evergreen, así que a lo mejor se lo había mandado a Ciela.

—¿Te ha llegado algo inusual por correo? —le pregunté a Ciela un día, mientras salíamos del instituto.

Fred me esperaba al final de la escalera.

—No —contestó en voz baja. Me había calado, pero no pude evitar preguntárselo.

Se produjeron reuniones a escondidas entre Mary y Furlow en el despacho de este último. Contrataron a un detective privado, y después a otro cuando el primero no obtuvo resultados.

Jamás le contaría a alguien lo que Joan me había dicho acerca de que quería irse de Houston. Jamás le contaría a alguien lo que había visto en el gimnasio. A lo largo de todos esos meses, quedó claro que los planes de Mary para Joan habían sido más concretos, más firmes y sesgados de lo que yo había imaginado. En una ocasión oí cómo le decía a Furlow que Joan estaba «destinada a ser lo que nadie había visto en el mundo». Pero no se refería al mundo en general. Incluso en aquel momento lo supe. Se refería a Houston, y en sus planes no estaba que Joan viviera en otro lugar, lejos de sus padres, en un círculo que ellos no pudieran controlar y manipular.

Me moví como una sonámbula durante el siguiente mes y me gradué en el Instituto Lamar sin Joan a mi lado. Mi padre viajó desde Oklahoma y disfrutamos de un penoso almuerzo en el Sonny Look's después de la ceremonia, los dos solos. Echaba de menos a Joan con una intensidad desoladora. Era incapaz de encontrar mi camino sin ella. Mi padre se ofreció a llevarme con él a Oklahoma City y casi me reí en su cara. ¿Qué iba a hacer allí? ¿Servir canapés con su mujer? Tenía que quedarme en Houston, para cuando Joan volviera.

—Pero ¿qué vas a hacer, Cecilia? —preguntó mi padre con el ceño fruncido.

—¿Ahora vas a preocuparte por mí? —Se le desencajó la cara. Se me había olvidado lo sensible que era. No era un buen hombre, pero tampoco era un mal hombre. En realidad, no había sido rival para mi madre—. Me las apañaré —aseguré, y le di una palmadita en el brazo, incómoda. Nos esforzábamos al máximo para no tocarnos—. Siempre lo he hecho.

Ahora me pregunto cómo se habría desarrollado mi vida de haberme mudado a Oklahoma con mi padre. De haberme establecido en otro mundo. Un mundo sin Joan.

—En fin, Cecilia —dijo Mary una mañana, un mes después de la graduación, mientras desayunaba copos de avena, sentada sola a la mesa. Había estado haciendo lo mismo que habría hecho con Joan de estar allí: iba todas las mañanas a la piscina, salía de compras, iba al cine con las chicas. De vez en cuando, Mary, Furlow y yo nos tomábamos un cóctel muy triste antes de la cena—. Creo que ha llegado el momento.

Apoyé la cuchara en el borde del cuenco y me limpié las comisuras de los labios con la servilleta antes de mirar a Mary a los ojos.

—¿El momento? —pregunté, aunque sabía muy bien a lo que se refería.

—El momento —repitió Mary—, el momento de alejarte de Evergreen. Estoy segura de que te has cansado de vivir con dos vejestorios. —Se echó a reír, pero después, como si acabara de reparar en mi cara, dejó de hacerlo—. Sabes a lo que me refiero, ¿verdad, Cecilia? Me refiero a que te mudes al apartamento. A que te mudes al apartamento y esperes a Joan. —Se llevó los dedos a los labios—. No puede permanecer lejos para siempre.

Quería echarme a llorar. Eché un vistazo por el comedor matinal, entumecida. Miré la mesa de pino donde Joan y yo nos habíamos sentado cientos, no, miles de veces. Miré el aparador donde se guardaba la vajilla extra. Y luego miré a Dorie, que estaba junto a la puerta de la cocina, observándome. Quería a Idie. Podía olerla. Recordaba lo bien que había encajado mi cuerpo de niña bajo su barbilla, cuando me sentaba en su regazo. Dorie meneó la cabeza antes de regresar a la cocina, en un gesto casi imperceptible, pero lo entendí: los Fortier no eran mi familia.

Sin Joan, era fácil olvidar que Mary y Furlow no eran mis padres. Dormía en la habitación de su hija. Comía con ellos. Me regalaron una pulsera de oro por mi graduación, con un colgante con forma de J enganchado en uno de los eslabones.

—Es tu nombre real, ¿verdad? —preguntó Mary cuando yo toqué la inicial con un dedo. Después, me besó en la mejilla y me sentí querida. Era una rara demostración de afecto por parte de Mary. Era muy amable conmigo, pero nunca habría dicho que era afectuosa. Sin embargo, creía merecer su afecto: me estaba comportando más como una hija que Joan. Era buena, mientras que Joan no lo era.

Mary me miraba desde arriba, porque una mujer así siempre miraba de esa manera, y ansiaba con tanta desesperación que me tocase que casi podía sentir su mano en el hombro. No me tocó.

Permaneció de pie más tiempo del necesario. Me miraba, no con cariño exactamente, pero tampoco con crueldad. Era incapaz de entenderlo. De repente, tuve la sensación de que las cosas no eran como parecían ser. De que me habían ocultado cosas. Y después, con la misma rapidez con la que había llegado, la sensación se esfumó, porque Mary se inclinó y me besó en la mejilla.

Mary y Furlow fueron generosos, nunca pusieron en duda adónde tenía que ir. Pero por fin comprendo que la generosidad no tuvo nada que ver. Querían que la vida de Joan permaneciera exactamente igual, para que, al volver, pudiera retomarla como si nunca se hubiera marchado.

Al día siguiente estaba en el centro de Houston. Era julio, y hacía un calor abrasador; antes de reunir las fuerzas suficientes para vestirme, me senté delante del aire acondicionado de la ventana en sujetador y bragas para refrescarme. Ciela había ido para ayudarme a deshacer el equipaje... aunque no tenía que deshacer nada. Toda mi ropa estaba ya colgada pulcramente en el armario; todas mis cremas y lociones, colocadas en el armarito del cuarto de baño. Fue un alivio comprobar que también estaba toda la ropa de Joan.

Nunca se me pasó por la cabeza que debería gastar mi propio dinero, que me estaba esperando en una cuenta corriente de un banco del centro, y buscarme una casa propia. Mi herencia, ya bastante abultada, había crecido desde la muerte de mi madre gracias a las buenas inversiones de hombres desconocidos. No era tan rica como

Joan, por supuesto, pero podía mantenerme durante el resto de mi vida, y vivir bastante bien. Detestaba ver los extractos bancarios que llegaban por correo todos los meses desde el Second National Bank de Houston, los guardaba, sin abrir, en el cajón de mi mesita de noche. En vez de una madre que me atase al mundo, tenía un montón de papeles llenos de cifras que nunca leía.

Ciela entró, le echó una mirada a los enormes ventanales, y le puso al apartamento el nombre de «Tarro de la Cobaya».

De un tiempo a esa parte circulaban rumores de que los federales intentaban arrestar al padre de Ciela por blanqueo de dinero, pero ella parecía totalmente ajena. Había madurado, como se solía decir; se movía por las estancias como si tuviera público, de la misma manera que Joan. Como Joan seguiría haciendo allá donde estuviera, a menos que su magia fuera menos potente lejos de Houston.

Ciela florecería mientras Joan estaba lejos. Saldría en el *Press* todas las semanas; se convertiría en la chica mimada de Houston. Después, Joan regresaría y le quitaría el lugar.

—Al menos, nunca te sentirás sola —dijo Ciela con una sonrisa al tiempo que apoyaba la frente en una ventana.

Era verdad. Me sentía observada, aunque era imposible que alguien me viera estando tan alto, en la planta 14 de uno de los edificios más altos de Houston. Y también tenía a la criada interna, Sari, aunque nos evitábamos en la medida de lo posible.

Ciela se marchó y el timbre sonó tan rápido que estaba segura de que se le había olvidado algo.

—Pasa —le dije.

En vez de Ciela, fue Furlow quien apareció por la puerta, donde se quedó sin saber muy bien si entrar o no, aunque era el dueño del apartamento. Me puse en pie de un salto para saludarlo y él me besó en la mejilla, titubeante.

—¿Qué te parece el sitio? —me preguntó. No se había quitado el sombrero; tal vez fuera una señal de que no pensaba quedarse mucho tiempo. Ojalá. Estaba casi segura de que nunca había estado a solas con Furlow.

Su piel empezaba a mostrar el paso del tiempo, pero los años no habían enturbiado el azul de sus ojos; resultaba muy fácil ver al hombre apuesto que había sido en el contorno de su cara, en su lustroso pelo plateado. Había celebrado su septuagésimo quinto cumpleaños antes de que Joan se marchara.

—¿Cecilia? —insistió, y me di cuenta de que no había contestado.

—Me gusta —dije, y asentí con la cabeza, porque ¿qué más podía decir? La ausencia de Joan parecía una muerte. Era peor que una muerte, porque cuando mi madre murió conté con la presencia de Joan, y en ese momento no tenía a nadie. Furlow me podría haber preguntado cualquier cosa y yo le habría contestado con lo que creía que quería oír.

—¿Puedo? —preguntó, y señaló el sofá cuyos cojines yo acababa de colocar, un sofá que él nunca había visto, si bien había pagado.

Asentí con la cabeza. Lo vi sentarse en el sofá bajo. Un diseñador se había encargado de decorar el apartamento a la última moda, y era elegante, moderno y totalmente distinto a cualquier otro sitio en el que hubiera vivido. Tenía la sensación de estar viviendo en el vestíbulo de un hotel, aunque solo había pasado un día. Me acostumbraría, tal y como me había acostumbrado a Evergreen.

Furlow parecía fuera de lugar. No era un hombre que estuviera hecho para los asientos bajos de los muebles modernos. Necesitaba resistencia y altura en sus muebles: un sillón orejero de cuero, un vestidor de caoba en el que colgar su sombrero de vaquero.

—Joan lleva fuera tres meses —dijo, y yo asentí con la cabeza. Era un hecho, aunque parecía imposible—. He venido solo, sin Mary, porque quería saber si Joan se ha puesto en contacto.

—La postal —dije. Carraspeé—. Con las flores. —Lo entendía, pero quería ganar algo de tiempo.

—Me refiero de forma privada.

Sonreí e intenté no echarme a llorar.

—No se ha puesto en contacto —repliqué. ¡Y debería haberlo hecho! Yo debería estar mintiendo. Joan debería haberme escrito una carta, haberme llamado por teléfono. O enviado una nota a casa de Ciela. Algo, lo que fuera. Yo debería haber recibido una señal, un indicio de que seguía importándole. Cada vez me resultaba más difícil dar por sentado que Joan me quería, que solo era una cuestión de que Joan era muy descuidada con las personas a las que les tenía afecto.

Furlow contempló el horizonte de Houston. Qué vista más diferente, pensé, de las arboledas de Evergreen, que se podían ver desde todas las ventanas. ¿Se imaginaba a Joan mirando por una ventana? ¿Se preguntaba, al igual que yo, qué estaba viendo su hija y dónde se encontraba?

—Esperaba que lo hubiera hecho. Esperaba que pudieras contarme algo de su felicidad.

Qué forma más rara de decirlo.

—¿Su felicidad?

—Su felicidad es lo único que me ha preocupado siempre. Al contrario que a su madre. —Esbozó una sonrisa torcida. Era un Furlow que nunca había visto antes, silencioso, pensativo, y me ponía nerviosa. Siguió hablando—: Mary cree que le dimos a Joanie demasiado.

Que le permitimos demasiada libertad. Pero una muchacha como Joan... —dijo, al tiempo que extendía las manos—, ¿qué se suponía que debíamos hacer? ¿Sabes que un representante del mundo del cine habló con Mary después del baile de presentación en sociedad? Estaba allí por casualidad, porque una de las chicas era prima suya. Creía que podía convertir a Joan en famosa. —Me miró fijamente a los ojos—. ¿Crees que fue allí? ¿A Hollywood?

Me puse colorada como un tomate. Era la primera vez que oía la historia del representante del mundo del cine. Joan no me había dicho ni media palabra.

—A lo mejor. —Intenté que mi voz sonase esperanzada. Pensé en el chico de las gradas. Pensé en John, que estaba coladito por Joan. Me la imaginé en una audición, como las que leía en las revistas, rodeada de otras mujeres guapas y jóvenes. Hollywood era tan buena posibilidad como otra cualquiera.

Furlow suspiró, se quitó el sombrero y se lo volvió a poner.

—Mary cree que está allí. Lo que no sé es por qué no nos lo dijo. Le habría permitido marcharse.

No lo habría hecho.

—Se lo di todo a mi niña —siguió él, y la emoción de su voz me pilló desprevenida—. Todo —repitió.

Y, aun así, se había marchado. Furlow me miró fijamente. Joan se había ido de su mundo, sin permiso: era incapaz de encontrarle sentido.

Después de que Furlow se despidiera, sin más información de la que llevaba cuando llegó, entré en mi nuevo y moderno cuarto de baño, con una alcachofa de ducha tan grande que ponerse debajo era como estar bajo la lluvia.

Examiné mi reflejo. No me sorprendía que Joan hubiera destacado entre todas las debutantes.

En ese momento me sentí igualita a una dama de compañía, a esa amiga solterona y tímida de las novelas victorianas que habíamos tenido que leer en clase de Literatura. Salvo que la persona a la que yo debía acompañar, mi propósito, el motivo de mi existencia, había volado.

—Hollywood —dijo Ciela una noche, casi a finales de verano. Estábamos sentadas en el sofá de cuero blanco del salón del Tarro de la Cobaya, jugando al mahjong con un antiguo juego de baquelita que había descubierto en un armario. Seguíamos en biquini, con la bata abierta. Habíamos pasado el día en la piscina, como acostumbrábamos a hacer casi todos los días en verano. Como los habría pasado de estar Joan allí.

Mary me había dicho que fuera a Evergreen el día anterior para hacerme saber que habían encontrado a Joan. Estaba, tal como Mary sospechaba, en Hollywood. Y no pensaba volver pronto.

—Sí —dije—. La señora Fortier me ha dicho que trata de convertirse en una estrella. —Intenté que mi voz sonara normal.

—El gran misterio se ha resuelto —repuso Ciela, y no me gustó su tono, pero sí que estuviera ridiculizando a Joan y a sus ambiciones. Su lugar no estaba en Hollywood. Estaba allí, conmigo. Todos nuestros planes, todos nuestros sueños: íbamos a salir todas las noches, seríamos habituales del Cork Club. Íbamos a pasar dos semanas en Hill Country. Íbamos a escaparnos a Galveston cuando el calor se volviera insoportable. Íbamos a ir a París la siguiente primavera, donde Joan nos guiaría por la ciudad mientras practicaba su francés. Íbamos a volver a Houston y a buscar apuestos hombres mayores, no a relacionarnos con los chicos con los que salíamos en el instituto, y tendríamos citas dobles. Íbamos a llevar la vida que llevábamos imaginando desde el colegio.

Sin embargo, Joan cambió de idea. No había cogido el teléfono. No había cogido un bolígrafo. Ni siquiera me había mandado un mensaje a través de Mary. ¿Había hecho algo mal, la había ofendido profundamente? Me devané los sesos. ¿Me había visto aquella tarde en el gimnasio? ¿Había pasado demasiado tiempo con Ciela, me había acercado demasiado a ella? ¿Había defendido a Mary más de la cuenta? Ninguna de mis ofensas, reales o imaginarias, eran lo bastante fuertes como para provocar la marcha de Joan. Lo sabía. Su repentina huida, su nueva vida, su renuencia a volver a Houston... nada tenían que ver conmigo.

—Debes de sentirte dolida por el hecho de que no te lo contara —dijo Ciela. Me miraba con compasión—. Lo siento, Cece.

Casi se lo conté. Estábamos borrachas y era muy tarde. Desesperación. Tenía la palabra en la punta de la lengua. Una que no recordaba haber usado hasta el momento. Una palabra para las mujeres de las novelas, para las heroínas de las películas; no una para Cece Beirne, de River Oaks, Tejas.

Pero era lo que sentía, ¿no? No me sentía dolida, así me sentí cuando un fotógrafo fue a Evergreen para hacer la foto de Navidad de los Fortier y se dio por sentado que yo no aparecería en ella. Dolida me sentí cuando mi padre y su nueva mujer no recordaron mi cumpleaños, aunque no esperaba que lo hicieran. Sentirse dolida era algo totalmente distinto. Se podía olvidar esa sensación, se podía perdonar.

Cuando Joan se fue me vacié por completo, era una sensación que había experimentado cuando mi madre murió.

—¿Cece? —insistió Ciela, que esperaba mi respuesta.

¿Se preocupaba por mí o solo quería enterarse de los detalles morbosos?, me pregunté. ¿Quería que le dijese que Joan no era la chica que creía que había sido? ¿Quería que le dijera que nuestra gran amistad fue una farsa?

Al fin y al cabo, se había beneficiado de la ausencia de Joan; en ese momento la invitaban a todas las fiestas, a todas las inauguraciones, a todos los conciertos. Incluso salió en «El Pregonero de la Ciudad» la semana anterior, mientras abandonaba el Cork Club. Habría sido la foto de Joan de haber estado allí.

Inspiré hondo.

—No puedes decirle una sola palabra a nadie —dije—. Mary Fortier me cortaría la cabeza. —Me pasé un dedo por el cuello. Ciela me miraba con el ceño fruncido y la cabeza, ladeada—. Lo sabía. Me lo contó todo.

—Todo —repitió Ciela, y no estuve segura de si me creía o no, pero daba igual. Había zanjado el tema de Joan.

8

1957

Estaba enjuagando mi ropa interior, me gustaba lavarla a mano, en el lavadero, escuchando las pisadas de Maria mientras jugaba con Tommy arriba cuando sonó el teléfono y corrí a la cocina para contestar.

—¿Diga?

—Cece, ¿me oyes? Soy Mary Fortier —dijo, aunque yo ya sabía quién era desde que escuché su voz, firme y grave, una voz masculina, con el acento de Littlefield que nunca se había molestado en perder. Siempre me había gustado eso de Mary: te decía en un segundo que había crecido sin tener dónde caerse muerta.

—La oigo. —Tal como le sucedía a muchas personas de cierta edad, no acababa de confiar en el teléfono. Pasé los dedos sobre las latas de conservas: maíz, judías verdes, remolacha. No habíamos construido un refugio subterráneo en el jardín como nuestros vecinos, los Dempsey, pero había comprado más conservas de las que podríamos comernos en toda la vida.

—Bien. Joan está indispuesta esta semana. —Al escuchar eso, me quedé petrificada. ¿Sabría lo que Joan estaba tramando?—. Pero Furlow ha preguntado por ella.

Quiere verla, y he pensado que podrías venir tú en su lugar. ¿Podrías hacerlo?

—Iré esta tarde —le prometí—. Con Tommy.

Le puse a Tommy su traje de marinero de color azul marino y lo peiné usando un poco de gomina de Ray.

—Qué guapo —dije cuando acabé, y Tommy me regaló una sonrisilla que me alegró el día. Incluso la semana.

Aminoré la velocidad cuando nos acercamos a Evergreen, que se alzaba apartada de la carretera, oculta tras las enormes magnolias. Era una de las casas más grandes de River Oaks, por detrás tan solo de la mansión de los Hoggs, Bayou Bend, en Westcott. Fue diseñada por Staub y Briscoe, y la habían construido en dos solares contiguos. Sus magníficos jardines eran fruto del trabajo de la mismísima Ruth London. Furlow pretendió en un principio que Evergreen fuera una casa solariega, un refugio del ajetreo del centro de Houston, pero una vez que Evergreen estuvo acabada, Mary y él decidieron que sería su residencia permanente.

Furlow era el heredero de la fortuna familiar, amasada en Luisiana gracias al algodón y a la caña de azúcar, que abandonaron después de, tal como él la llamaba, la Guerra entre los Estados. La fortuna se multiplicó y, después, estuvo a punto de perderla por culpa de un irreflexivo padre, antes de que él la heredara. No se me ocurría ninguna otra historia más típica para un heredero sureño. Furlow se veía a sí mismo como un caballero sureño de otro mundo convertido en tejano. Llevaba botas Lucchese de vaquero y un sombrero hecho a medida.

Furlow y Mary vivían solos en Evergreen a esas alturas, con un buen número de criados que ayudaban a Mary a echarle un ojo a su marido, cada vez más enfermo. En una ocasión, Furlow vagó por la carretera hasta llegar a una de las entradas de River Oaks; Fred recorrió durante horas el vecindario antes de encontrarlo.

Me invadió una curiosa mezcla de temor y anhelo cuando enfilé la avenida de gravilla roja. Pese a todos los años transcurridos, aún me sentía una privilegiada por haber sido invitada, aunque sabía que ya debería haber superado ese sentimiento. Era consciente de que a la gente le parecía raro mi apego hacia Joan. Lo normal habría sido que, al madurar, mi devoción por ella hubiera disminuido. Pero nuestra amistad era diferente de otras amistades. Ni mi propio marido la comprendía. Al fin y al cabo, era un hombre. Incapaz de experimentar la devoción femenina.

Me sentía desorientada. Estaba furiosa con Joan, aunque intenté contener ese sentimiento.

Me miré en el espejo de la polvera y vi que tenía el pelo encrespado. Traté de alisarlo un poco. Lo tenía rizado y yo lo quería liso, de manera que malgasté gran parte de mi juventud tratando de cambiarlo. Bajé el espejo y me miré los labios, que llevaba pintados de forma discreta. Tenía una buena base física: cutis uniforme y moreno; labios rojos, cortesía de mi madre, así que no necesitaba mucho maquillaje.

—Mamá está tardando mucho, ¿verdad? —le pregunté a Tommy, que estaba mirando por la ventana—. Vamos a ver al tío Furlow y a la tía Mary. Vamos a enseñarles lo grande que estás.

Caminé sobre la gravilla, satisfecha al sentir el crujido bajo los zapatos. El trabajo que requería ese lugar me asombraba. Todas las noches le pasaban un rastrillo a la avenida. En la parte posterior se encontraban los aposentos del servicio (Little Green, los llamaba Mary), donde vivían seis empleados. Mi madre se ponía lívida por culpa de los aposentos del servicio. «Yo también tenía —solía decir—. Así era como vivíamos antes. ¿Qué necesidad tiene Mary Fortier de una doncella si viene de Little-field?»

Llamé por la puerta principal en vez de hacerlo por la lateral como habría hecho con Joan. Titubeé antes de llamar al timbre con Tommy en una cadera. ¿Debía comportarme con formalidad? No obstante, fuera hacía un calor espantoso y sentía cómo el pelo se me encrespaba por momentos allí plantada, de manera que llamé al timbre y Steward abrió casi de inmediato. Mary apareció tras él, me invitó a pasar, me quitó el bolso de mano y me besó en la mejilla. Saludé a Steward con un murmullo, si bien él apenas me hizo caso, tal como era la costumbre de todos los criados de Evergreen. Siempre había sido un hombre enjuto, sin apenas carne sobre los huesos. A esas alturas y entrado en años, parecía todavía más consumido.

—Hola, querida —dijo Mary. Me miró de arriba abajo, examinando mi apariencia, si bien lo hizo con afecto.

Llevaba una falda sencilla y una blusa, su uniforme. De haber nacido en la era de los pantalones, no se habría puesto otra cosa. El único indicio de la fortuna que poseía: un diamante del tamaño de una cereza en el dedo anular. Y, por supuesto, su porte. Erguido, como si el mundo le perteneciera, algo que había sido cierto desde que se casó con Furlow.

Sabía aprovecharse de su falta de belleza. Nadie esperaba que una mujer corriente aspirara a tanto. Mary comandaba una estancia de una manera que sugería que la belleza era frívola, un síntoma de superficialidad. Sin embargo, se complacía de la belleza de Joan. Recordé el día de nuestro baile de graduación del instituto, mientras nos arreglábamos. Nos miramos en el espejo del cuarto de baño y nos sorprendió ver a Mary en el vano de la puerta, observándonos; observando a Joan. Habría sido fácil decir que estaba celosa de la belleza de su hija.

Pero lo que yo vi aquel día, en la expresión de Mary, no fueron celos. Fue orgullo, una suerte de asombro.

—Qué guapa estás hoy —dijo, al tiempo que señalaba mi vestido con un gesto de la cabeza. Era muy sencillo, de manga francesa y hasta las rodillas—. Por aquí —murmuró—. Furlow está en su despacho.

Furlow estaba sentado tras su gigantesco escritorio de caoba, mirando una revista y, desde ese ángulo, nadie habría supuesto que su cerebro apenas funcionaba. Parecía el guapo Furlow Fortier de mi juventud, envejecido, por supuesto, con el pelo blanco y las mejillas surcadas por las arrugas que atestiguaban que había pasado gran parte de su juventud en los campos petrolíferos. Sobre el escritorio descansaba una solitaria fotografía con un marco de plata: Joan, de pequeña. Montando en un poni y sonriendo a la cámara.

De repente me puse nerviosa y titubeé en la puerta, pero Mary me puso la mano en la espalda y me empujó para que pasara.

—¿Joan? —preguntó Furlow, que alzó la vista. La revista que estaba mirando estaba dedicada a los cotilleos de sociedad y casi todo eran fotografías, algo que en sus buenos tiempos no habría mirado dos veces.

—No, Furlow —dijo Mary con voz firme—. Es Cece, la mejor amiga de Joan. Está casada con Ray Buchanan. Es como otra hija para nosotros.

Atravesó la estancia para acercarse a Furlow mientras hablaba y yo me quedé donde estaba, como una tonta. Mary le enderezó el cuello de la camisa, lo ayudó a ponerse en pie y lo acompañó hasta un sillón, tras lo cual me hizo un gesto para que yo ocupara el que estaba enfrente.

—Vivió con nosotros unos cuantos años, mientras estaban en el instituto, ¿cuántos fueron, Cece?

Como todas las mujeres eficientes, Mary tenía la memoria de un elefante. Pero quería que yo hablara.

Carraspeé.

—Sí, fueron dos años y medio. Después de que mi madre muriera y mi padre se mudara. Todos los domingos comíamos fuera. Dorie nos servía pollo frito y panecillos en platos de papel. Nos encantaba.

Mary me miró un momento. Había metido la pata al mencionar a Dorie, que había dejado de trabajar para los Fortier hacía años, bajo misteriosas circunstancias.

Quise enmendar la mención a Dorie, pero Mary intervino.

—Dorie e Idie cuidaron muy bien de ti y de Joan durante mucho tiempo.

La última vez que vi a Idie fue en el entierro de mi madre. Tras el funeral, mientras los asistentes nos daban el pésame, Idie me abrazó y el gesto me resultó tan familiar que tuve que morderme un carrillo para no echarme a llorar. Deseé que jamás dejara de tocarme.

Furlow se había animado al escuchar el nombre de Joan. Sentí una dolorosa punzada al ver que estaba muy bien vestido, con pantalones de lino muy bien planchados, un jersey de punto azul y unas relucientes botas. Tommy se removió en mi regazo y lo dejé en el suelo mientras miraba a Mary en busca de su aprobación. Ella asintió con la cabeza. Como no había un tercer sillón, se había apoyado en el borde del escritorio, como si fuera, pensé sin poder evitarlo, una carabina.

Tommy retrocedió de espaldas hasta que se topó con mis rodillas. Tenía una mano en la boca, tal como solía hacer cuando algo le resultaba desconocido.

—Es tímido —dije—. Vamos a sacarnos la mano de la boca. —Me arrepentí de no haber llevado el trenecito para que se distrajera.

Furlow aplaudió de repente.

—¡Es un niño precioso! —exclamó con una carcajada—. ¡Maravilloso! —Me ruboricé de gusto. Furlow se inclinó hacia delante—. ¿Quién eres? —le preguntó en voz baja a Tommy, y cuando miré a Mary, ella se encogió de hombros con una sonrisa en los labios.

«Me río por no llorar», solía decir siempre que Joan o yo nos disgustábamos. Hacía años que no recordaba esa frase tan suya. Pero, en aquel entonces, durante nuestros histriónicos años de instituto, la había dicho muy a menudo.

—El mejor momento de la semana —dijo Mary, y creí que se refería a mi visita, a Tommy y a mí, pero después añadió—: es cuando viene Joan.

—Me imagino —repliqué.

—¿Cómo está ella últimamente? —preguntó Mary.

—¿Ella?

—Joan —puntualizó Mary como al descuido, y comprendí que me había invitado a Evergreen para averiguar lo que yo sabía sobre Joan.

—Ah —exclamé con una risa nerviosa—. Estoy segura de que se encuentra bien. La otra noche lo estaba cuando hablé con ella —dije—. Estaba bien —añadí.

Mary asintió con la cabeza y no fui capaz de adivinar lo que sabía. ¿Se habría enterado de que Joan tenía un hombre en su casa y me había llamado para descubrir hasta qué punto se habían extendido los rumores? ¿O solo sabía que su hija se había ausentado de la escena pública? Al menos, Furlow jamás se enteraría del comportamiento que demostraba Joan. Habría sido incapaz de comprenderlo.

—¿Se ha puesto en contacto contigo? —le pregunté al cabo de un momento, y Mary se limitó a mirarme con expresión benévola.

—Se avecina un verano muy caluroso —dijo. Pasamos el tiempo mirando a Tommy y a Furlow, hablando de cosas triviales. Tommy se mostró receloso con Furlow al principio, pero cuando estábamos a punto de irnos, ya estaba sentado en su regazo.

Mientras estaba en el vano de la puerta, preparándome para marcharnos, Mary me dio un fuerte abrazo. Cuando te tocaba, no lo hacía con delicadeza como lo hacía la mayoría de las mujeres.

—Gracias por venir y por traer al niño. Furlow ha pasado un buen rato —dijo. Sin embargo, me aferró la mano y no me soltó.

No había nada que yo pudiera hacer para ayudar a Mary. No sabía qué estaba tramando Joan, la verdad. No sabía cuánto tiempo planeaba mantenerse lejos de Evergreen, ni tampoco por qué se mantenía alejada. Seguramente sabía lo importante que era para sus padres, sobre todo para Furlow. Hasta ese momento, estaba preocupada por Joan. A esas alturas, también estaba furiosa. Joan era una adulta. Ya no tenía diecinueve años. No debería haberme preocupado por la posibilidad de dejarla en la estacada. Era ella quien debería preocuparse por la posibilidad de dejar en la estacada a su madre, a su padre. Y a mí.

Subí a Tommy al coche y me senté tras el volante. Joan fue muy buena conmigo desde que empecé a visitar Evergreen. Fue muy buena conmigo mientras mi madre yacía en su lecho de muerte. Pero fue mucho más. Me demostró, y también le demostró a mi madre, una compasión que no se correspondía con sus quince años. Y, en ese momento, era incapaz de apartarse de la relación que mantenía, del sexo (o como se quiera llamar), para reconfortar a su padre, a ese padre que estaba perdiendo la memoria pero que todavía anhelaba ver a su hija.

9

Recuerdo cada centímetro del cuerpo de mi madre incluso después de tantos años. Lo que le sucedió no fue algo que se pueda olvidar. La primera vez que vi sus heridas, mientras una enfermera le cambiaba los vendajes, corrí al cuarto de baño para vomitar. Era como si un niño hubiera cogido unas tijeras, no parecía el trabajo refinado de un cirujano. Agradecí que mi madre estuviera dormida. La enfermera me miró con gesto compasivo.

—Se acostumbrará —me dijo, pero nunca me acostumbré.

Mi madre entró en quirófano porque tenía un bulto duro en el pecho izquierdo, descubierto por su médico después de que ella se quejara de una especie de quemazón. Cuando se despertó en el hospital, le habían amputado los pechos. Tenía treinta y seis años. No podía levantar los brazos porque los músculos también habían desaparecido, junto con los pechos. Llevarla al baño cuando ya estábamos de vuelta en casa era casi imposible, porque no podía aferrarse a mi cuello, de manera que usábamos una cuña en la cama. Y yo era la única que podía ayudarla. No soportaba a la enfermera que había enviado el hospital, y la presencia de Idie solo se permitía si estaba tan ida por los calmantes que apenas le importaba quién la viera.

Y yo la entendía. Lo que no quiere decir que no estuviera resentida por verme repentinamente inmersa en semejante intimidad con mi madre, que lo estaba, pero entendía que no tolerase a desconocidos en su presencia. Entendía que solo me tolerase a mí. Me quería porque quererme era un hecho biológico: yo era su hija. Ella era mi madre. No tenía alternativa. Cuando enfermó, yo habría dicho que mi madre no era capaz de querer a nadie. Pero la muerte hizo aflorar sus instintos más básicos.

Por raro que pareciera, toleraba a Joan. O, al menos, no le hacía el menor caso cuando la visitaba. Volvía la cabeza en la almohada y se dormía. Cuando recuerdo la muerte de mi madre, la recuerdo en su dormitorio, acostada boca arriba porque no tenía fuerzas para estar de costado, con la cabeza vuelta para no mirar a la persona que estuviera sentada a su lado, que normalmente era yo. Apoyaba la cabeza en una almohada preciosa. Su dormitorio estaba tan bonito y tan ordenado como lo había estado siempre. Cuando yo era pequeña, casi nunca me permitía entrar. Cuando me convertí en una adolescente, no me interesaba. Pero, en aquel entonces, pasaba la mayor parte de mi tiempo con ella, esperando. Le levantaba la cabeza para que pudiera tragarse una pastilla. Cuando estuvo demasiado débil para eso, yo aplastaba dicha pastilla para pulverizarla y se la daba a cucharadas con compota de manzana. Le llevaba la cuña, la ayudaba a hacer sus necesidades. Limpiaba su cuerpo de los desechos de la muerte (durante las últimas semanas tenía la piel cubierta por una sustancia granulosa, como si fuera arena).

Semejante intimidad me resultaba bochornosa, pero no tenía alternativa.

—Eres buena con ella —me dijo Idie en una ocasión, mientras preparaba unos quesos a la parrilla y sopa de tomate. Me resultó extraño que dijera eso, porque ¿de qué otra manera iba a ser? Con mi madre no había futuro, no había pasado: solo éramos dos cuerpos en una habitación. Uno, muriendo. El otro, sano.

Antes de la enfermedad de mi madre, mis preocupaciones habían sido las típicas: el instituto, que a esas alturas prácticamente había abandonado. Un chico llamado Charles que estaba colado por mí, aunque jamás nos habíamos tocado. Joan. Podíamos pasarnos horas hablando de Charles, o del chico nuevo que estuviera viendo Joan. Podíamos pasarnos horas hablando de si Ciela era tan estúpida a propósito o si, en realidad, esa era su personalidad. Comprendía que algún día retomaría esas preocupaciones, recuperaría esa vida, cuando mi madre muriera, pero de momento aparté mi antigua vida con la misma facilidad con la que soltaba un libro que no hubiera logrado interesarme.

Los médicos hablaban con mi padre, no conmigo. Fue tres veces a la casa, y en cada una de dichas ocasiones estuvo a solas con mi madre durante media hora o así. Yo los escuchaba hablando en voz baja desde el otro lado de la puerta. Albergué la efímera esperanza de que mi padre regresara con nosotras mientras mi madre estuviera viva, pero cada vez que aparecía, su presencia en la casa resultaba extraña. Siempre me alegraba de que se marchara, de que solo estuviéramos mi madre y yo en su dormitorio, con Idie al otro lado de la puerta.

Durante la última visita, mi padre se sentó en la cama con mi madre y, después, fue a buscarme a mi dormitorio. Mi madre tenía un día difícil, su cuerpo ni siquiera retenía el agua. A veces, pensaba que ella no quería retener nada, que no quería que ninguna parte de ese proceso fuera fácil o tolerable. Que quería castigarse, y castigarme a mí, mientras moría.

Pero cuando le dije que mi padre había ido a verla, demostró una extraña serenidad.

—¿Quieres verlo hoy? —le pregunté—. Puede venir en otro momento.

Ella soltó una carcajada.

—Será mejor que lo vea mientras pueda —replicó, y comprendí que se refería tanto a la costumbre de mi padre de largarse como a su propia situación.

Mi madre había sido una mujer hermosa toda su vida. Cuando íbamos a algún sitio juntas —a la gasolinera, al colegio para hablar con el director, a mis clases de equitación—, los hombres la miraban, usaban cualquier excusa para acercarse a ella. A veces, mi madre alentaba ese comportamiento, y otras veces se hacía la desinteresada. La belleza, al fin y al cabo, no había logrado que retuviera a su marido, no había conseguido que fuera más rica que Mary Fortier. Y debería haberlo hecho. Pero no había sido así. Sin embargo, yo comprendí, desde temprana edad, que mi madre no quería a mi padre cerca. Que, al igual que otras personas infelices, ansiaba cosas contradictorias.

La enfermedad la convirtió en un ser grotesco. Las incisiones situadas en el lugar donde estuvieron sus pechos supuraban constantemente y su torso parecía un paisaje bombardeado. Tenía la piel grisácea. Le aparecieron arrugas de la noche a la mañana. Envejeció treinta años en un día. En una ocasión, la descubrí observando su reflejo en una bandeja de plata que siempre estaba cerca de su cama.

—¿Quieres un espejo? —le pregunté.

Pensé que iba a echarse a llorar, pero acabó riéndose.

—Creo que he visto suficiente. —Me levanté, pero ella negó con la cabeza—. Quédate un rato.

La obedecí. Durante aquellos días siempre la obedecía. Siempre.

—El día de ayer nadie lo volverá a ver —me dijo—. El tiempo vuela. Te olvidarás de todo esto.

Negué con la cabeza. Jamás lo olvidaría.

Regresé a mi habitación. Mi padre llamó a la puerta, con suavidad. El gesto me resultó extraño, igual que sus pasos al otro lado de mi puerta.

—Pasa —dije, y él abrió la puerta con renuencia y entró. Era la primera vez que estaba en mi dormitorio desde hacía tanto tiempo que ni siquiera lo recordaba. ¿Nunca? No, seguramente había entrado alguna vez. Lo observé mientras examinaba mi dormitorio, que todavía estaba decorado con distintos tonos de rosa o, como mi madre solía decir, «rosado», y con pequeños adornos, como la colección de tarjeteros de plata que mi madre había reunido desde su infancia; o las cinco cajitas de porcelana de Limoges; o la foto de Cary Grant que había recortado de las páginas de *Photoplay* y que había pegado con cinta adhesiva a la pared. Mi padre pareció aliviado cuando vio la foto, prueba de que su hija era normal. A su hija le gustaba Cary Grant. Se enamoraba de las estrellas de cine.

Porque la verdad era que mi padre no me conocía en absoluto. ¿Cómo iba a conocerme? El contorno de su cintura había aumentado desde la última vez que lo había visto y se estaba quedando calvo. Se detuvo a medio metro de mi cama, incómodo y a la espera de algo. Verlo me despertó una inesperada ternura, que era lo que siempre había sentido por ese hombre que era mi padre, que yo recordara. Nunca me enfadé con él por haberse marchado. Comprendí que quería estar en otro sitio y por qué no podía llevarme con él. Los hijos deben estar con sus madres.

—Cecilia —dijo—, ¿estás bien?

Qué pregunta más rara. Estaba bien. Era mi madre quien no estaba bien.

—Sí —dije, y sentí un ramalazo de furia. Clavé la mirada en mis uñas exquisitamente pintadas por Joan la noche anterior. Lo miré de nuevo—. Tengo ayuda —añadí—. Joan. Idie.

—Según dice Idie, tu madre no permite que nadie te ayude.

Guardé silencio.

—Cecilia, tu madre va a morir. Pronto, creo.

Quería que se fuera, que desapareciera de nuestras vidas. Por supuesto que sabía que mi madre iba a morir. Nadie me lo había dicho antes (los médicos no eran sinceros en aquellos días, sobre todo con las adolescentes), pero no era tonta. En el hospital nadie había mostrado la menor esperanza. No había motivos para pensar que podía salir de allí curada.

—Lo sé —repuse.

—Bueno —dijo al cabo de un rato—. ¿Necesitas algo de mí?

Negué con la cabeza.

—Nada —contesté.

Se detuvo en el vano de la puerta, justo en el centro, con medio cuerpo dentro y medio fuera. No sabía qué hacer con las manos. Mi padre no era ni alto ni bajo, ni guapo ni feo. Era un hombre corriente, como tantos otros. Mi madre fue un trofeo para él. Se conocieron a través del hermano mayor de mi madre, que estaba en la misma fraternidad que mi padre en la Universidad de Tejas.

—¿Cómo era cuando la conociste? —Estuve a punto de taparme la boca con una mano. La pregunta había salido de mi garganta sin pensar. Era como si tuviera vida propia.

Pero mi padre no pareció sorprendido.

—¿Que cómo era cuando la conocí? —murmuró con la vista clavada en el jardín, donde nuestro jardinero estaba quitándole las malas hierbas a un parterre de camelias. Yo cortaba unas cuantas por las tardes y las llevaba al dormitorio de mi madre, donde flotaban en los cuencos de plata—. Era impresionante —dijo, y yo suspiré, impaciente. Sabía que había sido guapa. Pero quería más.

Mi padre me miró, pero fui incapaz de interpretar su expresión.

—También era lista. Más lista que el hambre. Capaz de poner a un hombre en su sitio en un segundo. —Se echó a reír—. Supongo que igual que ahora.

Asentí con la cabeza. Nunca lo había oído hablar con tanto cariño de mi madre. Tal vez resultara más fácil hablar bien de aquellos que estaban a las puertas de la muerte.

—Muy bien —dijo mi padre, que se sacó las manos de los bolsillos para volver a meterlas en ellos al instante—. Debería irme. Salir pitando.

Se acercó a mí y me besó en la frente.

Antes pensaba que mi padre se había casado con mi madre por mí, porque la había dejado embarazada. Pero cuando tenía trece años descubrí su certificado de matrimonio en los archivos de mi madre, y el documento demostraba que eso no era cierto.

De repente, se volvió y se quedó de perfil.

—Le propuse matrimonio a tu madre a las tres semanas de conocerla. Era 1931. Todo parecía estar desmoronándose a nuestro alrededor. Y, de repente, allí estaba tu madre. Parecía... pura. —Se encogió de hombros—. No lo sé, Cecilia.

Lo observé alejarse a través de la ventana. Se despidió del jardinero llevándose una mano al sombrero. Abrió la puerta del coche y después se sentó. Mientras tanto, mi madre yacía en su cama a escasos metros, muriendo poco a poco y de forma dolorosa. Mi padre moriría sin sufrir, mientras dormía. Con la esposa que lo amaba a su lado. Sobre unas sábanas limpias y tersas. Mi padre era un hombre que se movía con facilidad por la vida. Mi madre no lo era, nunca lo había sido.

¿Y quién era yo? En aquel momento me hice esa pregunta, allí sentada sobre mi *boutí* rosa, inclinada hacia delante para ver cómo se alejaba en su coche azul. ¿Cómo me movería yo por el mundo?

10

1957

Estaba junto al fregadero, oyendo la lluvia y con un plato en la mano que contenía medio sándwich de atún y un vaso de zumo de frutas, cuando Maria habló.

—Ha venido un hombre —dijo.

Me acerqué a ella, que estaba junto a la ventana, desde la que se podía ver la puerta principal. Había una persona allí fuera, ataviada con un abrigo deforme, empapado, que intentaba sacudirse el agua del pelo y de las manos.

No esperábamos visitas. No con ese tiempo. Y nadie se pasaría por casa sin avisar, no con niños que dormían la siesta.

—Es Joan —dije.

Maria negó con la cabeza, pero yo reconocí su porte.

—Un hombre —insistió Maria.

Sonó el timbre.

Me pasé la lengua por los dientes para comprobar que no tenía trocitos de pan ni de atún antes de abrir la puerta.

Me comportaría como si estuviera enfadada, decidí. Joan se mostraría contrita. Solo un poquito. Se disculparía, me diría dónde había estado —o tal vez no, tal vez se inventaría una excusa muy endeble—, pero me daba igual. La llevaría a la cocina, su olor tan característico a humo de tabaco y a sol nos seguiría, y ella sería muy amable con Tommy, se mostraría feliz de verlo, y yo podría perdonarla.

Cuando abrí la puerta estaba fumando, o lo intentaba; estaba demasiado empapada como para encender bien el cigarro. Tenía un aspecto atroz: estaba delgada, con el rímel corrido por las mejillas (¿por qué se había puesto rímel?) y el pelo pegado a la cara. Me incliné hacia ella para abrazarla y Joan se tensó, pero me permitió tocarla, y así pude confirmar mis sospechas: no se había lavado el pelo en varios días.

—Joan —dije—, entra. Ahora mismo —la insté cuando se quedó donde estaba, titubeante, como si fuera a quedarse en los escalones de entrada a mi casa y yo, dentro, calentita y seca. Se quedó quieta otro segundo—. Ahora mismo —repetí, y algo en mi tono de voz la llevó a obedecer.

Le quité el abrigo empapado, que ciertamente era su vieja gabardina Burberry, la misma que había visto un millón de veces, y la conduje a la cocina, donde pensaba prepararle un té o un café, algo caliente.

—Han pasado unos cuantos días —dijo ella mientras se sentaba a la mesa, en el sitio de Ray, el mejor de todos, desde donde se disfrutaba de una vista de la cocina y del enorme ventanal. Su voz parecía totalmente normal. Sacó una servilleta del servilletero y también la polvera del bolso, y empezó a limpiarse las manchas de rímel. Estaba bien.

De repente me enfurecí.

—Han pasado dos semanas —masculló. Joan me miró, con la cabeza ladeada como si fuera poco más que una niña curiosa—. Dos semanas —repetí. Me quedé de pie, con una mano en la cadera, y me di cuenta de lo ridícula que era la pose, como si fuera una profesora y Joan, una alumna díscola. Me senté en frente de ella—. ¿Preparo té? —pregunté, y suspiré.

Joan meneó la cabeza. Tuve la sensación de que no quería estar allí. Desde luego, parecía más evidente cuanto más tiempo pasábamos sentadas.

—He estado con un viejo amigo —repuso a la postre—. De mi época en Hollywood.

Sentí que me ardían las mejillas y que se me humedecían las palmas de las manos. Tomé una bocanada de aire antes de replicar.

—No sabía que tenías amigos de tu época en Hollywood.

Joan encendió un cigarro con un movimiento estudiado. Se parecía a Kim Novak cuando fumaba.

—No tengo muchos. Pero alguno que otro.

Volvió la cabeza al pronunciar esa última frase; no quería mirarme a los ojos. Eso no era habitual en Joan, eso de dar explicaciones, de exponer sus motivos. Mi instinto había acertado: ese hombre significaba algo para ella.

—Así que es algo serio.

—¿He dicho que fuera serio? Es un viejo amigo. Solo un viejo, viejísimo, amigo.

—Así que ahí has estado. Con tu viejo amigo —dije, sorprendida por el sarcasmo de mi voz. Me había estado preocupando por algo que no debía: un desconocido, no alguien con quien tenía una historia misteriosa. Aunque tal vez el desconocido habría sido mejor, porque sería algo temporal.

Joan soltó una carcajada breve y seca. Era una carcajada extraña. Ese momento al completo era extraño. No había afecto entre nosotras, no había comprensión.

—Sí, con un viejo amigo, pero no de esa forma. —Golpeó el cigarro contra el cenicero de Ray.

Me sentí perdida, aterrada. Joan estaba mintiendo, me volvía a ocultar otro secreto.

—Pero ¿no de esa forma? —insistí—. ¿Qué hacías con él?

—¿Tengo que deletrearlo? No hemos follado, Cee. —Volvió la cabeza para mirar el exterior. Había dejado de llover y, a juzgar por el leve brillo de las nubes, era evidente que el sol de Houston saldría antes de darnos cuenta. Una mañana tormentosa, una tarde soleada. En Houston, cualquier cosa podía borrarse—. Es un viejo amigo, nada más. Me lo encontré por casualidad en el Cork Club. Estaba aquí por negocios y empezamos a hablar de otros tiempos. —Se levantó, apagó el cigarro en el cenicero y sacó la elegante pitillera para coger y encender otro—. Ya se ha ido. No volverá.

Casi me eché a reír. ¿De verdad se creía que iba a tragarme que no habían, en sus propias palabras, follado? Me conocía al dedillo las costumbres de Joan. Los hombres a los que no se follaba no tenían el menor interés para ella.

Hollywood era una herida. Nunca hablábamos del año que pasó fuera. Me dejó. Nunca se disculpó, nunca me dio una buena explicación de por qué no me habló de sus planes. ¿Y en ese momento aparecían viejos amigos? Levanté la mano para encender el cigarro de Joan y me tembló. Joan la miró y después me miró a mí. Pero ese hombre se había ido, me recordé. Ya no era alguien de quien tuviera que preocuparme.

—¿Para qué me lo dices, entonces?

Eso captó su atención.

—¿A qué te refieres? —Jugueteó con la pulsera de diamantes que rodeaba su delgada muñeca.

—A ver, ¿para qué te has molestado en venir a decírmelo si no me vas a contar el verdadero motivo de que ese hombre haya venido?

Joan me miró fijamente, como si se le hubiera olvidado, antes de recordarlo, quién era yo. «Soy tu amiga», quería decir, aunque esa palabra se quedaba muy corta.

Durante un segundo, creí que iba a confesar. Durante un segundo, creí que me lo iba a contar todo. Pero, después, sonrió y la Joan de siempre reapareció. Se inclinó sobre la mesa y me besó en la mejilla.

En ese preciso momento, Tommy se asomó por la puerta de la cocina.

—Ve en busca de Maria —le ordené, pero después modulé la voz (la conversación con Joan me había desestabilizado)— o entra a saludar a la señorita Joan. ¿Quieres saludarla?

Tommy desapareció de la vista salvo por su manita, que seguía aferrada al marco de la puerta.

—No sé dónde está Maria —masculló. Joan no estaba de humor para tratar con niños ese día. Mis preguntas ya la habían frustrado y no quería irritarla todavía más.

—No pasa nada, Cee —dijo ella en voz baja. Se puso de pie—. Ven a saludar a la señorita Joan —le dijo a Tommy, y se acercó a la entrada de la cocina, donde se arrodilló antes de cubrir la mano de mi hijo con la suya.

Tenía las suelas de los zapatos muy ajadas. El pelo, sujeto por un sinfín de horquillas metálicas, no había visto un cepillo en varios días.

—Ven a saludar a la señorita Joan —repitió. La mano de Tommy desapareció.

—No saldrá —dije—. Hoy está muy tímido.

Joan no me hizo caso.

—Tommy —insistió—. Por favor. —Hablaba con voz llorosa. Hizo que me entrasen ganas de llorar, aunque no entendía muy bien el motivo.

La cabeza de Tommy apareció, con una sonrisa en los labios. Había estado jugando con Joan. Y esta había ganado.

—Ah —dijo Joan, que abrazó con fuerza a Tommy—, quieres a la señorita Joan, ¿verdad?

Tommy tenía la cabeza apoyada en el hombro de Joan. Su manita jugaba con su pendiente.

Me alegré de que Joan hubiera encontrado una persona que la consolase ese día.

11

Mi madre empezó a desvariar después de la visita de mi padre. Había momentos de lucidez, cuando pedía con claridad agua, otra manta o me llamaba por mi nombre, y otros momentos en los que estaba segura de que no me reconocía. Idie me lo había advertido: «La mente abandona el cuerpo en primer lugar, Cecilia».

Pocos días después de la visita de mi padre, Joan apareció cuando acabaron las clases, como hacía casi todos los días. Estar cerca de la muerte, con mi madre en la planta superior mientras nosotras bebíamos refrescos y comíamos minisalchichas del bote, nuestro aperitivo preferido, no la incomodaba.

—Mi madre me dijo que tu padre vino la semana pasada. No me lo habías contado. —Pero no lo decía para acusarme. Cogió la última salchicha. La masticó y se la tragó. Parecía muy fuerte, vital y presente. Mi madre apenas podía beber un sorbo de agua sin atragantarse.

Meneé la cabeza.

—Solo estuvo un ratito. Creo que es la última vez que vendrá.

Me pregunté, de pasada, cómo se había enterado Mary, pero Mary se enteraba de todo.

—Mi padre no quiere que viva con él —dije, de repente. Joan se había puesto de pie para abrir el frigorífico. Siempre estaba muerta de hambre a esa hora—. Ha dicho algo de que me quede aquí, con Idie.

Se volvió hacia mí, con un bote de pepinillos en una mano y un pan en la otra. Joan nunca se sentía confusa. Aceptaba el mundo tal como se le presentaba. Nada la sorprendía. Pero yo sí lo había hecho, en ese preciso momento. No se le pasaba por la cabeza un mundo en el que un padre no quisiera a su propia hija.

Su expresión me enfureció. Inspiré hondo mientras me decía que Joan era una niñita tonta en algunos aspectos.

—¿Por qué creías que iba a ser de otra manera? —le pregunté. Fui incapaz de ocultar la rabia que sentía—. Ya sabes cómo es esto. Y ya sabes cómo es mi padre.

—Lo siento, Cece. —Hablaba en voz baja—. Vendrás a vivir con nosotros, a Evergreen.

Cerré los ojos y escuché el tintineo del tarro cuando lo dejó en la encimera. Se acercó a mí y me abrazó por detrás. Y yo me eché a llorar.

Esa noche me desperté con los gemidos de mi madre. Yo dormía en su diván, con la gruesa manta de cachemira que estaba en su dormitorio desde que yo era pequeña. Era de Escocia, o eso solía decirme mi madre, y no podía tocarla.

En ese momento, la manta, que era pesada aunque muy suave, era mi único consuelo por las noches. La asociaba con el sueño, cuando podía envolverme en ella y desconectar del mundo mientras mi madre no me necesitara.

Normalmente dormía a ratos: una hora por aquí, media hora por allá. Pero esa noche cerré los ojos a medianoche y el reloj marcaba las 4:13 cuando los volví a abrir y levanté el brazo hacia la ventana a fin de ver la hora a la luz de la luna. El reloj fue un regalo de mis padres el año anterior. Me lo entregaron en una delgada cajita roja de Lechenger's para mi decimocuarto cumpleaños. Era un reloj demasiado bonito para una adolescente, con una pulsera de oro con diamantes que enmarcaban la delicada caja del reloj, y lo había tenido guardado en el cajón de los calcetines hasta hacía bien poco. Nunca antes había necesitado un reloj; en casa, Idie me mantenía al tanto de la hora. En el colegio, eran los profesores. Pero, en ese momento, mi madre necesitaba sus medicinas a una hora en concreto; en ese momento, necesitaba saber siempre qué hora era.

—Quiero bañarme —dijo mi madre después de que yo le llevara a los labios el vaso de agua que acababa de llenar. Meneó la cabeza y apretó con fuerza los labios—. Bañarme —repitió.

Y su voz destilaba tal anhelo, tal deseo, que no supe cómo negarme. Debería haberme negado. O debería, al menos, haber llamado a Idie para que me ayudase. Sin embargo, mi madre habría gritado al verla, así que ¿para qué?

—Muy bien —dije—, quieres bañarte. Voy a llenar la bañera.

Y me puse de pie, mientras sentía que las palabras de Idie, ese «Voy a llenar la bañera», sonaban muy raras de mi boca. Era Idie quien me había preparado el baño durante años, hasta que fui lo bastante mayor para no necesitarla. No recordaba ni una sola vez en la que lo hubiera hecho mi madre. Me quité el reloj y lo dejé en su mesita de noche, junto con los botes de pastillas que montaban guardia.

La bañera de mi madre era de porcelana, con pies de hierro. Muy bonita, como todo lo que poseía, que era bonito. Solía retirarse a su habitación por las noches y yo oía el agua correr durante mucho tiempo, antes de que se hiciera el silencio, y después oía el desagüe, y así fue cómo comprendí, sin que nadie me lo dijera, que a mi madre le gustaba darse baños largos. A mí no. No tenía la paciencia necesaria.

Saqué los frasquitos con líquidos color pastel de debajo del lavabo, junto con el bote verde de sales de baño, que tenía una cucharita plateada dentro. Lo había puesto allí cuando la enfermera me pidió que despejase el cuarto de baño de todo lo que no fuera imprescindible. En ese momento, tenía la sensación de que alguien me observaba mientras realizaba la tarea, echando un poquito de esto y otro de aquello a medida que se llenaba la bañera, con la idea de crear el mejor aroma posible. Me sentía como una hechicera. Pero llegó el momento de ir a por mi madre.

«Es como mi hija», pensé mientras le rodeaba la espalda con un brazo para sentarla en la cama y le sujetaba la cabeza con la mano. Un día, llevaría a mi hijo de esa misma manera. En ese instante, el olor de mi madre me llenó la nariz y la idea, que empezó siendo tierna, se volvió grotesca.

La medio llevé en brazos y la medio arrastré hasta el cuarto de baño, y después la dejé delante del espejo y la desnudé siguiendo su reflejo. Hacía ya tiempo que habíamos cambiado sus camisones de seda por gruesos pijamas de franela, que no eran del estilo de mi madre. Llamé a Battlestein's y pedí que me enviaran la talla más pequeña de hombre. Mi madre siempre tenía frío, siempre estaba helada, y en ese momento, mientras le quitaba la parte de arriba por la cabeza y le deslizaba los pantalones por las caderas, jadeó.

Tenía el cuerpo desnudo de mi madre pegado a mí. Se le notaban tanto los huesos que sus vértebras parecían bloques de construcción de un juego infantil. El lugar donde deberían estar sus pechos estaba pegado a los míos, con sus huesos contra mi carne. No sentí nada. Ni ternura ni compasión. Solo el deseo de meterla en la bañera sin hacerle daño.

Y, de alguna manera, lo conseguí. Se quedó allí tumbada mucho tiempo, gimiendo de placer, casi de forma imperceptible. Le apoyé la cabeza en una toalla doblada y, de vez en cuando, vaciaba un poco la bañera para rellenarla con más agua caliente. Era un trabajo satisfactorio, porque mi madre se sentía satisfecha.

No sé cuánto tiempo se quedó en la bañera. No me acordaría del reloj hasta la mañana siguiente, cuando amaneció. En mis recuerdos fueron horas, pero era imposible. Nos habríamos quedado sin agua caliente mucho antes. Mi madre habría sido incapaz de soportar la misma postura durante tanto tiempo. O tal vez lo habría hecho, ya que estaba más contenta en la bañera de lo que había estado en la cama, con las caderas flotando hacia la superficie como dos manzanitas perfectas. A lo mejor mi memoria no se equivoca y nos quedamos sentadas durante horas, mi madre con los ojos cerrados contra la luz mientras yo comprobaba la temperatura del agua una y otra vez, hasta que tuve las manos arrugadas como pasas.

—Estoy lista —dijo, a la postre. Parecía soñolienta. Parecía casi feliz.

Me agaché junto a la bañera e intenté levantarla, pero era mucho más difícil sujetarla estando mojada que seca. No quise vaciar la bañera antes a sabiendas de que tendría frío.

La dejé caer. Sucedió todo muy deprisa, todo a la vez. La tenía casi fuera de la bañera, con el torso cubierto por una toalla, y en un abrir y cerrar de ojos, la vi tirada en el suelo del cuarto de baño mientras un sonido inhumano brotaba de su garganta.

Llamé a gritos a Idie. Grité lo más fuerte que pude, tan fuerte que ni siquiera oía a mi madre.

Idie se manejaba bien en situaciones críticas. En cuanto la vi, dejé de gritar; pero mi madre empezó a hacerlo, furiosa por la presencia de Idie y presa del dolor. Idie la examinó deprisa, le pasó las manos por los brazos y las piernas mientras mi madre yacía tumbada en la alfombrilla del baño, apenas cubierta por la toalla.

—Lo siento —susurraba yo una y otra vez.

—Tranquila —me interrumpía Idie—. El hombro —dijo al terminar. Mi madre se había callado, menos mal, y había cerrado los ojos para no vernos—. No creo que se lo haya roto —continuó—. Se lo ha desencajado.

Le toqué el hombro con todo el cuidado del mundo, pero mi madre se encogió de dolor. Ya se le estaba formando un buen moratón. Parecía imposible: mi madre tenía la sangre muy débil, muy agotada, ¿cómo se las había apañado para formar una magulladura semejante?

Se sometió a las manos de Idie: la llevamos a la cama, la secamos, la vestimos y la arropamos. Solo nos iluminaba la débil luz de la lamparita de la mesita de noche, algo que agradecí, ya que así Idie no podía ver con claridad lo escuálido que se había vuelto el cuerpo de mi madre. Aun así, seguro que vio en lo que había quedado mi hermosa madre. El afán protector y la vergüenza se apoderaron de mí.

Sin embargo, era más fácil, muchísimo más, moverla con la ayuda de otra persona. Cada vez que la movíamos, por poco que fuera, mi madre gemía, y yo me reprendía por no haber tenido más cuidado. Nunca antes le había provocado dolor a mi madre. Antes, solo lo había mitigado de alguna forma: con medicamentos, con una bolsa de agua caliente o con un masaje. Casi siempre con medicamentos.

Estaba al borde del llanto, pero no quería que Idie me viera llorar.

—¿Quieres que la machaque? —le pregunté al tiempo que sostenía en alto los calmantes—. ¿O puedes tragártela?

Hacía esa misma pregunta decenas de veces al día. Tenía varias pastillas, para diferentes dolencias. Llevaba un cuadro para tenerlo todo controlado, lo había dibujado en papel milimetrado de la clase de Geometría. Lo pegué con cinta adhesiva a su mesita de noche, en el lado de la ventana, donde mi madre no lo veía. Habría detestado ver algo así pegado a la preciosa pared de su preciosa habitación. O tal vez ya no tuviera la energía suficiente para detestar algo, para pensar en cosas como restos de adhesivo. Tal vez fuera un bálsamo creer que era así.

Cuando mi madre contestaba, solía decir: «Tragar». Cuando no lo hacía, machacaba la pastilla. Mi madre no me miraba. De modo que me alejé de la cama, metí la pastilla en el mortero y levanté la maja. Cuando habló, su voz sonó muy clara, como no había sonado en mucho tiempo.

—Machaca mil más. Libérame de esto.

Miré a Idie, que estaba a los pies de mi madre, lo bastante cerca para ayudarme, pero lo bastante lejos para que mi madre no reparase en ella. Su expresión era impenetrable.

—Para —dije—. Para ya.

—Dile. —Mi madre señaló con la barbilla hacia Idie—. Dile que se vaya.

Miré la compota de manzana que tenía en la mano antes de mirar a Idie. No quería que se fuera, pero necesitaba que lo hiciera. Idie asintió con la cabeza antes de salir por la puerta y cerrarla con suavidad. El amor me abrumó.

—Ya está —dije—, como si nunca hubiera estado aquí.

Le di la compota de manzana a mi madre con una cuchara. Era como meterle comida a un muerto en la boca. No encontraba resistencia cuando la cuchara tocaba sus labios, no había indicios de que supiera que la estaban alimentando, salvo por la débil contracción de su garganta al tragar. Empecé a llorar. No había llorado delante de mi madre desde que era una niña muy pequeña, tal vez alguna lagrimita de vez en cuando, pero no de esa forma. Sentía las sacudidas de mis hombros. Me sentía desesperada. ¿Cuánto tiempo podríamos seguir así? Podía hacerle daño de nuevo, fácilmente, y la próxima vez podría ser peor. No estaba preparada para eso. No se me daba bien.

Mi madre abrió los ojos.

—Ha llegado el momento —dijo, como si me hubiera leído el pensamiento. Movió el brazo dolorido e hizo una mueca. Sabía que intentaba cogerme la mano, de modo que se la ofrecí. Me la sujetó con más fuerza de la que había mostrado en varias semanas. Creo que nunca me he sentido más unida a ella que en ese momento. Y tal vez por eso hacía lo que hacía: por la cercanía—. Una docena —añadió, y señaló con la cabeza la compota de manzana, que yo sostenía a medio comer, en la mano—. Y me dormiré.

Era incapaz de hacerlo. Llevé las pastillas y el mortero al cuarto de baño por la mañana temprano, mientras mi madre dormitaba, intranquila. Fue lo más lejos que llegué.

Idie me encontró sentada a la mesa del desayuno, con un cuenco de cereales por delante. No tenía hambre. Había perdido casi cinco kilos desde que mi madre enfermó. La ropa colgaba de mi cuerpo, ya que estaba pensada para una versión más robusta de mi persona. Me pregunté, mientras estaba allí sentada, mientras los cereales se convertían en gachas, si recuperaría el peso después de que ella muriera. Me daba un poco igual. No conocía a ninguna chica sin padres. Había chicas con padres adoptivos, aunque era muy raro, incluso en Houston. Pero todas las chicas que conocía tenían una madre con ellas, una madre que todas conocíamos y que podíamos ver; una madre que se aseguraba de no desaparecer.

Idie se llevó el cuenco de cereales y lo reemplazó por una taza de café caliente y un rollito de canela.

—Come —me dijo, y lo intenté.

Se sentó a mi lado, con otra taza de café. Quería decirme algo de la noche anterior, lo sabía, pero estaba demasiado agotada como para ayudarla a comenzar con lo que necesitaba decir.

—Dios se la llevará cuando llegue su hora —dijo a la postre, y se llevó la mano a la crucecita de oro que descansaba en la base de su garganta, la única joya que le había visto puesta. Le cambiaba la voz cuando hablaba de Dios. Todo su porte cambiaba, se volvía más serio. No me gustaba. Mucho menos me gustaba en aquel momento, con mi madre en la planta alta, tan cerca de la muerte que tenía que humedecerle la lengua cada hora o se le secaría como si fuera una esponja.

Asentí con la cabeza. Parecía el camino más fácil.

Sin embargo, sentía la mirada de Idie clavada en mí. Tras un momento, volvió a hablar.

—¿Te lo ha pedido antes?

Estaba demasiado cansada para mentir.

—Sí —contesté—. Empezó hace una semana. Tal vez más tiempo. No me acuerdo.

Miré a Idie en ese momento y me sorprendió comprobar que parecía complacida. Después, comprendí el motivo. No había hecho nada por ayudarla. A ojos de Idie, era una niña buena. Sabía distinguir entre lo que estaba bien y lo que estaba mal. Me cubrió la mano con la suya. Era agradable sentir la caricia de una persona que no estaba enferma.

—El hombre no debe intervenir en los asuntos de Dios —dijo ella, y yo volví a asentir con la cabeza mientras se me cerraba la garganta.

—No lo haré —repuse—. Intervenir —expliqué, por si no sabía a qué me refería—. No puedo.

Dejé caer a mi madre el viernes y a Idie la recogieron Dorie y su marido el domingo a primera hora para ir a misa, con su enorme Lincoln azul, un coche que fue un regalo de los Fortier. No volvería hasta la mañana siguiente. Mi madre dejó de hablar después de aquella noche. Gemía, gritaba y emitía otros sonidos, pero las últimas palabras que oí de sus labios fueron las que me pedían que la dejara dormir.

Joan apareció esa noche para que yo no estuviera a solas con mi madre, y preparé sándwiches de mantequilla de cacahuete de cena, y luego Joan nos sirvió a las dos una copa del vino blanco dulce de mi madre, y nos lo bebimos en mi habitación mientras escuchábamos una y otra vez la canción «Always» de Frank Sinatra. Joan estaba recostada en los almohadones y movía la aguja del tocadiscos cada vez que terminaba la canción. Yo me quedé dormida encima del cobertor. Me desperté una vez, brevemente, y descubrí que Joan me estaba arropando con una manta. Debería haberme levantado en ese momento para echarle un vistazo a mi madre. No debería haberla dejado sola. Pero lo hice.

La siguiente vez que me desperté, fue por los gritos de mi madre.

—¿Qué narices? —exclamó Joan, aunque era más una pregunta retórica.

Sabía lo que tenía que hacer. Tenía que recorrer el pasillo, entrar en la habitación de mi madre y atenderla. Estaba sufriendo. Era algo evidente a juzgar por los gritos, que empezaban a decaer. Pero no hice nada de eso. Ni siquiera me incorporé.

—Calla —dije al tiempo que me llevaba un dedo a los labios—. No tiene fuerzas para gritar durante mucho tiempo. —Y, después, cerré los ojos y meneé la cabeza—. No puedo hacerlo, Joan.

Joan no replicó. Se había sentado, de modo que solo le veía la espalda, no la cara.

—Quiere que le dé más pastillas. —Ya estaba, lo había dicho—. Quiere las pastillas para morir —seguí, en busca de las palabras adecuadas.

—Te había entendido —repuso Joan, y se volvió para que pudiera ver su bello perfil, iluminado por la luz de la luna—. ¿Y?

—Y... —añadí en un susurro. Los gritos de mi madre habían cesado. Empecé a sollozar. La histeria brotaba de mi garganta—. La dejé caer. Quería darse un baño y la dejé caer. Era muy resbaladiza entre mis manos. Como un bebé. Quería sujetarla, pero la dejé caer. Yo...

—Tranquila —dijo Joan. Se volvió para que pudiera verle la cara—. Mi madre dice que se irá en una semana.

—Una semana —repetí, y me tragué un sollozo. Se me antojaba un espacio de tiempo interminable—. He intentado machacar las pastillas, pero he sido incapaz. Me las llevé al cuarto de baño y las puse en el mortero, pero fui incapaz de hacerlo. —Meneé la cabeza—. Fui incapaz.

Joan me miró un buen rato.

—No creo que una semana suponga gran diferencia —dijo a la postre.

Y ¿era eso lo que había querido desde el principio? No lo sabía. Ni siquiera ahora soy capaz de saberlo.

—Será una semana espantosa —dije, para asegurarme de que la estaba entendiendo.

—Pues asegurémonos de que sea esta noche.

Fue fácil después de eso. No pensé en Idie, en lo mucho que desaprobaría lo que yo... lo que estábamos haciendo las dos. Solo pensé en la tarea que tenía entre manos. Fui al dormitorio de mi madre y recogí el mortero y las pastillas. Se lo di todo a Joan, que estaba delante de la puerta, y luego me acerqué a mi madre, que me observaba. Su mirada parecía despierta. Me gusta pensar que lo entendía. Tenía las mantas por la cintura y estaba temblando. Hice ademán de arroparla, de cubrirle los brazos, como le gustaba, y emitió un chillido de aviso. Comprendí que si la tocaba, le haría daño.

—No te tocaré —dije—. Te lo prometo.

Mi madre estaba aterrada. Sus sonidos parecían los de un animal y me observaba como lo haría un animal.

—Te lo prometo —repetí.

Joan llamó a la puerta. Sucedió todo más rápido de lo que pensaba.

—Joan va a entrar. Te va a dar de comer. Y vas a dejar que lo haga, ¿verdad? Vas dejar que haga lo que yo no puedo hacer. —Cubrí la mano de mi madre con todo el cuidado posible. Toleró el contacto. Tenía la mano fría, cubierta de granitos. Era su piel, que se estaba desprendiendo—. Pasa —le dije a Joan.

Hubo un instante, cuando Joan colocó la primera cucharada contra la boca, en el que no supe si mi madre aceptaría comer de manos de Joan, pero después la vi abrir la boca, prueba de que lo entendía. O eso me pareció a mí.

Después de terminar, Joan se marchó. Cogí la manta de cachemira del diván y me tumbé en la cama con mucho tiento. Mi madre me había repetido durante toda la vida que me moviera sin hacer ruido, que caminara más despacio, que hablara en voz más baja. Que me moviera por su casa de tal forma que no llamara la atención sobre mi persona.

Esa noche fui tan discreta que no creo que supiera que estaba allí.

12

En diciembre de 1950, Joan llevaba ocho meses desaparecida. Algunos días me despertaba con la sensación de que había muerto. El mundo era menos interesante sin ella. De vez en cuando me animaba lo suficiente como para ir a una fiesta o a almorzar con las chicas, pero casi siempre me levantaba a mediodía y vagaba por el apartamento hasta que comenzaba la programación de televisión a las cinco de la tarde. Una vez a la semana más o menos, cuando notaba que Sari me miraba más de la cuenta, salía para ir al cine: al Majestic o al Tower, a la matiné. Una vez en el cine, cerraba los ojos y me imaginaba a Joan en las películas, codeándose con Patricia Neal. Entre los brazos de Humphrey Bogart.

Empezaba a aceptar que tal vez jamás regresaría. Llevaba meses sin dormir vestida con su ropa. Empezaba a ver mi vida, mi futuro, sin Joan, y no sabía qué me depararía dicho futuro. No sabía cuánto tiempo más me permitirían los Fortier seguir viviendo en el Tarro de la Cobaya. No sabía adónde iría una vez que me marchara. Podría haberme comprado una casa. Podría haber comprado tres casas. Pero no quería vivir sin Joan.

Ciela me suplicó que saliera la noche de Fin de Año.

—No puedes quedarte aquí encerrada —dijo—. No es sano. ¡Y es la mejor noche del año!

Me encogí de hombros.

—Cece —insistió Ciela, tirando de mí para levantarme del sofá. Llevaba sentada prácticamente todo el día, con la mirada perdida mientras hojeaba ejemplares antiguos de *Vogue*. Era incapaz de concentrarme lo suficiente para leer—. Insisto.

La fiesta se celebraría en la casa de un estudiante de primer año que vivía en Galveston. Fingí dormir durante el trayecto en coche, para no tener que hablar. Abrí los ojos mientras atravesábamos el puente que conducía a la isla, con la esperanza de pasar frente a la casa de la playa de los Fortier, pero no fue así.

Me arrepentí de haber accedido a ir en cuanto bajé del coche. La pandilla de siempre estaba al completo, y no me gustaban sus miradas.

—Cuánto tiempo sin verte —dijo Kenna.

Y Darlene preguntó:

—¿Joan va a salir en alguna película?

—Tiene más posibilidades que cualquiera de nosotras —solté al tiempo que me envolvía los hombros con la estola de piel. El aire era muy frío.

—Tranquila —replicó Darlene con un tono de voz que pretendía apaciguarme pero que solo sirvió para enfurecerme más.

—Vamos —dijo Ciela dirigiéndole una mirada furibunda a Darlene que yo no debería haber visto—. Vayamos afuera.

La seguí hasta la playa. Me estaba tomando un *gin-tonic* muy cargado, aunque llevaba tanto tiempo bebiendo más de la cuenta, sola, hasta altas horas de la madrugada, que apenas noté el efecto. Había un grupo de chicos fumando alrededor de una fogata. Reconocí a algunos, pero me daba exactamente igual.

—¿Tenéis fuego? —preguntó Ciela, y Danny, un jugador de fútbol americano con las patillas muy bien arregladas, se acercó para encenderle el cigarro.

Me quedé allí parada y me contenté con escuchar mientras Ciela coqueteaba y ejercía de reina.

Negué con la cabeza cuando un chico se acercó a mí para ofrecerme una cerveza. Levanté el *gin-tonic*, irritada. Esa noche no quería hablar. Quería que el mundo me dejara tranquila.

Pero el chico no se marchó, se quedó a mi lado y clavó la mirada en el agua.

—Hace una noche agradable, ¿verdad?

Me volví hacia él.

—Di otra cosa —repliqué.

Él se echó a reír. Creía que yo estaba coqueteando.

—Otra cosa —repitió, y eso fue lo que me convenció: era el chico del gimnasio, el chico que había tocado (que había hecho mucho más que tocar) a Joan.

—Eres tú —dije.

Él dejó de reírse.

—¿Quién? ¿Nos conocemos? Voy a Lamar, me mudé aquí el año pasado... —Hablaba sin ton ni son. No me conocía. Solo era una chica desconocida que lo estaba poniendo nervioso.

Negué con la cabeza.

—No importa. —Le toqué el brazo y él me miró la mano con curiosidad. Retrocedió un paso, pero yo lo seguí.

Su piel era suave al tacto. Apenas si tenía vello en el brazo, que estaba cubierto por una lluvia de pecas muy claras. No era particularmente atractivo. Era normal. Estatura media. Aspecto normal. Como un millón de chicos más.

—¿Por qué tú? —pregunté.

—Oye —dijo, y levantó las manos—. Tengo que pirarme. —Se alejó a la carrera, de vuelta a la casa, y lo observé marcharse, observé al chico que había logrado que Joan experimentara tanto placer.

No era nadie. No había significado nada para Joan. No había ido a ningún sitio con él. En lo más recóndito de mi mente, pensaba que tal vez lo hubiera hecho. Me reí. No sabía nada, ni sobre Joan ni sobre cualquier otra cosa. Solo que se había ido sola. Joan era tan valiente, tan atrevida... El único lugar al que yo iba sola era a un cine vacío a mediodía, e incluso eso me daba vergüenza.

Me alejé hacia la orilla.

—¿Cece? —me llamó Ciela, pero agité la mano para tranquilizarla.

—Voy a dar un paseo. No tardo —grité—. Te lo prometo.

La playa estaba llena de fogatas. Seguramente estaba traspasando alguna propiedad privada. Pero me daba igual.

—¡Señorita! —gritó un hombre mientras pasaba junto a un grupo de hombres y mujeres que fumaban cerca del agua—. ¡Señorita!

No le hice caso. Me imaginé al día siguiente, aún caminando por el arcén de alguna autopista, con los pies llenos de ampollas por culpa de los zapatos de tacón. No conocía en absoluto a Joan Fortier y mi vida dependía en gran medida de ella. ¿Qué más le daba a la gente si seguía caminando eternamente? Era una chica con un padre en Oklahoma al que llevaba meses sin ver. Una chica sin madre. Una chica sin vínculo alguno con el mundo.

Unas palmaditas en el hombro y la respiración agitada del hombre que había tratado de llamar mi atención poco antes.

—Caminas muy rápido —dijo, y yo estaba a punto de darme media vuelta (solo quería seguir caminando), cuando vi que levantaba mi estola—. Se te ha caído esto.

Miré la estola de piel. Podría vivir sin ella. Pero, de repente, agradecí tenerla, agradecí que ese hombre me la hubiera devuelto.

—Gracias.

—De nada. —Se inclinó hacia delante, como si estuviera examinándome la cara.

Sentí una oleada de ternura por ese hombre tan guapo que me miraba como si dispusiera de todo el tiempo del mundo. Como si yo fuera la chica más importante del mundo.

—Soy Cecilia. Cece. —Le tendí la mano.

Él la aceptó.

—Y yo Ray. Ray Buchanan. ¿Por qué no te vienes con nosotros un rato y descansas? —Señaló hacia la playa, hacia un par de sillas Adirondack que, en ese momento, parecían muy tentadoras. Tenía los ojos de un castaño oscuro y pestañas espesas, casi femeninas. Se apartó un poco y me indicó con los brazos que yo me adelantara. Que él me seguiría.

Y acepté.

Ray bastó para hacerme creer en Dios. Apareció y dejé de sentirme sola. Ocupó mi mente y mi cuerpo.

Tres días después de conocernos, estábamos besándonos en el sofá de su casita de ladrillo situada en Bellaire. El Tarro de la Cobaya era más bonito, pero no más cómodo, y de todas formas Sari siempre estaba allí. Ray me estaba besando el cuello, abrazándome mientras me enterraba las manos en el pelo, cuando yo hablé.

—No tengo a nadie —confesé. Era la primera vez que decía esas palabras.

Ray se apartó para mirarme.

—¿A qué te refieres? —me preguntó. Todavía estaba vestido, pero yo me había quitado la parte de arriba, que yacía arrugada debajo de la mesa del sofá. Los tirantes del sujetador descansaban en torno a mis codos. Ray me acarició un pecho con suavidad—. Eres... —dijo y guardó silencio, como si no encontrara las palabras para definirme.

—¿Preciosa? —pregunté con una sonrisa en los labios. Era lo que los hombres decían cuando se emocionaban: que la mujer con la que estaban era preciosa.

—Bueno, sí..., pero, no. —Meneó la cabeza. Necesitaba un corte de pelo. Llevaba el pelo corto, según los dictados de la moda, peinado hacia atrás con gomina. Era un estilo poco favorecedor, pero Ray tenía un mentón firme. Yo ya había pensado lo mucho que se beneficiarían nuestros hijos de dicho mentón. Mis rizos, su estructura ósea—. No estás sola —concluyó.

Joan se fue, pero Ray llegó a mi vida para llenar el vacío.

—Es un buen partido —dijo Ciela.

Mi padre visitó la ciudad por negocios y nos invitó a almorzar.

—Un buen hombre —comentó.

Darlene me dio su aprobación en plena borrachera.

—¡Has encontrado al último hombre bueno de Houston!

«Bueno.» Ese era el adjetivo que todos usaban para describir a Ray. Y era cierto.

Jamás había hecho algo realmente malo. Me contó que el momento más triste de su vida fue cuando murió el perro que lo había acompañado durante su infancia; él tenía dieciséis años. Quería a su madre, iba a pescar con su padre, mantenía el contacto con sus amigos del colegio y con los de la universidad. Nunca hablaba de trabajo, aunque trabajaba como un mulo, porque decía que prefería dejar ese mundo en la oficina. Sabía todas las cosas importantes que debía saber sobre él, pero eran las pequeñas cosas las que me emocionaban: su forma de preguntarle a los empleados de la gasolinera qué tal les iba el día, y que lo preguntara en serio; su costumbre de levantarse siempre el primero cuando una mujer entraba en una habitación, pero sin afán libidinoso; la manera de retirarle la silla antes siquiera de que la mujer supiera que quería sentarse; la benévola sonrisa que lucía mientras escuchaba conversaciones que yo sabía que no le interesaban.

Preparaba unos manhattans de muerte, estaba de infarto en bañador y no hablaba de política en grupo. Y no le asustaban mis extrañas circunstancias, tal como les habría sucedido a muchos otros hombres. Hombres que querían que sus esposas fueran santas, no huérfanas de madre con padres que disfrutaban de aventuras extramatrimoniales abiertamente.

Deseé casarme con él casi tan pronto como lo conocí. Deseé empezar una vida con Ray Buchanan. Estaba segura de que me lo propondría pronto. Ya me había presentado a sus padres. Nos habíamos detenido en el escaparate de los anillos en el Lechenger's y me había preguntado por mi preferido. Señalé un diamante con corte pera.

Los hechos de nuestras vidas también encajaban. Ninguno de los dos imaginaba vivir en otro lugar que no fuera Houston. Ray, porque trabajaba con el petróleo; yo, porque era el único sitio que me parecía mi hogar. Nos movíamos prácticamente en los mismos círculos. Los amigos de Ray eran algo mayores, pero Ciela, por supuesto, lo conocía de oídas. Se ganaba bien la vida. Tenía que trabajar, pero dicho trabajo, junto con el dinero de mi herencia, significaba que tendríamos una vida acomodada.

Los cuatro meses que pasamos juntos mientras Joan estaba fuera son una nebulosa feliz en su mayor parte. Sexo, cuatro veces al día. En una ocasión, le coloqué la mano en la entrepierna, por debajo de la chaqueta, durante la matiné de *El crepúsculo de los dioses*. Nuestro amor parecía un poderoso flechazo. Echaba de menos a Joan (le escribía cartas mentalmente, contándoselo todo sobre mi nueva vida), pero aprendí a desviar hacia Ray toda la atención que antes le prestaba a Joan. Ray no entendía mi relación con ella, ni con los Fortier.

—¿Quieres decir que este sitio es de los Fortier? —me preguntó una tarde que le preparé la cena en el Tarro de la Cobaya, aprovechando el día libre de Sari—. ¿Y vives aquí sola?

Pero supongo que le resultaba fácil no insistir en el tema cuando Joan no estaba. Era fácil pasar por alto a una desconocida. Seguramente le pareciera, como me lo parecía a mí, que Joan no iba a regresar.

En cuanto a mí, no hablaba de ella. Le había dicho a Ray que había sido mi mejor amiga desde la infancia y que se había fugado a Hollywood. Si me preguntaba si yo estaba al tanto de sus planes, pensaba mentirle, pensaba decirle que sí, tal cual había hecho con Ciela.

—Quería ver el mundo que existe fuera de Houston.

—Pero tú no necesitas ver ese mundo, ¿verdad, Cece? —me preguntó al tiempo que me tomaba de la mano, y me percaté de que Joan Fortier no le importaba en absoluto. Solo le importaba yo.

Sonreí y negué con la cabeza.

—No —contesté—. Aquí tengo todo lo que necesito.

—Y era cierto.

13

Y después, durante la primavera de 1951, un año después de que Joan desapareciera, regresó. Volvió sin fanfarrias. Abrí la puerta una noche para salir (tenía que reunirme con Ray para cenar en el Confederate House) y allí estaba, con un bolso rojo colgado del brazo y un sombrerito en la cabeza.

Sabía que iba a volver. Dos semanas antes de Pascua, Mary y Furlow me habían pedido que fuera a Evergreen y me informaron de que la aventura de Joan había llegado a su fin. Intentaron, sobre todo Furlow, quitarle hierro al asunto.

—Quería ser una estrella —adujo Mary con voz gélida, y aunque no habría dicho que se estaba burlando de Joan, le faltaba muy poco.

—Pero ha descubierto que el mundo tiene estrellas de sobra —añadió Furlow con una carcajada forzada—. Y creo que también ha aprendido que la vida sin dinero no tiene gracia.

De modo que le habían cerrado el grifo a Joan. Solo me pregunté por qué habían tardado tanto.

—Sé que has estado esperando mucho tiempo —dijo Mary mientras me acompañaba a la puerta—. ¡Pero ya vuelve! ¿No estás emocionada? —Hablaba con una falsa alegría, como si yo fuera una niña a la que acababan de darle un regalo que llevaba mucho esperando.

—Sí —contesté—, por supuesto.

La respuesta brotó de mis labios al punto, aunque la verdad era más complicada. Era como estar emocionada por ver un fantasma. La espera sugería tener esperanzas, y yo había perdido la esperanza de que Joan regresara hacía mucho tiempo. Deambulaba por el Tarro de la Cobaya con sus cosas, incluso con su criada, saludándome a cada paso. Me recordaba a la semana que viví en casa de mi madre después de que muriera, antes de mudarme a Evergreen. En ese momento, con el anunciado regreso de Joan, me parecía imposible, como si volviera de entre los muertos: ¿cómo podía una persona, una persona a la que había querido más que a nadie en el mundo, desaparecer por completo de mi vida para reaparecer un año después? Parecía cosa de magia, de brujería. Pensar en ella me aterraba. ¿Cómo comportarme en su presencia? Ya no comprendía lo que Joan esperaba de mí ni lo que yo esperaba de ella. No sabía de qué modo afectaría el novedoso y delicado equilibrio de mi vida: estaba enamorada. Había aprendido a querer a alguien además de a Joan.

Pero por supuesto que la deseaba con desesperación. Deseaba verla: sentarme a su lado, tocarle el hombro. Un hombro que seguramente habían tocado un montón de desconocidos desde la última vez que la había visto.

Deseaba todas esas cosas como se desea que te abracen de pequeño: me guiaba el instinto. Las deseaba desde un lugar que ni siquiera era capaz de identificar.

Sari y yo llevábamos varios días esperando. No sabía en qué momento exacto llegaría Joan.

—Aquí estás —dije, mirándola fijamente, parada sin hacer nada, con los brazos a los costados. Me sorprendía lo poco que Joan parecía haber cambiado.

El momento podría haberse eternizado, pero Joan cruzó el umbral y me rodeó con los brazos. No hizo falta nada más. Joan me quería.

Se apartó y observó la estancia.

—Menudo sitio —susurró, y, al menos, había cierta admiración en su voz.

—Vuelvo enseguida —dije. Tenía que llamar a Ray, decirle que no podía cenar con él—. Tenía planes. Pero esta noche no tengo que salir a ninguna parte. —Cogí la mano de Joan entre las mías. Necesitaba sentir su piel, necesitaba convencerme de que mi fantasma estaba allí de verdad.

Joan no parecía percatarse de mi nerviosismo. Ni de mi alegría. Se zafó de mis manos y se presentó a Sari, a quien no había visto en la vida. En ese momento estaba sentada en el sofá, acariciando el cuero con las manos, con una sonrisa radiante, pero se levantó enseguida y deslizó la puerta corredera del balcón para salir al exterior, donde jadeó con gesto dramático.

—¡Ay, por favor, qué vistas! —exclamó. Tenía una pose y hablaba como si estuviera delante de un público.

«No soy tu público —quise decir—. Soy yo, Cece, tu amiga de toda la vida.»

Llamé a Ray y después me reuní con Joan en el balcón.

—No vamos a quedarnos aquí —anunció—. Vamos a salir, las dos solas. A Maxim's.

Llamé a Ray después de volver a casa, de pie junto a la encimera mientras Joan se cambiaba de ropa en su habitación, con el teléfono pegado a la oreja. Seguía borracha por lo que me parecían litros y litros de los vinos de Maxim's, que tenía una bodega impresionante. Quería oír la voz de Ray. Me había pasado la noche deseando estar a su lado. En realidad, Joan y yo no habíamos estado las dos solas, tal como ella afirmó; al terminar la noche, decenas de personas se congregaban alrededor de nuestra mesa.

—Está muy animada —dije—. Feliz de haber vuelto, creo.

—¿Y tú? —me preguntó—. Pareces un poco alicaída.

Eso era lo que significaba tener a alguien que me quisiera. Joan había sido la estrella durante toda la noche. Furlow y Mary estaban terminando de cenar cuando aparecimos nosotras, y se quedaron un poco más mientras veían cómo Joan saludaba y charlaba con las personas que se acercaron a nuestra mesa, mientras la veían contarles que Hollywood había estado bien, pero no como Houston. Sin embargo, Ray solo quería que le hablase de mí.

Joan no significaba nada para él. En ese momento, yo era la estrella.

—Ha estado bien —contesté—, pero me he pasado todo el rato deseando estar contigo.

No sé qué me esperaba. ¿Tal vez una disculpa? Intenté convencerme de que Joan había tenido sus motivos, de que seguramente eran muy importantes.

Me había imaginado la conversación que mantendríamos: yo me mostraría dolida, un poco furiosa, y Joan diría que lo sentía, que lo sentía muchísimo, y se disculparía. Desvelaría el motivo que, sin duda, haría que su marcha, su ausencia y su silencio fueran comprensibles. Sin embargo, no sucedió. Joan se pasaba casi todas las mañanas en su habitación, con libros (la lectura era una costumbre que parecía haber desarrollado en Los Ángeles), y después, conforme se acercaba la noche, salía y se movía por el Tarro de la Cobaya cada vez más animada. Esa Joan no daría explicaciones. Ni yo se las pediría. Me sentía afortunada de tenerla de vuelta, y con eso tendría que bastar.

No obstante, a los pocos días de volver abrió la puerta de su dormitorio y me pidió que entrase. Los libros estaban en una ordenada pila sobre su escritorio.

—¿Me ayudas a vestirme? —me preguntó—. Salgamos esta noche. —Llevaba una bata rosa palo mientras bebía un martini, que, al parecer, se había convertido en su bebida preferida. Antes de marcharse, no tenía una bebida así—. En Hollywood —dijo mientras se ponía en pie, con voz distante— salíamos todas las noches. Incluso los domingos. Nos lo pasábamos genial, Cece. Me sentía viva.

«Cuéntame lo que hiciste —quería decirle—. Cuéntame lo que te mantuvo lejos de mí tanto tiempo.»

—Ray se muere por conocerte —dije en cambio. Parecía importante pronunciar su nombre. Lo echaba de menos, aunque había pasado poco tiempo desde la última vez que lo había visto.

La vestí con mi ropa, un vestido negro que me quedaba un poco grande. Ella lo rellenaba de una forma que yo jamás podría igualar. De todas formas, no era una prenda que me habría puesto... seguramente lo había comprado para Joan.

En el coche, Joan vio Houston pasar.

—Está igual —dije—. Te ha esperado.

Me hice esa pregunta mientras lo decía. ¿Había esperado Houston a Joan? ¿Era capaz de esperar a Joan? Esa noche, en el Cork Club... ¿cómo la recibirían? El antiguo grupo estaría allí, junto con Ray. Quería que Houston fuera la misma para Joan. Quería que Joan fuera la misma para Houston.

Cuanto más nos acercábamos, más parecía brillar Joan. Bebía whisky de una petaca, como las que los chicos solían llevar a los bailes del instituto.

Me la ofreció y bebí un sorbo, porque quería complacerla. Me alivió comprobar que, si bien no era del todo la antigua Joan —esa mantenía las distancias—, una versión parecida a ella volvía a mí, como si el fantasma de Joan se estuviera transformando en carne.

—Hummm —dije, aunque lo detestaba. Me pregunté qué pensaba Fred de lo que hacíamos en el asiento trasero. Si lo desaprobaba, si le importaba acaso.

Ray nos estaba esperando en la puerta. Al verlo sonreí, y la noche se volvió mucho más prometedora. Salir con Joan siempre me había provocado, desde que éramos adolescentes, una nerviosa emoción. Nunca sabía qué iba a hacer. Nunca sabía adónde nos llevaría la noche. La presencia de Ray, comprendí, era tranquilizadora. Sabía lo que él iba a hacer.

—Es él —le dije a Joan al tiempo que llegábamos a la entrada—. Es Ray.

Joan lo observó un momento, en silencio, y me consumió el pánico. Si a Joan no le gustaba Ray, si no le daba el visto bueno, lo estropearía para mí. Intenté no pensar en eso, porque seguro que Ray me importaba más que la opinión que Joan tuviera de él, pero sabía que era verdad.

—Es un bombón —dijo, y me sonrió—. Un bombón.

Se bajó de un salto del coche y corrió hacia él, con el taconeo de sus zapatos resonando a cada paso, mientras que yo la seguía a corta distancia.

—Vaya, vaya, hola —lo saludó al llegar delante de él—. Tengo entendido que has estado cuidando muy bien de Cece durante mi ausencia.

—Sí —replicó Ray, algo titubeante, y yo me colé debajo de su brazo antes de colocarle una mano en el pecho. Ray pareció animarse por mi caricia—. Encantado de conocerte —dijo, y la saludó con una inclinación de la cabeza.

—El placer es todo mío —casi canturreó Joan, y se atusó el pelo antes de hacerle un gesto con la cabeza al portero, que abrió la puerta con mucha pompa, como si comprendiera su importancia. E igual lo hacía.

Era sábado por la noche, el lugar estaba abarrotado. Recorrí la estancia con la mirada y vi una sección apartada en un rincón. Identifiqué a Glenn McCarthy, con sus gafas de sol y su pañuelo de estampado de leopardo. Estaba sentado a su mesa de siempre, con unas rubias muy elegantes y unos cuantos hombres impávidos. Me pregunté si eran sus guardaespaldas.

Me quedé de pie, a unos pasos por detrás de Joan. Se había detenido nada más entrar en el club, había retrocedido un poco, y me pregunté si se había asustado, si quería irse. Si volver a todo eso, a toda esa gente, a todo ese ruido, a todo ese humo y ese brillo, no era, de hecho, lo que quería. Tal vez era demasiado y demasiado pronto.

Me alejé de Ray.

—Tranquila —susurré y le toqué la espalda—. Quédate conmigo.

Me miró con una sonrisilla muy rara que no pude interpretar. ¿Debería haberla dejado sola? Miré a mi amiga, ataviada con mi vestido, con el pelo recogido en una coleta alta que yo misma le había hecho, y sentí la desesperación. No conocía a nadie y nadie me conocía.

—Gracias —dijo ella. Era todo lo que necesitaba. Me sentí eufórica. Pero, en ese momento, Joan se rehízo, cuadró los hombros y atravesó la estancia hasta llegar al centro, con la mano extendida, saludando a la gente que la miraba pasar. ¿Y quién la miraba? Todo el mundo.

—Así que esa es Joan —comentó Ray, que se colocó a mi espalda y me rodeó con los brazos.

—Sí —repliqué a la ligera al tiempo que me soltaba de sus brazos—. Esa es Joan.

Media hora después, Joan estaba sentada a la mesa del señor McCarthy mientras las rubias elegantes le lanzaban miradas asesinas. Una hora más tarde, tenía el pañuelo de estampado de leopardo en su cuello. De alguna manera, no parecía ridícula. Parecía que se lo estaba pasando en grande.

—Parece que ha aprendido unos cuantos trucos en Hollywood —comentó Ciela mientras fumaba, furiosa. Estábamos en la barra, con Ray, observando a Joan—. Ni siquiera ha saludado todavía. Está demasiado ocupada con Diamond Glenn.

En ese preciso momento, Joan nos vio y nos saludó con la mano, y antes de darme cuenta, estaba cruzando la estancia a la carrera para echarle los brazos al cuello a Ciela.

—¡Cuánto tiempo sin verte! —exclamó antes de echarse a reír.

—Ya lo creo —replicó Ciela—. No pude ir unos días a Hollywood el año pasado.

Joan no picó. Estaba demasiado animada, demasiado borracha, para ofenderse.

—¡Este sitio es feísimo a más no poder! —exclamó Joan en voz alta, y comprobé con la mirada que Glenn McCarthy no estuviera cerca para oírla.

—¡Joan! —masculló. Los pijos de Dallas podrían decir que el sitio era una horterada, pero nosotros estábamos orgullosos del Shamrock, que simbolizaba todo lo que amábamos en Tejas. Era más grande, mejor y más ostentoso, y teníamos una certeza irrefutable: no había otro igual en el mundo entero.

—¿Qué pasa? Esta noche me dormiré pensando en verde. Quiero ir a una sala de fiestas que me recuerde a París —dijo—. ¡O a Montecarlo! No a un paraíso de los duendes. —Un camarero depositó una copa de champán en su mano extendida—. Me mantienen bien alimentada —dijo, antes de guiñar un ojo.

Ciela resopló.

—¿París? ¿Montecarlo? Nunca has estado en esos sitios, ¿verdad, querida?

Joan se encogió de hombros.

—He leído sobre ellos. He visto un montón de fotografías. El buen gusto es el buen gusto. Ahora, si me perdonáis... —Tras decir eso, volvió a la multitud.

—¡Lee! —exclamó Ciela—. Ve fotos. «El buen gusto es el buen gusto» —repitió, imitándola, y me miró, a la espera, pero fui incapaz de hacerlo. No podía burlarme de Joan.

—Solo está emocionada —repuse—. Ya se tranquilizará.

Ciela suspiró.

—Vais a tener que perdonarme a mí también —dijo—. Tengo que ir a nuestros vulgares aseos.

—¿Joan siempre se comporta así? —preguntó Ray después de que Ciela se fuera.

—¿Cómo? —repliqué, aunque sabía muy bien a qué se refería. Bebí un sorbo de champán—. Vamos a bailar —sugerí, porque a Ray le encantaba bailar.

—Muy bien —dijo Ray—, pero tómate las cosas con calma, ¿quieres?

Sonreí.

—¡No quiero tomarme las cosas con calma! —Y salimos a la pista de baile, donde podía ir tan deprisa como quisiera.

Unas pocas horas después, con unas cuantas copas de champán más, Ray y yo estábamos sentados a la barra, yo casi en su regazo, cuando apareció Ciela corriendo, sin resuello.

—Tenéis que ver esto —dijo con voz alegre y nos indicó que saliéramos al exterior, a la piscina, y de inmediato supe que se refería a Joan.

Ya estaba a mitad de la escalera que subía a los trampolines más altos cuando llegué. Era imposible acercarme más: debía haber al menos doscientas personas en el patio junto a la piscina, mujeres con sus relucientes vestidos de noche, hombres con sus trajes ceñidos, todas mirando a Joan mientras subía la escalera de caracol. Seguía llevando los zapatos de tacón. Se aferraba con una mano a la barandilla mientras que en la otra llevaba una copa de champán. Tendría que haberme sentido aterrada, pero no era así. Se podía percibir la energía que desprendía la multitud al observar a Joan. Todos esperábamos lo que sucedería a continuación.

El trampolín del Shamrock no era un trampolín normal: había un trampolín bajo, otro a media altura y otro muy alto, a más de nueve metros sobre el agua. Joan había realizado preciosos saltos desde el trampolín más alto, cierto, pero en bañador y sin estar borracha.

Apreté la mano de Ray.

—¿Qué narices está haciendo? —preguntó él, y yo me encogí de hombros con gesto impaciente.

—Va a subir a lo más alto —susurré mientras ella seguía ascendiendo. Pero no, se detuvo en el trampolín intermedio. Solté el aire, aunque no había sido consciente de que lo estaba conteniendo.

Se quitó los zapatos de tacón y los lanzó a la piscina, donde se quedaron flotando en la superficie, y alguien soltó un grito obsceno. Joan siguió subiendo.

—Se va a matar —vaticinó Ray, y yo me llevé la mano a los labios.

—¡No, no se va a matar! —repliqué. «Solo se está divirtiendo —quise decir—. Solo se está divirtiendo», pero los gritos de la multitud apagaron mi voz.

Cuando llegó al final de la escalera, apuró la copa de champán y miró a la multitud con una enorme sonrisa complacida. Después, se acercó despacio al extremo del trampolín. Se detuvo en el borde y dio unos botes; extendió los brazos y dejó que la copa de champán se reuniera con los zapatos en la piscina.

Y, luego, dobló la rodilla una vez, y otra más, levantó

los brazos por encima de la cabeza y se zambulló. Ray jadeó a mi espalda, sentía su respiración en la nuca. Fue una estampa preciosa: se lanzó desde el trampolín con una trazada perfecta, con los pies estirados y el vestido negro ondeando al viento, y entró en el agua de forma tan limpia que apenas hubo salpicaduras.

La multitud estalló en vítores, enloquecida.

—Un diez absoluto —gritó alguien.

—¡Champán para todos! —exclamó otra persona.

—Vamos a buscarle una toalla a la señorita —dijo Glenn, y la multitud se volvió loca de nuevo cuando Joan salió a la superficie y nadó de espaldas hacia la parte menos honda de la piscina. Al día siguiente, habría una foto de Joan en la primera plana de las secciones de sociedad, de pie en el borde del trampolín, preparada para saltar.

—Estoy un poco cansado —dijo Ray—, ¿crees que podemos irnos?

Me sentía dividida: no quería perderme un solo detalle, ¡ya me había perdido un año entero!, pero Joan estaba rodeada de gente. Ni siquiera podía verla, solo veía el punto donde creía que se encontraba, en el centro de la multitud.

—Sí —contesté—, vayamos a tu casa.

Me llevó hasta el atril del aparcacoches, pero en ese momento oí una voz a mi espalda. La de Joan.

—¿Te vas?

Me di la vuelta. Estaba temblando, con uno de los gruesos albornoces verdes del Shamrock sobre los hombros.

—Sí —contesté—. Ray está cansado.

Me miró un segundo.

—No te vayas —suplicó en voz baja—. No me dejes.

El coche de Ray se acercaba y me miró con gesto interrogante. ¿Qué podía hacer? Me despedí de él con un beso de buenas noches y le dije que lo vería al día siguiente.

Joan tenía el pelo pegado a la cara. Había perdido un pendiente, por suerte, uno de bisutería. Fred apareció y, en cuanto nos sentamos en el coche, Joan apoyó su húmeda cabeza en mi hombro.

—Duerme conmigo —me pidió cuando entramos en el Tarro de la Cobaya—, por favor.

De modo que lo hice, encantada. La ayudé a quitarse el vestido mojado, la metí en la cama y me tumbé a su lado. Sentía las sábanas frías y suaves contra las piernas desnudas. La almohada, blanca bajo mi mejilla. Joan estaba calentita, sentía su peso a mi lado. Busqué su mano bajo las sábanas.

—¿Te lo has pasado bien? —pregunté mientras intentaba mantener los ojos abiertos. Eran las cuatro de la madrugada. Ya había comenzado un nuevo día.

—Ah —dijo—, solo les estaba enseñando cómo divertirse. Pero sí, me lo he pasado bien.

Ray me pidió matrimonio la semana siguiente, en la casa de la playa de su amigo, donde nos habíamos conocido.

Estábamos en la húmeda arena de la playa de Galveston y Ray hincó una rodilla en ella. Pensé que se estaba ensuciando los pantalones, y luego me puso en el anular un anillo con un diamante con corte pera, flanqueado por dos zafiros redondos, y dejé de pensar en su ropa.

Levanté la mano, como había visto hacer a tantas mujeres en las películas. En realidad, nunca me había gustado el océano, era a Joan a quien le encantaba el agua, pero, en ese momento, el rumor de las olas al romper en la orilla, una y otra vez, sonaba maravilloso y reconfortante.

Pensé en mis padres. No sabía cómo le había propuesto mi padre matrimonio a mi madre, pero sin duda ella debía de quererlo en aquel momento; sin duda, mi madre debió de creer que su amor era certero, que los protegería de los golpes de la vida.

Se me pasó algo por la cabeza.

—¿Le has pedido permiso a mi padre?

Ray se puso de pie y me abrazó.

—No —contestó en voz baja—. Lo siento... creía que...

—Bien —dije. No se merecía que le pidieran permiso.

Joan había vuelto. Me ayudaría a organizar mi boda. Y Ray era mío para siempre. En ese momento, me pareció que mi vida era perfecta.

—Nunca te dejaré —me aseguró Ray, con la voz cargada de emoción.

Y, después, me obligó a prometerle que yo tampoco lo dejaría.

—Nunca —dije—, nunca, nunca. —Y, en aquel momento, creía ciegamente en lo que decía.

Un mes después del regreso de Joan, me colé en su habitación para ver si tenía una de mis blusas. Vi la misma pila de libros en su escritorio, sin tocar.

14

Joan llevaba casi un año de nuevo entre nosotros, nueve meses, cuando los Fortier organizaron su tradicional fiesta de Nochebuena. Asistieron el alcalde y varios concejales. Y también Hugh Roy Cullen, la guinda del pastel, que era uno de los hombres más ricos de Tejas. El nombre de Joan aparecía en la invitación junto con los de sus padres. Por un breve instante me pregunté, mientras sacaba la gruesa tarjeta del sobre, si mi nombre estaría también escrito junto al de Joan. Por supuesto, no lo estaba.

Me consolé con la idea de las fiestas que Ray y yo organizaríamos una vez que estuviéramos casados.

Evergreen relucía. La barandilla de la escalinata estaba adornada con ramas de pino. En cada rama brillaban bolitas de cristal, que también adornaban las ventanas y las plantas. Joan también brillaba con una copa de champán en la mano. Llevaba un vestido rojo de seda con un corpiño tan ajustado que parecía una segunda piel.

Me detuve con Ray junto al árbol de Navidad. Nos casaríamos ese verano, en Evergreen. La siguiente fiesta que se celebrara en ese mismo lugar sería la de mi boda.

El árbol tenía una altura de dos pisos y estaba adornado con velitas colocadas en palmatorias de plata. Me entretenía bebiendo ponche de huevo aderezado con alguna bebida alcohólica mientras pasaba el dedo por la llama de una de las velitas.

—¿Te impresiona? —le pregunté a Ray. Era la primera vez que pisaba Evergreen. Había visto a Joan, por supuesto, cuando quedábamos con todo el grupo, pero prefería estar a solas conmigo. En aquella época estaba trabajando con ahínco, tratando de demostrar su valía en la empresa, de manera que podíamos pasar pocas noches juntos. Para mí era ideal: tenía a Ray, y tenía a Joan.

—¿El qué?

Me pareció que estaba forzando demasiado esa actitud indiferente.

—¡Todo! Los cocineros llevan una semana trabajando como esclavos en la cocina. Los jardineros han trabajado hasta las tres de la madrugada para asegurarse de que el jardín estuviera perfecto. Los...

Ray colocó una mano sobre la mía para que dejara de moverla.

—Joan está como una cuba. Mírala. Apenas es capaz de mantener la cabeza derecha.

Observamos a Joan un instante. Efectivamente, gesticulaba sin parar, moviendo la cabeza a un lado y a otro, pero no estaba borracha. Estaba achispada. Alegre.

—Siempre está así —repliqué—. Aguanta bien el alcohol.

—Mmm... ¿Crees que podrías presentarme a Cullen? No me importaría que me viera la cara.

Al final de la noche, después de que Ray se marchara aduciendo que estaba exhausto, salí al jardín, cansada y borracha, y pasé junto a un grupo de hombres mayores que estaban susurrando y fumando habanos. Asintieron con fervor con la cabeza cuando me vieron pasar y tuve que contener una risilla al ver la importancia que se daban. Me parecía imposible que Ray pudiera ser algún día así de viejo.

Esperaría a Joan para marcharme con ella cuando quisiera. Dentro de poco, Ray y yo abandonaríamos juntos ese tipo de fiestas, como una pareja. Dentro de poco, Ray no iría a ninguna parte sin mí, y yo no iría a ninguna parte sin él.

Un columpio colgaba de la rama de un roble, y me senté en él con cuidado, ya que no sabía si aguantaría mi peso. Pero lo hizo, tal cual lo hacía cuando éramos pequeñas. Allí estaba el arenero, cubierto en ese momento, sin usar desde hacía años.

Pensé en Idie, en lo buena que había sido cuando jugaba conmigo en aquel arenero día tras día. Y, allí sentada en nuestro viejo columpio, me percaté de que hacía años que no veía a Dorie, desde que Joan se marchó. A esas alturas, Joan había regresado, pero Dorie no.

De vuelta al Tarro de la Cobaya en el coche, me quedé otra vez a solas con Joan. Los suaves asientos de cuero; el agradable aire caliente que salía del salpicadero; el pelo encrespado y gris de la parte posterior de la cabeza de Fred. Me encantaba ese coche en invierno.

—Por Dios —dijo Joan—, qué espectáculo. Qué espectáculo más espectacular. —Soltó una risilla tonta y me dio un apretón en la mano—. ¿Ray estaba de mal humor, cariño?

Negué con la cabeza.

—No. Esta noche estaba un poco callado.

—Un hombre callado es un hombre aburrido —apostilló Joan mientras encendía un cigarro. A la luz de la llama, vi que tenía los ojos desenfocados—. Pero se hace querer. Un hombre aburrido no da problemas.

Dejé que siguiera hablando. Cada vez que decía que Ray era aburrido, yo apretaba los labios, pero sabía que no lo decía con mala intención.

—El año que viene por estas fechas estaré casada —señalé.

—Pareces triste —replicó Joan en voz baja.

—Ah, ¿sí? Pues no lo estoy. Estoy contenta. Pero ya no volveremos a vivir juntas. ¿Te acuerdas de cuando decíamos que nos casaríamos con dos hermanos y que viviríamos puerta con puerta?

—Sí —contestó Joan—. Sí. —Se echó a reír. Y yo también. La idea, que nos parecía tan factible cuando teníamos diez años, era ridícula a esas alturas.

—Las cosas cambiarán —dije.

—Por supuesto que cambiarán —repuso Joan—. Pero, cielo, sabes que no puedes casarte conmigo, ¿verdad?

Estaba preparada para sentirme dolida, ya lo estaba, pero en aquel momento Joan me agarró la mano.

—Ray te quiere. No puedes pedir más, ¿verdad?

Negué con la cabeza. Era cierto. Ray me quería y no podía, no debía, pedir más que su amor y su lealtad.

—Vamos al Shailene's —propuso de repente—. ¡Fred, llévanos al Shailene's!

¿Yo quería ir? ¿Importaba? Íbamos al Shailene's, donde esperaba encontrar un reservado donde Joan quisiera sentarse.

Observé River Oaks, tan perfecto como un pueblecito dentro de una bola de nieve, con las ventanas de las casas iluminadas y los árboles de Navidad con sus correspondientes regalos visibles desde la calle. Pero la bola empezó a dar vueltas y apoyé la cabeza en el suave asiento.

—Joan —dije de repente, como si la pregunta se me acabara de ocurrir.

—¿Qué? —murmuró ella.

—¿Dónde está Dorie?

No respondió. Abrí los ojos, esperando que ella estuviera mirando por la ventana, atenta a cualquier otra cosa que no fuera yo. En cambio, vi que me miraba fijamente.

—Se ha ido —contestó.

—¿Adónde?

—Se ha ido —repitió en voz baja y abrió el cenicero de la puerta para apagar el cigarro y tirar la colilla.

Los criados iban y venían todo el tiempo, por supuesto. Pero, de todas formas, Dorie había sido como una madre para Joan.

Joan había cerrado los ojos, y yo no insistí porque no quería molestarla.

Sin embargo, sabía que me estaba mintiendo.

15

1957

Una semana o así después de que Joan apareciera empapada por la lluvia en el porche delantero, la vi de nuevo en el Petroleum Club. Todas las chicas acostumbrábamos a cenar allí una vez al mes. Era una especie de tradición, iniciada por Darlene. Que también estaba allí, por supuesto, con Joan, Ciela y otras cuantas más. Tommy estaba en casa con Ray. Todas pedimos la comida —filete era lo que se solía pedir, lo que todas pedimos esa noche, poco hecho—, pero cuando Philip, el camarero, se detuvo junto a Joan, ella pidió champán.

—No estoy de humor para comer esta noche en concreto. Estoy de humor para beber champán. Una botella de litro y medio —dijo mientras esbozaba una sonrisa deslumbrante para todas las que estábamos a la mesa—. Quiero hacer algo especial para mis chicas.

Philip ya peinaba canas y era un hombre muy eficiente. Llevaba siendo nuestro camarero particular desde que comenzamos a frecuentar el lugar. De manera que no tuvo que preguntarle a Joan qué marca de champán quería. La más cara.

—¡Qué regalazo! —exclamó Darlene, aunque ya estábamos bebiendo cócteles. Alineados frente a nosotras había martinis y manhattans y, para las que preferíamos algo más suave, daiquiris.

Deseaba con todas mis fuerzas poner los ojos en blanco. Darlene llevaba un vestido blanco de escote palabra de honor con un cinturón dorado de lamé y una gargantilla de perlas en torno a su bronceado cuello. Me recordaba a una serpiente, una de esas especies no venenosas que tienen anillos en torno al cuello.

Me volví cuando Philip pasó a mi lado.

—Un filete para la señorita Fortier. Poco hecho —dije. Él asintió y me sentí agradecida al percatarme de que la conversación se mantenía de forma discreta entre nosotros dos.

Yo estaba bebiendo un daiquiri, porque Joan ya iba muy bebida cuando llegó al restaurante y mi intención era la de darle un buen ejemplo. Para lo que había servido... Joan ya se había tomado dos martinis, y seguía bebiendo como si no hubiera un mañana. Toleraba bien el alcohol, pero a veces daba la impresión de que no quería hacerlo. Como sucedía esa noche.

Todos los comensales nos observaban. Era un lugar donde se iba porque querías que te vieran. Y lo queríamos, supongo. Queríamos ser vistas, me refiero. No teníamos ni que preguntar adónde iríamos cada vez, dónde nos sentaríamos cuando llegáramos. Suscitábamos murmullos y miradas mientras atravesábamos el comedor. Todas nosotras, pero especialmente Joan, que se paraba para decir «Hola», «¿Qué tal, querida?» y «¡Cuánto tiempo!». Joan disfrutaba siendo el centro de atención, por supuesto, como todas las demás, pero era a Joan a quien todos querían ver. Su reciente aventura no parecía haberle pasado factura a su reputación. Ni Darlene ni las otras chicas lo habían mencionado siquiera. Joan había tenido suerte.

—Esta noche va hasta arriba —murmuró Ciela.

Me volví hacia ella, aliviada por el hecho de que no me hubiera oído pedir un filete para ella. Sabía que me excedía al preocuparme tanto por Joan, al tratarla como si fuera una niña. Pero alguien tenía que hacerlo.

Sonreí y bebí un sorbo de daiquiri.

—Solo está contenta —repliqué—. Le gusta cuando estamos todas juntas.

Ciela meneó la cabeza y me miró un instante.

—Todo el mundo debería tener una amiga como tú, Cece.

Joan escuchó la última parte.

—¡Todo el mundo debería tener una amiga como Cece! ¡Brindo por eso! —Y levantó su martini para brindar con Darlene y Kenna, que estaban sentadas a su derecha e izquierda, momento durante el cual derramó un poco, aunque no se molestó en limpiarlo. Después siguieron bromeando, hablando y riéndose por cualquier cosa.

Esa noche no me sentía especialmente alegre. A Tommy no le había gustado que me fuera y, por ese motivo, tampoco le había gustado a Ray.

«Joan te llama, supongo», había dicho cuando le expliqué que no podía faltar.

Joan había vuelto a ser la de siempre desde aquella tarde lluviosa en mi cocina. Incluso mostraba una versión más rutilante de sí misma, aunque yo aún no me había puesto al día con ella. Su ausencia de las últimas dos semanas había cambiado algo en mí. Sus ausencias siempre tenían ese efecto.

Ciela y yo estábamos hablando tranquilamente sobre nuestros hijos, un tema que nos sacaba de cualquier apuro, cuando Darlene sacó a colación el divorcio de Daisy Dilingworth. El asunto se había puesto muy feo. La semana anterior, el *Chronicle* había publicado unas fotos de Edwin Mintz con su amante cuando salían de un teatro de Broadway.

—Ese asunto no es normal —sentenció Darlene—. Ella no quiso quedarse con los suyos y ahora está recogiendo lo que sembró, ¿o no?

—La verdad es que sí —contestó Joan con voz de falsete, y Darlene sonrió antes de percatarse de que Joan se estaba burlando de ella.

—Me apuesto lo que sea a que Daisy vuelve aquí con el niño —dije, con la esperanza de aliviar la tensión que se había instaurado en la mesa—. River Oaks es el lugar perfecto al que regresar, el lugar perfecto donde criar un niño. —Estaba hablando sin pensar mucho en lo que decía, pero mis afirmaciones eran ciertas. Daisy necesitaba estar cerca de su familia. Necesitaba estar en un sitio donde su hijo y ella nunca estuvieran solos.

—Pues yo creo que River Oaks sería el infierno después de haber vivido en Nueva York —replicó Joan—. ¿Y ese niño? Debería quedarse con su padre en la ciudad. Al menos allí nadie tendrá en cuenta que es medio judío. —Nos miró a todas sin pestañear, retándonos a llevarle la contraria. Dio la impresión de que quería añadir algo más. Decirnos lo tontas que éramos, lo insípidas y provincianas que habíamos acabado siendo.

Darlene se echó a reír. Era como ver a un caniche nervioso ladrando.

—River Oaks no es el infierno —dije, y luego guardé silencio. Percibía las miradas de toda la mesa clavadas en mí mientras trataba de recobrar la compostura—. Y creo que la gente sería amable. Es un niño. Su sitio no está en Nueva York. Necesita a su madre. —Era cierto que yo no conocía a muchos judíos, o más bien a ninguno, pero conocía a Daisy. Y sabía sin el menor género de duda que River Oaks era un lugar mejor para un niño que una ciudad anónima y sucia.

Joan se encendió un cigarro y le dio una calada antes de hablar.

—Ah, ¿sí? En algunas culturas, los niños se crían en comunidad, toda la tribu colabora. Mil personas para acostarte por las noches.

—¿Lo has leído en el *National Geographic*? —le pregunté.

Joan ladeó la cabeza, calibrándome. Por regla general, yo no discutía.

—Sí, sí, lo he hecho. —Joan estaba sentada en un lugar donde no podía ver a Ciela poner los ojos en blanco, pero deseé que lo estuviera. Deseé que pudiera ver cómo las menciones de los «artículos» que leía y de los lugares a los que quería ir (todas las formas en las que nosotras nos quedábamos cortas) no le hacían favor alguno—. Nosotras tuvimos a Dorie y a Idie —siguió—, eran como madres para nosotras. Mejores que nuestras madres.

Jadeé, atónita por el hecho de que hubiera mencionado a Idie de esa manera tan despreocupada, delante de toda esa gente. Parte de mí quería discutir con Joan, decirle algo desagradable, no permitir que se saliera con la suya. Pero otra parte mayor quería apaciguarla.

—Parece difícil de conseguir, ¿no creéis? —pregunté a la ligera—. Mil padres.

Joan apagó la colilla en el cenicero.

—Oh, Cee, no seas tan aburrida. Solo estaba bromeando.

En ese momento, un ejército de camareros vestidos de blanco se acercó a la mesa para colocar frente a nosotras los platos protegidos con las tapaderas de plata que parecían globos. Escuché que Joan murmuraba algo cuando los camareros quitaron las tapaderas y dejaron a la vista nuestros filetes ensangrentados, con las gotas de grasa reluciendo a la luz de las velas.

—Ay, Phil —dijo, fingiendo estar decepcionada—.

Cielo, no he pedido filete. Llévatelo de vuelta, ¿quieres? Dáselo a un alma que lo merezca más que yo.

—Por supuesto —respondió él, que estaba haciendo ademán de retirar el plato cuando yo intervine.

—No —dije—. No es un error. Tienes que comer algo.

—¿Me has pedido un filete? —preguntó Joan con voz alegre y con una sonrisa enorme que me pareció grotesca.

—Pues sí. Necesitas algo que absorba los venenos, ¿verdad? —Esa era una antigua broma, algo que Sari nos había dicho siempre antes de que saliéramos de fiesta por las noches, cuando vivíamos en el Tarro de la Cobaya.

Joan me miró fijamente y yo le devolví la mirada. Darlene se acarició las perlas de la gargantilla, emocionada. Kenna se llevó una mano a la boca como si quisiera disimular una sonrisa. De repente, me sentí furiosa por el hecho de que Joan estuviera enfrentándose a mí cuando debería haber movido cielo y tierra para contentarme. ¡Nos había dado de lado, incluyendo a los Fortier, durante dos semanas! Nadie más se comportaba como ella, ni Ciela, ni Kenna, ni Darlene. Solo Joan. Pensé en Ray, que estaba en casa. En Tommy, que estaría durmiendo tranquilamente en su cuna. Una no se casaba y tenía niños por gusto, por diversión. Te casabas y tenías niños para ser una adulta, para poder tener algo de lo que preocuparte además de ti misma. Pero Joan no.

—Llévatelo, Phil —ordenó.

Y él la obedeció. Lo observé mientras extendía la mano. Otro camarero cubrió el plato con una tapadera de plata. Taparon el filete y lo apartaron de la presencia de Joan como si fuera una amenaza nuclear.

Pero, después, todas nos quedamos con nuestras respectivas amenazas nucleares, que se enfriaban con rapidez. La grasa, caliente y sabrosa, ya estaba casi fría y correosa.

Necesitábamos una palabra para aliviar la tensión. De Joan. Joan, que no pronunciaría esa palabra ni en un millón de años. No creo, la verdad, que se le hubiera ocurrido. Estaba acostumbrada a crear problemas, no a solucionarlos.

—Yo, por mi parte —dijo Ciela—, me muero de hambre. Tina ha estado muy ocupada durante el almuerzo protagonizando un berrinche y apenas he probado bocado. —Levantó el tenedor de oro con un trozo de filete pinchado—. Parece delicioso. —Lo probó—. Y lo está.

Me sentí muy agradecida. Joan no me miraba, pero la tensión que se había instalado en torno a la mesa se desintegró casi de inmediato. El alcohol ayudó. Y la emoción de tener por delante una noche de fiesta. Nadie quería arruinarla.

El filete que me estaba comiendo me sabía a lágrimas. Después de seguir sentada el tiempo que consideré adecuado, y tras comprobar que todas estaban hablando, me levanté discretamente y fui al baño. La empleada estaba de descanso, gracias a Dios, así que me senté en el pequeño canapé de brocado e intenté no llorar. Intenté concentrarme en los grifos de oro para no pensar en Joan.

Debería haberla dejado tranquila. No debería haberla molestado, no debería haberme preocupado por ella, no debería haber montado una escena.

Me acerqué al espejo y abrí el bolsito verde menta para buscar la polvera y la barra de labios. Llevaba un vestido con los hombros descubiertos, si bien era engañoso porque llevaba una capa de tul. Lo había comprado en Nueva York por catálogo. Nadie lo llevaría en Houston hasta la siguiente temporada, como muy pronto. Me había puesto los zapatos a juego, de tacón alto y forrados con la misma seda de color verde menta del bolso. Cuando salí de casa me sentía divina. ¿En ese momento? Me sentía muy poca cosa, como si no fuera nada.

Era mona, tal como decía mi madre, y sabía arreglarme. Me pregunté, y no por primera vez, cómo habría sido mi vida de haber sido una belleza despampanante. Ciela era casi tan guapa como Joan, pero le faltaba algo. Esa chispa especial. Darlene, Kenna y las demás éramos monas. Bueno, Darlene era, tal como mi madre solía decir, poco agraciada, pero era una experta del maquillaje.

Tal vez, pensé mientras me retocaba las ojeras y las sienes con los polvos, mi vida habría sido exactamente la misma. No estaba en mi naturaleza actuar como lo hacía Joan. Pero a saber. Tal vez la belleza me habría cambiado.

La puerta crujió y esbocé una sonrisa. Esperaba que fuese la empleada del baño, o Joan. Pero fue Ciela quien entró.

—Hola —le dije, mirando su reflejo mientras ella entraba y se acercaba.

—Qué desperdicio —dijo al tiempo que le daba unos golpecitos al grifo—. Imagina los pendientes de oro tan divinos que se podrían hacer.

Me eché a reír, aunque no estaba de humor.

—Lo siento, no debería haber armado tanto escándalo —me disculpé.

—¿Eso crees? —me preguntó Ciela—. ¿Que has armado un escándalo?

—Debería haberme estado calladita. —Observé a Ciela a través del espejo, atrevida y rubia, con ese punto exótico en los labios y en los ojos. Se lamió un dedo y se lo pasó por las cejas. Intuía que quería decirme algo. Por eso me había buscado, ¿no? Pero yo no quería hablar de Joan. Ciela no lo entendería.

—A veces —dijo Ciela— intento imaginarme tu vida. La doncella de Joan Fortier. Supongo que debe de ser agotador.

Vi que se me descomponía la cara. Intenté relajar mi expresión, intenté transmitir serenidad, pero Ciela se percató del cambio.

—¿Eso es lo que dicen de mí? —pregunté—. No lo soy. No soy la doncella de Joan. Soy su amiga.

Ciela me miró la mano. No me había percatado de que estaba jugueteando con la polvera.

—No pretendía irritarte. Lo que quiero decir es que... —titubeó—. Es que Joan puede ser cruel a veces. O tal vez «cruel» sea un término demasiado fuerte. Insensible. Joan puede ser insensible a veces.

Estuve a punto de echarme a reír.

—¿Cruel? ¿Insensible? No tienes ni idea de cómo es Joan en realidad. ¿Sabes lo buena que es con Tommy? Es una faceta de su personalidad que no demuestra con los demás. Pero conmigo es diferente. —Guardé de nuevo los cosméticos en el bolso—. Yo soy la persona que mejor la conoce.

—No lo pongo en duda.

—En ese caso, no hagas conjeturas —repliqué—. No finjas que me conoces. Ni que conoces a Joan.

La expresión de Ciela era amistosa. Siempre jugaba sus cartas con mucho cuidado, era su estilo. Yo ya tenía la mano en el pomo de la puerta cuando volvió a hablar.

—¿Sabes cómo se está comportando esta noche? —Hizo un gesto para señalar algo situado más allá de la puerta del tocador de señoras. Como si se refiriera a Joan.

Necesitaba escuchar, ¡era imperioso que lo hiciera!, lo que pensaba.

—Se está comportando como cuando regresó de Hollywood.

—¿Te refieres a la época en la que se convirtió en la estrella de Houston? —Ciela estaba celosa.

—A la época de su desenfreno, Cece. Cuando iba borracha como una cuba y se acostaba con el primero que se le acercara.

—Cuando era joven y guapa —contraataqué—. Cuando tenía Houston a sus pies.

—Si prefieres llamarlo así... —la escuché decir, pero yo ya estaba en el pasillo.

Esa misma noche, más tarde, nos fuimos al Shamrock y nos sentamos fuera, junto a la piscina. Ciela nos había dejado cuando salimos del Petroleum Club, y sopesé la idea de hacer lo mismo, pero al final no me decidí. La vi marcharse y la envidié un poco. No le preocupaba la posibilidad de perderse algo. En mi caso, era como si lo que me esperaba en casa fuera lo conocido. Mi marido y mi hijo, que estaban durmiendo. Y lo que había allí fuera, en el inmenso mundo de la noche, aún estuviera por descubrir.

Fred nos llevó en el coche y Joan se sentó en el asiento delantero. No sabría decir si lo hizo para no tener que sentarse a mi lado, en cuyo caso habría sido un gesto premeditado, o si esa reacción era típica solo de las mujeres como yo. Me era imposible leerle el pensamiento.

Habría unas cien personas diseminadas en torno a la piscina, en la que flotaban unas velitas verdes. Conversé sin poner mucho empeño con unos amigos de Darlene, que acababan de mudarse a la zona.

—El calor es insoportable —dijo una mujer, Bettie, creo que se llamaba. Estaba entradita en carnes y era un poco presumida, si bien sus ademanes elegantes quedaban deslustrados por el hecho de haberse embutido en un vestido dos tallas más pequeño. Había mujeres que sabían llevar bien su peso, Kenna estaba un poco rellena, al estilo de Marilyn Monroe, y mujeres incapaces de hacerlo.

—Te acostumbrarás —dije, y bostecé. Le eché un vistazo a la hora que marcaba mi reloj de pulsera. Eran las tres de la madrugada—. Si me perdonáis, voy a retocarme.

Pero no necesitaba retocarme. No necesitaba mantener conversaciones tontas con mujeres insípidas de Connecticut. Busqué a Joan por los alrededores de la piscina, pero no la localicé. Debía de estar dentro, a propósito, para evitarme, o porque allí era donde la noche la había llevado.

Los pies me estaban matando desde el principio de la noche, que era el precio que había que pagar por llevar zapatos bonitos. Era tarde y estaba borracha, así que me los quité y me senté en el borde de la piscina, tras levantarme con cuidado el vestido para que no se me trabara en el hormigón. Acto seguido metí los pies en el agua helada. El alivio fue tan inmediato, tan agradable, que casi se me escapó un gemido.

Y, en ese momento, Joan se colocó detrás de mí. La sentí antes de verla siquiera. Era capaz de olerla, de percibir su ausencia de perfume. A veces llevaba perfume y a veces no. Yo siempre lo notaba. Es imposible describir el olor de una mujer, pero lo intentaré. Olía como a cítrico con un toque de vodka y a los polvos de su madre.

—Creí que te había perdido —dijo cuando se sentó. Se quitó los zapatos y metió los pies en el agua—. Alabado sea el Señor —añadió—. Esto es el paraíso.

—He estado aquí fuera todo el rato —repliqué—. No me has perdido.

—Por el amor de Dios, Cece. Solo era un comentario. —Parecía cansada—. No deberías haberme pedido el filete.

—Solo era un filete. —Sentía cómo el rubor me cubría las mejillas.

—No lo quería.

—Pero lo necesitabas.

—Ah, ¿sí? Qué raro que sepas mejor que yo lo que necesito.

—No es la primera vez que te pido comida —repuse. Y era cierto. No creía que un mes antes le hubiera importado el gesto.

—A lo mejor he cambiado. —Chapoteó con los pies en el agua, y estuvo a punto de apagar una vela—. A lo mejor las cosas han cambiado.

Me eché a reír.

—Las cosas nunca cambian. Yo siempre estoy aquí, tú siempre estás aquí. Siempre estamos en este tipo de sitios, de madrugada, cuando deberíamos estar durmiendo.

Y lo que quería decir, pero que no dije: «Siempre te estoy esperando».

Sentí una presencia detrás de nosotros. Un hombre. Lo supe sin mirar.

—Ah —exclamó Joan. Su voz cambió. Adoptó un tono más alto, más frívolo—. ¡Estás aquí otra vez!

—He regresado —replicó él, y algo en su forma de decirlo me dejó helada.

Aunque tal vez esa sensación la experimente ahora, no entonces. Me di cuenta de que Joan me había mentido. Ese era el hombre con quien la había visto en el Cork Club, el antiguo amigo que me aseguró que había regresado a Hollywood. El hombre que creí que había desaparecido de su vida.

Ayudó a Joan a ponerse en pie. A su lado, era diminuta. Joan no era una mujer menuda, pero ese hombre era más alto que Ray, y Joan desaparecía entre sus manos.

No era joven, rondaría los cuarenta tal vez, pero tenía el pelo castaño claro sin canas. Unos labios carnosos, casi femeninos. Y ese tono de piel oscuro que sugiere o demasiado sol o demasiado alcohol. Tenía los ojos muy claros.

—Te presento a Sid —dijo, y se inclinó hacia él para quitarle algo del hombro.

Era cierto. Tal como ella había afirmado, eran viejos amigos. Obviamente, más que viejos amigos. Se conocían bien.

Sid me miró. Le tendí una mano para saludarlo y él me la estrechó con firmeza durante un segundo o dos.

—Un placer —dijo con aire distraído y supe que no sabía quién era yo. Solo era una de las amigas de Joan.

Mientras le estrechaba la mano comprendí con claridad el tipo de hombre que era Sid. Exudaba sexo. Ni siquiera estaba interesado en mí, pero percibía su apetito sexual a través de la presión de su mano.

—¿Nos vamos? —preguntó Joan, y en ese momento encajó otra pieza del rompecabezas. Había planeado encontrarse con él allí, había planeado volver a casa con él.

—Un segundo —respondió él, que levantó un puro—. Cuando acabe de fumar.

Joan rio. Detestaba ese sonido. Parecía una niña tonta y estúpida.

—Me dijiste que se había ido —dije una vez que él se alejó lo bastante como para que no me oyera. Joan se encogió de hombros. Me dieron ganas de abofetearla—. Me dijiste que no habíais follado. Aunque no me lo creí. Pero ¿por qué me mentiste, Joan? ¿Por qué? —La había provocado de nuevo, pero en esa ocasión no me importó. Quería discutir con ella.

Sin embargo, cuando Joan habló no parecía enfadada. Parecía triste.

—Se marchó. Pero ha regresado. —Levantó las manos.

—¿Y tus planes? ¿Con él?

—¿Te refieres a lo de follar? Creo que estás demasiado interesada en eso, Cece. Siempre lo has estado.

Recordé aquel día en el instituto, cuando la vi en el gimnasio con el desconocido. Bajé la vista, avergonzada.

—Soy tu amiga —dije.

—Te acompaño en el sentimiento.

—¿Joan? —Era Sid, que la llamaba desde el bar.

La expresión triste y cansada desapareció de su cara. Volvía a ser la Joan de siempre: preparada para divertirse, para tomarse otra copa, para ir a otra fiesta, para otro hombre.

Yo quería a la otra Joan, a la Joan que vivía bajo esa Joan.

Una vez que se fueron, sentí la tentación de sumergirme en la piscina y al cuerno con el vestido.

En cambio, saqué los pies del agua y los sacudí, primero uno y luego el otro. Acto seguido, me levanté despacio. Recorrí con la mirada la multitud en busca de Darlene y de Kenna. Caí en la cuenta de que Fred se habría marchado con Joan, de manera que tendríamos que buscar otra forma de volver a casa.

Suspiré. Quería que regresara la otra Joan.

16

Era Nochevieja. Más concretamente, la madrugada de
Año Nuevo, una semana después de la fiesta de Navidad
de los Fortier, cuando el año 1951 se convertía en 1952.
Ray acababa de dejarnos en nuestro edificio, y tras una
dulce despedida de mi prometido, Joan y yo nos sentamos en la terraza de la azotea, ataviadas con los vestidos
de fiesta y con copas de champán robadas, mientras veíamos cómo el sol iluminaba el horizonte de Houston. Habíamos pasado una buena noche juntas, una noche muy
divertida. Ray había estado con nosotras, por supuesto,
así como nuestros amigos y los sempiternos pretendien-
tes de Joan, pero por fin habíamos recuperado esa cómoda relación que habíamos mantenido antes de que se fuera. Al menos, eso me parecía. Esa sensación que se tenía
con un amigo al que quieres, al que puedes contarle cualquier cosa, todo. Esa confianza en que ella lo entendería.

—¿Ya eres feliz? —le pregunté.

—¿Feliz?

—Ahora —expliqué, en este momento. —Señalé el
mundo que había más allá de esa azotea—. Tenemos
todo esto a la vista. —En ese momento, quería verlo. Mi
madre, mi pobre y difunta madre... todo eso parecía
muy lejano en ese instante, minúsculo por la distancia.

Me volví hacia mi amiga y le puse ambas manos en el brazo desnudo. Sentí su piel seca bajo las palmas.

Joan me miró las manos, curiosa, y luego la cara.

—Joan —comencé—, ¿qué te pasó cuando te fuiste?

Despacio, señaló el horizonte. Yo también lo miré. Intenté ver lo mismo que ella. Pero solo atisbaba los edificios recortados contra el cielo.

—¿Qué pasó, Cee? Pasaron muchas cosas.

Esperé. Ese era el momento que había estado esperando desde su regreso.

—Me fui y luego mamá y papá me trajeron de vuelta, porque había sido una niña muy mala.

Casi golpeé el suelo con el pie, presa de la impaciencia.

—No, Joan. Cuéntame qué pasó.

—No puedo —dijo, y me percaté por su voz de que estaba al borde del llanto. No sé cómo expresar con palabras lo que sucedió.

Le apreté con más fuerza el brazo.

—Inténtalo, por favor. Inténtalo.

Asintió con la cabeza y se secó los ojos con el dorso de la mano. En ese momento no estaba guapa, ni tampoco fea. Parecía ella misma.

—Creía que el mundo sería distinto lejos de Houston —comenzó—. Pero no lo es.

—¿Cómo fue?

—Allí vi a Ingrid Bergman.

—¿En serio? —pregunté—. ¿No está en Italia?

Se encogió de hombros.

—Volvería en una escapada o algo. Entraba en una cafetería. Se sentó a una mesita y se bebió un capuchino.

Un capuchino. Una cafetería. Ingrid Bergman, que había regresado de Italia. No sabía si Joan intentaba engañarse o quería engañarme a mí. Seguramente, había visto a una mujer que se parecía a Ingrid Bergman, porque la verdadera Ingrid Bergman se había exiliado del país, se había granjeado la enemistad y la rabia de todo el mundo, desde los senadores a las amas de casa, por su aventura con Rossellini.

—¿No me crees? —quiso saber Joan. Me conocía muy bien.

—No, no —protesté—. Es que no me lo habías contado antes. ¿Qué aspecto tenía?

—Era guapísima —respondió Joan con sequedad—. Cómo no. —Su voz se convirtió en un susurro—. Quiero ser ella, Cece.

—¿Quieres ser Ingrid Bergman? Todo el mundo la odia.

—En Italia no. Seguro que allí la adoran.

—A lo mejor.

—No lo ves. —Se acomodó en el asiento.

—No, yo...

—No pasa nada. Seguro que conoce a decenas de personas interesantes cada noche, a centenares. Seguro que su casa, ¡su villa!, está llena de obras de arte. Seguro que casi no puede dormir por lo emocionante que es su vida. Subirse a un tren que la lleve a Londres sin previo aviso. Comer helado a medianoche junto a la Fontana di Trevi. Besar a un desconocido delante de las cámaras.

Tenía los ojos brillantes, y lo entendí.

—Hay mucha gente que quiere ser famosa —dije.

Ella me miró, desconcertada.

—En Hollywood —añadí—. Pero es cuestión de suerte, Joan. De que salte la chispa.

—La chispa —repitió Joan—. De todas formas, da igual. —Se puso de pie y apartó mis manos de su brazo con un gesto seguro—. Ya es todo agua pasada.

Joan no era Joan lejos de Houston. Los demás sabíamos que teníamos que quedarnos allí: sabíamos quiénes éramos, cuál era nuestro lugar. El problema era la ambición de Joan, una ambición sin norte, absurda. Pero ya sentaría la cabeza. Mary así lo había asegurado, y yo sabía que tenía razón.

—No es tan pasada. Me dejaste. —Tenía la sensación de que llevaba meses esperando para decirle eso.

Ella asintió con la cabeza, sopesando mis palabras.

—Lo hice. Pero ya no somos niñas. ¿Quieres que me disculpe? Pues lo siento. —Pero no parecía sentirlo. Parecía enfadada, pero ¿qué motivos tenía para estar enfadada conmigo? Solo había estado esperándola. La había esperado con lealtad.

—¿Pensaste en mí mientras estuviste fuera? —Me odié por preguntarlo, como una amante despechada. Pero fui incapaz de no hacerlo.

—Sí —contestó Joan—. Claro que pensé en ti.

—Pero no tanto como yo pensé en ti. —Brotó de mis labios como un saludo.

Joan tenía la mano en la puerta corredera. Era cuestión de tiempo, de minutos o segundos, que se fuera otra vez.

—Falta poco para que te cases con Ray, Cee. Te quiere. Te irás de este sitio. Deberías irte de este sitio.

17

1957

Me desperté el sábado por la mañana después de la velada en el Petroleum Club con la certeza de haber soñado con Joan. Me sentía aturdida, desorientada. Eran las diez y media cuando salí del dormitorio. Tommy me sonrió desde el suelo de la cocina, donde estaba jugando con unos cuencos. Tenía un dolor de cabeza monumental y sentía la boca pastosa.

—Hola, cariño —dije al tiempo que me agachaba para besarlo en la cabeza. Y a Ray le dije—: ¿Maria?

—Lavando la ropa.

—¿Habéis comido todos?

Ray miró hacia el reloj de esmalte rojo situado sobre la cocina.

—Tommy y yo llevamos tres horas levantados. Sí, hemos comido. Tostadas. —Su voz tenía un deje acerado, pero decidí hacerle caso omiso. De higos a brevas, podía levantarme tarde si me apetecía. Además, yo también estaba molesta. Siempre desayunábamos tortitas los fines de semana, pero pedirle a Ray que hiciera tortitas era como pedirle al presidente que tejiera un jersey de lana después de haberle colgado el teléfono a

Nixon. Los hombres no hacían esas cosas en aquella época. Sin embargo, sabía que debía sentirme afortunada por el hecho de que Ray disfrutara estando con Tommy. Entre otras mujeres, era una queja constante que sus maridos trataran a sus propios hijos como si fueran desconocidos.

Detestaba cuando Ray se ponía de mal humor. Generalmente no era así. Era un hombre callado cuando estábamos con otras personas (no era ni mucho menos el alma de la fiesta), pero conmigo y con Tommy era hablador, simpático y bondadoso. No había un ápice de maldad en el cuerpo de Ray Buchanan. Al contrario que me pasaba a mí. Tal vez por eso me había casado con él.

Vertí un poco de café frío en un cazo y lo puse a calentar en la cocina. Albergaba la débil esperanza de que Joan hubiera llamado, de que si no lo había hecho llamaría para arreglar lo que había sucedido la noche anterior. Lo que Ciela había dicho —que yo era la doncella de Joan— era una especie de mantra que se repetía sin cesar en mi cansado cerebro.

Me acerqué al cuaderno amarillo que descansaba junto al teléfono, decorado con unos pajaritos, y lo miré para comprobar si había algún mensaje para mí.

—No ha llamado. —Ray se humedeció un dedo y pasó una página del periódico.

—¿Quién no ha llamado?

—Tu amiga —contestó. Detestaba ese tono de voz. Un tono de voz burlón y deliberado—. La gran Joan Fortier. —Seguía sin mirarme—. La mujer que te tuvo alejada de casa hasta las tres de la mañana y que a la mañana siguiente sigue ocupando tus pensamientos. La mujer que te ha tenido con el alma en vilo estas últimas semanas, mientras ella se dedicaba a hacer sabrá Dios qué...

—Déjalo ya. —Tommy alzó la vista al escuchar mi tono de voz y me miró, muy serio.

—¿Que lo deje? —Ray soltó el periódico en la mesa con cuidado. Era el hombre más cuidadoso que yo conocía. Su furia me sorprendió. Su hermoso rostro parecía distorsionado por la fea tensión—. Lo dejo. Pero, en ese caso, tal vez tú también tengas que dejarlo. Dejar de fingir que tienes veinte años. Tienes un niño en casa, Cee.

—Soy una buena madre. Una buena esposa. —Intenté hablar en voz baja. No quería que Maria me oyera. Tommy todavía me miraba con seriedad. Le regalé una sonrisa tensa—. Además, estás asustando a Tommy.

—No utilices al niño.

—¿Cómo te atreves? —repliqué. Me temblaba la voz—. Joan te cae bien —dije—. Joan es tu amiga.

Ray se echó a reír.

—Dios, Cee, ¡esto no tiene nada que ver con Joan! Se trata de ti. Ella puede apañárselas sola. Es una mujer adulta.

—Me necesita.

—Pues entonces tendrías que haberte casado con ella. —Su voz era brusca.

Solté una carcajada.

—No seas tonto. Pero me necesita —repetí—. Siempre me ha necesitado.

—Nosotros te necesitamos. Tommy te necesita. —Tommy volvió la cabeza para mirar a Ray—. Y hablando de Tommy, ¿cuándo vamos a tener otro hijo? «No es el momento adecuado, no es el momento adecuado» —añadió, imitándome. Odiaba que me imitaran—. ¿Cuándo será el momento adecuado, Cee? ¿Cuando Joan diga que lo es?

—Tendremos otro hijo —respondí— cuando este empiece a hablar.

Ray me miró fijamente. Me había pasado de la raya. Aunque estaba furiosa, era consciente de que me había pasado de la raya. Ray se levantó y cogió en brazos a

Tommy, que aferraba una pieza del rompecabezas en una manita perfecta.

—¿Delante de él? —masculló Ray antes de abandonar la estancia.

El cazo se agitó en el fuego mientras el olor a café hirviendo llenaba la cocina.

—Justo en el momento perfecto —musité mientras vertía el café en una taza, tras lo cual le eché un chorreón de leche. Me gustaba el café solo, pero necesitaba enfriarlo lo antes posible para poder bebérmelo a fin de despejarme la cabeza y averiguar dónde me había equivocado, exactamente.

Ray mantuvo a Tommy alejado de mí durante todo el día. Le dio el almuerzo y la cena, lo bañó y le leyó un cuento. Todas las cosas que yo solía hacer, como si quisiera decirme: «Mira, no eres la única capaz de cuidarlo». Ray nunca se ocupaba de Tommy a solas, salvo la noche al mes que yo salía con las chicas. Ver que Ray era capaz de hacer todo lo que yo hacía logró que me sintiera una inútil. Yo era la madre de Tommy, la esposa de Ray: mis dos únicas ocupaciones en el mundo. No me gustó la sensación de que podían reemplazarme con tanta facilidad.

Me pasé el día en el dormitorio. Deseaba que empezara de nuevo. Deseaba que la noche anterior no hubiera sucedido nunca. Sopesé la idea de llamar a Joan, pero no me habría sido de utilidad, dado el estado en el que se encontraba. Y, de todas formas, no había nadie a quien pudiera confesarle las cosas que necesitaba confesar. Que me asustaba la idea de que mi hijo tuviera un problema. Que mi marido estaba celoso de mi mejor amiga. Que sentía a mi mejor amiga alejándose de mí y no entendía el porqué.

A veces, Tommy se despertaba de madrugada. Yo iba a su habitación andando descalza por el pasillo, lo sacaba de su cuna y lo mecía en brazos hasta que volvía a dormirse. Algún instinto animal me alertaba de que estaba despierto. Tommy no lloraba, ni me llamaba, ni siquiera agitaba los laterales de la cuna. Su afasia era algo más profundo que un simple silencio: parecía que no quería que lo oyeran. Me pregunté cuántas veces me habría fallado el instinto animal y habría seguido durmiendo mientras Tommy esperaba a que acudiera a su lado. Pensé en mi propia madre, y en ese instante regresó el temor de que la falta de cariño por mi parte fuera la culpable del silencio de Tommy.

Y ese día había dicho algo que no podía desdecir. No podía evitar pensar que había alterado de forma irrevocable mi relación con Ray. Eso hizo que me asaltara la desesperación. A última hora de la tarde, me planté delante de la ventana del dormitorio para ver a Ray jugando con Tommy en el arenero.

Ray le ofreció una pala a Tommy y él la aceptó sin alzar la vista. Creo que nunca me había sentido tan excluida del mundo de mi hijo y de mi marido. Apoyé la frente en el cristal y me entraron ganas de llorar.

Ya de noche fui a buscar a Ray a su despacho. Estaba bebiéndose una copa de whisky. Un grueso libro que no estaba leyendo descansaba delante de él.

—Lo siento —dije—. Por lo de Tommy.

Ladeó la cabeza.

—No creo que Tommy te haya entendido —replicó a la postre—. Es demasiado pequeño. Hablará. Solo está tardando más en hacerlo que otros niños.

—Lo sé. —En aquel momento, lo creí. Me sentía tan arrepentida, tan triste, que habría creído cualquier cosa que me dijera.

—Ya no estoy enfadado. Es que no lo entiendo. —Bebió un sorbo de whisky. La expresión de su cara era relajada, y me pregunté cuánto tiempo llevaría bebiendo. Ray siempre parecía muy abierto, muy cercano, pero en aquel momento me pregunté por sus pensamientos, por todos los secretos que me ocultaba.

No quería preguntarme esas cosas. No quería sentirme molesta. Quería hacer algo en vez de pensar en hacer algo. Quería que la diferencia entre ambas cosas quedara muy clara. Quería volver a revivir la noche anterior y comportarme de otro modo; comportarme como se había comportado Joan. ¿Qué más me daba si Joan comía o no? ¿Qué más me daba si Joan no era siempre agradable, comprensiva y educada? A ella le daba igual.

—¿El qué no entiendes? —pregunté.

—A ti.

Me acerqué a él. Me arrodillé a su lado y le coloqué una mano en el pecho. Normalmente no era tan melodramática.

—Me entiendes —le aseguré—. Me entiendes mejor que nadie en el mundo.

Esbozó una sonrisa desvaída.

—¿Eso crees?

Le coloqué la mano en el muslo. El sexo con Ray era lo más cómodo del mundo para mí, como un jersey viejo. Pero esa noche quería que fuera distinto. Quería que volviera a mi lado. Quería ser una mujer diferente para él. Quería mostrarme despreocupada. Pero, sobre todo, quería sentirme despreocupada.

Le bajé la cremallera de los pantalones sin pensar. De repente, me sentí tímida, y la idea me excitó. El hecho de sentir timidez con el hombre con el que estaba desde los dieciocho años. Ray me puso una mano en la frente y creí que era un gesto para que me detuviera. Sin embargo, me percaté de que me estaba apartado el flequillo de la cara. Quería verme.

Cuando empecé a acariciarlo con la boca, jadeó.

—Dios, Cee.

Yo no quería oír mi nombre. No quería abrir los ojos y ver el conocido despacho de Ray. Intenté con todas mis fuerzas fingir que me encontraba en otro sitio. Su erección fue aumentando en mi boca al tiempo que yo me alejaba de mí misma. Me sentía eufórica con las posibilidades de lo que estábamos haciendo. Esperanzada.

Al día siguiente, Ray me hizo el amor otra vez. Se mostró tímido y yo me mostré tímida. No hablamos sobre lo que había sucedido en el despacho, sobre lo sorprendente que había sido, pero nos acompañó durante todo el día. De esa manera que tiene el sexo de hacerte sentir como una versión mejorada de ti misma. Y tal vez sea cierto eso de ser una versión mejorada. Tal vez el sexo deba cambiarnos.

Menos mal, ¡menos mal!, que Ray estaba fuera, de camino a su oficina en busca de un documento, cuando sonó el teléfono. Era Mary, que otra vez hablaba demasiado alto.

Fue directa al grano, como siempre.

—¿Has visto a Joan últimamente?

—Hace dos noches —contesté.

—Ah. —Parecía aliviada—. ¿Y?

Nunca sabía exactamente qué quería Mary de mí. La verdad o una versión de la verdad que fuera compatible con la idea que ella albergaba de Joan; o más bien con lo que esperaba que fuera Joan. Cuando vivíamos en el Tarro de la Cobaya, ¿quería Mary saber de verdad que Joan estaba bebiendo chupitos de tequila con sal en el borde de los vasos y tomándose los antiguos calmantes de la madre de Darlene?

—Estaba bien —contesté con voz neutra.

—¿Bien?

—Bien.

Una pausa. Oí el tintineo del hielo en un vaso y supe que Mary estaba bebiendo su té de la tarde: helado en verano, caliente en invierno. O lo que aquí llamábamos «invierno».

Suspiró.

—Cecilia, estoy preocupada. Ha estado por ahí correteando y lleva un tiempo más distanciada de lo que me gustaría. ¿Crees que debería preocuparme?

Mary nunca ponía las cartas sobre la mesa tan rápido. Nunca se mostraba tan accesible. Sabía algo.

—¿Preocuparse sobre qué, exactamente?

—Ay, Cecilia. Soy una mujer mayor con un marido que no me reconoce la mitad del tiempo. Solo quiero saber si mi hija está a salvo. Solo quiero saber si está siendo prudente.

¿Qué se sentiría al tener una madre que se preocupara por ti de esa manera? Experimenté una breve punzada de celos. Y después de compasión. Por Mary. Tal vez mi compasión fuera una respuesta artificial. O tal vez no. Ya me daba igual.

—Está saliendo con un hombre nuevo —dije—. Se llama Sid.

Escuché que Mary tomaba aire con suavidad.

—¿Señora Fortier?

El otro extremo de la línea estaba en silencio. Me apoyé en la encimera y sentí que un sudor frío me cubría la frente.

—¿Lo conoce? —pregunté.

En esa ocasión sí contestó.

—Sí. Sid Stark —dijo—. Solo de oídas. —Recuperó la compostura.

—¿Y qué tal?

—Bien —contestó, usando la misma palabra que yo

había usado antes—. Bien. Debo dejarte, Cecilia. Gracias por ser de ayuda. Como siempre.

Después de colgar, sentí que me tiraban de la falda. Tommy, que se había cuidado de esperar a que dejara de hablar para llamar mi atención. Experimenté un ramalazo de amor tan grande que se me llenaron los ojos de lágrimas. Lo levanté en volandas para abrazarlo. Sentí su cálido aliento en el cuello, su dulce olor en la nariz. Estaba aterrada por Joan. Pero no podía hacer nada hasta que ella me buscara.

Duré un día. El martes me levanté muy temprano para preparar un bizcocho de chocolate, el preferido de Ray. En realidad, hice dos. Cuando Tommy se despertó, los bizcochos ya estaban en el horno.

Preparé unas patatas fritas extracrujientes para acompañar un par de huevos fritos. Justo a tiempo. Ray bajó la escalera con la corbata en la mano y me besó con suavidad, con ternura casi, en la mejilla.

—Siéntate —murmuré mientras sentía un escalofrío que me subió por las piernas al olerlo. El olor de su *aftershave*, de su pasta de dientes, su olor personal.

Se sentó y le coloqué el plato delante.

—¡Igual que en Simpson's! —exclamó, encantado. Simpson's era la pequeña cafetería a la que íbamos a desayunar cuando estábamos recién casados.

—Igualito hasta en los bordes un poco quemados.

También había preparado un plato más pequeño para Tommy, que observó la comida con atención y, después, cogió un trozo de patata entre el pulgar y el índice y se lo llevó con delicadeza a la boca.

Normalmente me molestaba que fuera tan exquisito. No me gustaba que, a diferencia de otros niños, Tommy pareciera tan renuente a perturbar el mundo. Pero, en ese momento, su delicadeza me resultó encantadora: Ray y yo observando juntos a nuestro hijo, con idéntica satisfacción.

Ray se echó a reír.

—¿Y a qué huele? —preguntó—. ¿Algo para después del desayuno?

—Pues no —contesté—. Es el postre de la cena.

—¿Para mí? ¿Alguna ocasión especial? —Me rodeó las caderas con un brazo y me sentó en su regazo.

—Solo para ti —contesté al tiempo que me relajaba contra él—. Solo para ti.

Monté las capas de los dos bizcochos mientras Tommy jugaba con su trenecito en el suelo. Había preparado una cobertura con crema de mantequilla para una de las tartas, y para montarla usé el expositor de tartas especial que fue un regalo de boda. La parte superior del expositor giraba, facilitando mucho el proceso. Cuando llevaba mis postres caseros a las reuniones de la Liga Infantil, las otras chicas me preguntaban dónde los había comprado.

—Estupendo —dije al tiempo que me alejaba un poco para admirar las tartas, cada una de ellas dispuesta en un plato verde.

Por lealtad hacia Ray, coloqué unos cuantos palillos de dientes en la que había quedado un poco torcida y la cubrí con papel de plata.

Sentí una mano suave en la pantorrilla. Era Tommy, que me miraba con tristeza.

También fue por lealtad a Ray por lo que dejé a Tommy en casa, con Maria. Y, aunque era imposible, Tommy parecía saber que yo estaba haciendo algo que no debía. ¿Qué más le daba a Ray que fuera a Evergreen para regalarles una tarta? Eso me pregunté mientras conducía. Pero claro que a Ray le importaría. Destrozaría el precioso sentimiento que se había instalado entre nosotros desde el sábado por la noche. Pero él no se enteraría, me dije. No podría enterarse a menos que desarrollara de repente un sexto sentido. Y no lo tenía, porque era un hombre.

Llamé a la puerta lateral, tal como había hecho casi toda mi vida. El plan era entrar sin molestar para ver si Mary aceptaba recibir visitas. Si estaba disponible... Bueno, no sabía muy bien qué hacer. Solo quería verla. Solo quería escucharla decir que no había necesidad de preocuparse por Sid Stark. Le di unos suaves golpecitos a la antigua puerta mosquitera.

Stewart la abrió y se plantó en el vano sin chaqueta, con la camisa remangada y una servilleta en el cuello.

Siguió mi mirada y se quitó la servilleta del cuello con gesto pausado.

—Hola, señora Buchanan. ¿En qué puedo servirla?

—Lo siento —contesté, azorada—. Veo que he interrumpido tu almuerzo. Esperaba poder ver a la señora Fortier.

Me percaté de que Stewart había extendido las manos y estaba a la espera.

Las miré y después lo miré a la cara, que como siempre lucía una expresión inescrutable.

—¿La tarta? ¿Un regalo para los Fortier? Por favor, permítame. —Y antes de que pudiera detenerlo, me la había quitado de las manos—. Me temo que la señora Fortier ha salido con el señor Fortier. Le diré que ha venido.

—Gracias —dije, porque no había otra cosa que pudiera decir. Stewart asintió con la cabeza y tras él atisbé la mesita a la que había estado sentado, con el almuerzo servido.

Él se movió un poco, casi de forma imperceptible, pero era demasiado tarde. Yo lo había visto, pese a su mejor esfuerzo.

—Gracias —repetí, y me alejé. Stewart dejó que la puerta mosquitera se cerrara centímetro a centímetro—. Siento haberte molestado.

Me senté tras el volante y traté de contener el pánico. Acababa de ver una cara que llevaba años sin ver. La de Dorie. Había vuelto. Y había aparecido al mismo tiempo que Sid. Seguro que eso significaba algo. Seguro que sí.

18

1957

Sid Stark. El nombre acechaba mi cerebro como un tiburón. Junto con la cara de Dorie. Y la de Joan. Siempre la de Joan. Me dije, tal como había hecho cuando me di cuenta de la desaparición de Dorie tantos años atrás, que los criados iban y venían a todas horas. La ausencia de Dorie, y su reaparición en ese momento, no querían decir nada. Sin embargo, sabía que me estaban ocultando cosas. Estaba convencida de que Stewart no quería que yo viera que Dorie había regresado, y estaba segura de que Mary no solo conocía a Sid Stark, sino de que había detectado miedo en su voz al oír ese nombre.

No había pruebas de que todos esos hechos estuvieran conectados, pero todo empezaba a parecerme un engaño.

Llamé a Ciela el miércoles.

—Siento lo de la otra noche —dije, sin rodeos, acerca del encontronazo en el cuarto de baño del Petroleum Club—. Estaba un poco achispada.

—¿Ahora lo llamamos así? —preguntó, pero perdió fuelle enseguida—. Tranquila, supongo que todas nos «achispamos» un poquito de vez en cuando.

Parecía sorprendida de que quisiera llevar a Tommy a su casa.

—¿Para jugar con Tina?

—Esto... sí —contesté—. A menos que tengas otro niño y yo no me haya enterado.

Se echó a reír. La estaba poniendo nerviosa. Tina y Tommy nunca habían jugado juntos, porque yo no lo había permitido. Tommy necesitaba relacionarse con otros niños, lo sabía, y lo hacía, los martes que teníamos asignados como Día Libre para Madres, al otro lado de la ciudad, con niños a cuyas madres no me encontraría de ninguna de las maneras. Los martes eran mis días de relajación, cuando me ponía pantalones de la temporada anterior y pocas joyas.

—A Tina le encantará. Adora a los niños pequeños, ¿no te lo había dicho? Los prefiere sin dudar a las niñas. ¡Igualita que su madre! —Se echó a reír, pero de buena gana en esa ocasión. Ciela podía ser mordaz, pero también muy pero que muy agradable: conseguía que te sintieras cómoda en su presencia. Carecía de la agresividad ofensiva de Darlene y del desinterés de Joan. Sentí una oleada de afecto por ella mientras hablábamos por teléfono.

—No lo sabía, pero ojalá que Tommy cumpla sus expectativas. —No lo decía por decir, no. Daba igual dónde llevara a Tommy, ya fuera al otro lado de la ciudad o no: no le gustaban los otros niños. Tampoco le disgustaban, porque eso habría indicado que tenía preferencias. En realidad, no les hacía el menor caso; jugaba solo y le lanzaba miradas de reojo a cualquier niño que se acercara a él.

Tina era pequeñita y angelical, y hablaba lo suficiente para preguntarle a su madre por qué Tommy estaba tan callado.

—No todo el mundo habla tanto como tú, preciosa —contestó Ciela, y aunque intentó ser amable, las palabras fueron como una bofetada.

—Es tímido —repuse, y le di un empujoncito a Tommy, que estaba pegado a mi rodilla, con la mano en la boca—. Es más parlanchín en casa. —Una mentira como la copa de un pino, de las que no hacían daño a nadie.

Ciela y yo nos sentamos en el cuarto de juegos de Tina, con el ventilador a toda velocidad. Estaba decorado como la sala de un castillo. Un castillo rosa, habitado por princesas en tonos pastel que estaban pintadas en las paredes en diferentes poses: concediéndole un deseo a una niña que se parecía mucho a Tina; flotando sobre un campo de flores en el que se veía a una niña que se parecía mucho a Tina; levitando junto a una niña que se parecía mucho a Tina.

—Por Dios —dije, cuando subimos la escalera y Ciela encendió la luz, momento en el que pude captar todo lo que había en la habitación—. Da un poco de miedo, ¿no crees?

Me arrepentí enseguida de mis palabras, pero Ciela aceptó el comentario sin pestañear y soltó una carcajada lo bastante real para que yo no me sintiera incómoda, pero no lo suficiente para hacerme creer que me daba la razón.

—Se nos fue un poco de las manos, pero para eso están los niños, ¿no crees? Para que se te vaya de las manos.

Miré a Tommy, que no se había separado un paso de mí. Resultaba emocionante e inquietante a partes iguales ver lo mucho que Tommy me necesitaba cerca. Intentaba que esa necesidad no me complaciera demasiado, pero a veces era muy duro negarle a mi hijo algo tan sencillo.

En vez de sentármelo en el regazo, lo cogí de la mano y lo conduje hasta la cocina de plástico donde jugaba

Tina. No me hacía ilusiones de que jugara con ella, pero llevaba conmigo sus bloques de plástico y, si todo iba bien, Tommy amontonaría los bloques de forma obsesiva mientras Tina jugaba con su cocinita, y daría la sensación, para el observador no avezado, de que el niñito y la niñita jugaban juntos muy contentos.

Hablamos de la hermana pequeña de Darlene, Edie, que viajaría a Miami para una operación de nariz.

—Pobrecilla —dijo Ciela—, le hace falta. —Hablamos de una de las vecinas de Ciela, Beauton, una mujer a la que yo conocía de actos sociales y que acababa de pillar a su marido con el ama de llaves—. La historia de siempre —comentó Ciela, con un guiño. Hablamos de la casa que estaban construyendo en la zona oeste de River Oaks, que tendría más de quinientos metros cuadrados.

—Una monstruosidad —dije yo—, aunque no me importaría vivir en ella.

No hablamos de Joan. Eran un tema tabú, sobre todo porque Ciela la había criticado la semana anterior. Todas habíamos trazado líneas rojas. Ciela, por ejemplo, se negaba a hablar de los rumores de su padre. Mi línea roja era Joan.

—¿Cómo está Ray? —preguntó Ciela—. Jay Potter dice que va encaminado a dirigir la empresa. —Sonrió, de modo que supiera que no estaba celosa. Nuestros maridos trabajaban ambos para Shell, pero en departamentos distintos.

—Sí —comenté sin precisar—, creo que le gusta su trabajo.

Me sorprendió que Ciela supiera tanto del tema. Me gustaba que Ray trabajase duro, pero no era capaz de apreciar los detalles. Sabía que trabajaba en los arrendamientos para Shell; sabía que los jueves eran muy ajetreados porque la empresa cerraba tratos ese día y Ray volvía a casa muy tarde, si acaso regresaba. Joan iba a casa esas noches, o yo me llevaba a Tommy a la de ella.

Ciela asintió con la cabeza y yo deseé tener una copa de vino en la mano, o un cóctel, aunque era demasiado temprano para cualquiera de esas dos cosas. Un bloody mary o una mimosa, de haber estado en un restaurante, pero no era el caso. Casi había llegado el momento de irnos. Tommy no había ofendido a Tina por su falta de interés; los dos jugaban en silencio: Tina le hablaba en voz baja a la muñeca que estaba friendo en la sartén de plástico mientras que Tommy apilaba los bloques.

Quería irme antes de que Ciela comentase algo de Tommy o, peor todavía, antes de que Tina lo hiciera. «¡Ese niño es muy raro, mami!», exclamó un crío, señalando a Tommy, cuando fui a recogerlo al Día Libre para Madres de la semana anterior. La madre había silenciado a su hijo y me había mirado con expresión arrepentida, que era mucho peor que cualquier cosa que pudiera haber dicho.

Intenté sacar a colación el nombre como por casualidad. Me esforcé en comportarme como si no fuera importante.

—¿Conoces a un tal Sid Stark? —pregunté.

Ciela podía convertir su cara en una máscara impenetrable y no revelar lo que pensaba cuando así lo quería.

—Ah —dijo al cabo de un rato, y se llevó un dedo a los labios—. Ah. Joan.

Yo me había mostrado transparente, como uno de esos peces transparentes del restaurante del centro que a Tommy tanto le gustaban. «No tienen huesos —solía decirle a Tommy—. Y su cerebro es chiquitín.»

Agradecí que Ciela no dijera lo que las dos pensábamos: que mi objetivo al ir ese día a su casa, al mostrar interés por una amiga a la que no se lo había mostrado antes, era, de repente, más que evidente. No recordaba la última vez que estuve en casa de Ciela salvo para una fiesta o un cóctel con las chicas.

—Detesto tener que decepcionarte —dijo—, pero creo que no sé absolutamente nada de Sid Stark. Salvo que Joan y él están saliendo. Pero me gusta su nombre. Suena bien.

—Ah. —Me sequé las palmas húmedas, porque estaba nerviosa, en la falda.

—No todas nos regimos por la vida social de Joan —añadió. Lo dijo con voz cantarina, pero el insulto dio en la diana—. Lo siento —se disculpó—. No era mi intención ser cruel. Pareces preocupada. ¿Te preocupa Joan? A ver, pues claro que te preocupa... siempre estás preocupada por Joan. El viernes pasado en el Petroleum Club, por ejemplo. —Me lanzó una mirada elocuente.

Era verdad. Siempre estaba preocupada por Joan. Pero el hecho de que Ciela no tuviera información relevante acerca de Sid no me aliviaba tanto como debería haberlo hecho. Me ponía más nerviosa.

—No lo sé —repliqué—. Parece que es bueno con Joan.

Ciela se echó a reír.

—No conozco a ese hombre de nada, pero claro que es bueno con Joan. ¿Por qué no iba a serlo? Tiene algo que él quiere.

—¿Qué tiene Joan que el pueda querer? —pregunté. Tommy se acercó a mí con cautela, con un bloque en la mano. Lo abracé, aliviada al tenerlo cerca.

—¿Tú qué crees, Cece? —Percibí un extraño deje desdeñoso en su voz.

—No sabes de lo que hablas —dije. Sentí que las mejillas se me ponían coloradas. Nadie utilizaba a Joan. Ciela debía desterrar esa idea.

Ciela se volvió para mirar a Tina. Mi mente captó su piel bronceada en movimiento y la inmovilidad de su pelo rubio. Atisbé los pendientes de diamantes del tamaño de un cacahuete a través del pelo. Se podía averiguar lo bien que nos iba y lo bien que les iba a nuestros maridos por el tamaño de nuestros diamantes y por la cantidad que teníamos. ¿Había cacahuetes o nueces engarzados en una pulsera? ¿En un collar? ¿Hasta dónde se colaba entre nuestros pechos?

Me llevé las manos a las orejas. Me había puesto unos granates, casi bisutería. A veces, era agotador recordar todas las formas en las que nos comparábamos las unas con las otras. La regla era larga y milimétrica.

Ciela me miró de nuevo.

—Joan tiene algo que todas queremos, ¿no es verdad? ¿No es el truco de Joan Fortier? Te hace creer que quieres ser ella. Y estar con ella es el mejor premio de consolación —añadió.

—No hay trucos con Joan —repliqué—. Solo es Joan.

—¿De verdad crees que Joan es tan inocente?

—¡Claro! —exclamé—. Sé...

Ciela levantó una mano y el delgado reloj de oro se deslizó por su brazo.

—No era mi intención molestarte. Solo quería decir que no es difícil entender por qué un hombre querría salir con una mujer como Joan. Durante un tiempo. Seguro que sabe pasárselo bien, ¿no? Y no te pediría nada a cambio. —Enarcó las cejas—. ¡Ser tan libre como Joan! Libre como un pájaro. Apenas recuerdo la época antes de que naciera Tina. No me imagino saliendo con hombres. No me imagino una vida que no sea esta. —Y señaló la habitación; el espantoso mural de princesas; a la pequeña Tina, que estaba metiendo los bloques de Tommy en el horno; y también a Tommy, sentado en mi regazo, con la mano pegada a los labios—. ¿Y tú? —preguntó.

Yo sí, ese era el problema. Podía imaginarme una vida que no era la mía. No quería ser Joan, pero decir, de vez en cuando, que la vida de Joan no parecía maravillosa, que no parecía perfecta en ciertos aspectos, sería mentir.

En el camino de vuelta detuve el coche en Avalon para comprar unos helados, y nos sentamos a la barra para comérnoslos.

—Porque te has portado muy bien—le dije a Tommy.

No habría helado para mí, por supuesto. El verano se acercaba, la estación para los vestidos con cintura de avispa y los biquinis minúsculos. Vi cómo Tommy se llevaba la cuchara a la boca, con poquísima coordinación. Nunca dejaría de preocuparme por él. Y si teníamos otro hijo, como Ray quería, como suponía que yo también quería, tampoco dejaría de preocuparme por ese niño, y era muy raro comprender que te preocuparías por un hijo que todavía no había llegado al mundo. Un niño fantasma.

Ray se podría marchar en cualquier momento. Los hombres lo hacían a todas horas. No tenía motivos para creer que lo iba a hacer; y, de hecho, su constancia era una de las cosas que más orgullo me inspiraban. A diferencia de mi madre, había escogido a un hombre que parecía decidido a no marcharse. Había placer en el matrimonio, por supuesto, y disfrutaba de él, pero había días en los que tenía la sensación de que mi matrimonio era un larguísimo e interminable camino. A veces, el camino era placentero, como cuando Ray y yo estábamos de acuerdo, cuando la vida se desarrollaba como se suponía que tenía que desarrollarse; pero, otras veces, era deprimente y triste, y nunca se sabía cómo iba a ser. Éramos muy jóvenes. ¿Nuestro matrimonio sería feliz? Era una pregunta que me hacía a todas horas por aquel entonces. Solo el tiempo lo diría. El matrimonio, en aquel momento, parecía un juego de paciencia: ¿Hasta qué punto íbamos a ser felices? ¿En qué momento de nuestras vidas dirían los demás: «Los Buchanan son un matrimonio muy feliz» o «Tienen problemas en su matrimonio»? No había un punto intermedio, la gente no decía: «En fin, se quieren lo normal; su matrimonio no ha sido un desastre, pero tampoco es la fuente de consuelo y alegría que esperaban».

La copa de Tommy resonó contra la mesa. Mi hijo estaba hecho un desastre. No le había estado prestando atención y tenía las mejillas, las manos y la pechera de la camisa llenas de jarabe de chocolate. Pondría el coche perdido.

—Tommy —dije. Me miró, con expresión titubeante y la cuchara en su manita.

En ese preciso momento, Joan estaba dormida, tumbada junto a la piscina o en la cama con Sid Stark. Me habría cambiado por ella en un instante.

Fui a casa de Joan al día siguiente. ¿Creías que era capaz de esperar, de dejar que Joan fuera a buscarme? No pude. Al menos me conocía lo suficiente para saber de lo que era y de lo que no era capaz. Era capaz de guardar secretos. Era capaz de ser muy leal. Era capaz de demostrar una fidelidad que la mayoría de las personas ni imaginaba. Pero no era paciente. No era capaz de olvidarme de las cosas durante mucho tiempo. Mis seres queridos siempre estaban presentes en mis pensamientos, me acompañaban a todas partes: a casa después de pasarme por el Avalon para que Tommy durmiera la siesta; al Jamail's para comprar lo que se le había olvidado a Maria; a la tintorería para recoger los trajes de Ray; a casa de nuevo para relevar a Maria.

Esperé hasta después del almuerzo. El trayecto de mi casa a la suya era muy corto, tres minutos o cuatro como mucho, y el mundo que dejaba atrás con mi coche estaba desierto, sin una persona —un niño jugando con una pistola de agua, un jardinero recortando los setos— a la vista. Hacía demasiado calor. Conduje con la ventanilla bajada, pero la brisa no era tal. Era más un viento seco y abrasador. Podría haber encendido el aire acondicionado —era el primer coche que disponía de él—, pero la gélida temperatura que producía parecía antinatural, como si estuviera en medio de la tundra.

Cuando me bajé del coche, ya estaba empapada de sudor.

Rodeé la casa, admirando los parterres de hortensias y lilas de las indias que a Joan le importaban un comino. Esperaba encontrar a Joan sin toparme con Sari.

La verja de hierro forjado que rodeaba la piscina y el patio trasero de Joan era muy fuerte, pensada para mantener alejados a los reporteros que solían apostarse en los alrededores de la casa. Hubo un incidente, con una foto muy desafortunada, y al día siguiente instalaron la verja.

Sabía dónde estaba la llave de la puerta pero, al rodear el cobertizo del jardinero a fin de cogerla, me di cuenta de que la puerta estaba abierta una rendija.

Al principio, solo veía la pierna de Joan: las uñas pintadas, su pie plano, por sorprendente que pareciera. (¿No cabría esperar que los pies de Joan Fortier fueran perfectos, pequeños y con un buen arco? Eran de un tamaño normal, planos y un poco anchos.) Después vi su pierna, brillante por el aceite. Y luego... En fin, el resto de su persona. Estaba desnuda como el día que vino al mundo, con todo el cuerpo untado de aceite. El olor me llegó a la nariz —a coco, tropical— y me puso triste por motivos que no terminaba de comprender.

Joan detestaba las marcas del biquini. También las detestábamos las demás, pero nos cuidábamos mucho de cómo nos bronceábamos y dónde lo hacíamos. Las demás no nos quitábamos las braguitas de los biquinis. Tomábamos el sol tumbadas boca abajo, con la parte de arriba desatada, pero con las cintas alrededor del cuello, de modo que pudiéramos atarlas en un abrir y cerrar de ojos si un desconocido llegaba.

Yo no era una desconocida. Pero, de todas formas, deseé que Joan fuera algo más recatada. La había visto desnuda tantas veces que no podría llevar la cuenta aunque quisiera. Conocía todas las etapas por las que había pasado su cuerpo, desde niña pequeña, pasando por adolescente hasta llegar a ese momento: muslos torneados y dorados; la sorpresa de su vello púbico, más oscuro y crespo de lo que cabría esperar; su musculoso y extenso torso; sus pesados y feos pechos. Jean necesitaba un sujetador para que sus pechos se vieran bonitos. Sus pechos, junto con sus pies, eran el modo de Dios de recordar que Joan Fortier era mortal.

A Joan le daba igual. Nunca había sentido especial placer por su belleza. Todas las veces que yo había abierto el *Houston Press* para pasar las hojas de las secciones aburridas hasta llegar a «El Pregonero de la Ciudad» y me había emocionado al ver a Joan, tan guapa y radiante en algún acto social del brazo de un hombre (aunque ella siempre se las apañaba para que pareciera que el hombre iba de su brazo) y Joan apenas había mirado las fotografías.

—Mamá se pondrá contenta —solía murmurar—. Escogió ese vestido.

Verla, desnuda y más delgada de lo que la había visto en mucho tiempo, con un vaso de tubo lleno de un líquido claro en la mano, liberó algo en mi interior. Sentí deseos de abofetearla, de gritarle, de decirle que se vistiera y que dejara de comportarse como una adolescente. Pero también quise quedarme allí todo el tiempo que pudiera y observarla mientras ella no era consciente, mientras estaba dormida, desprotegida.

Pasé por la puerta y Joan cambió de postura. Llevaba unas gafas de sol estilo ojos de gato.

—Cee —susurró—. Ven, siéntate. —Dio unas palmaditas en el sitio que había junto a ella, pero yo me senté en una silla a cierta distancia, alisándome la falda.

Joan se incorporó un poco, y creo que me miró, aunque era imposible estar segura con las gafas de sol. Se echó a reír y cogió una toalla pulcramente doblada de la mesita que tenía al lado, una toalla que sin duda le había dejado Sari, y se la colocó sobre la cintura.

—Estoy desnuda como me trajeron al mundo, ¿no? Claro que no esperaba visita. —Por su tono de voz, no lo dijo con maldad, y sentí una oleada de alivio tan puro y repentino que me entraron ganas de echarme a llorar. No estaba enfadada.

—Hace un calor infernal —dije—. Peor que en el infierno. Te vas a quemar.

Su lánguida sonrisa empezaba a inquietarme.

—Oh, no —repuso—. No me quemo. Ya lo sabes. Me tuesto, muy crujiente. Pero nunca me acerco lo bastante al sol para quemarme.

Al otro lado de Joan había una mesa llena de vasos medio llenos y ceniceros. Una botella de champán de litro y medio descansaba en una silla, como una persona. Cerré los ojos. Joan había recibido visitas, con Sid. La noche anterior o la otra... ¿Acaso importaba cuándo? «Guapa —me imaginé a Sid diciendo—. Tengo a unos amigos que se mueren por conocerte.»

—¿Dónde está Sari? —pregunté.

—¿Sari?

—Sari, tu criada interna. La mujer que no se ha apartado de ti desde el Tarro de la Cobaya.

—El Tarro de la Cobaya —repitió Joan—. Me había

olvidado de que solías llamarlo así. Nunca me gustó el nombre.

—Se le ocurrió a Ciela —expliqué—. Y se quedó... —Me interrumpí.

—Nunca le vi sentido —siguió Joan, como si no hubiera hablado—. Porque nadie podía vernos allí arriba. —Hizo una pausa—. Mariposas en un tarro de cristal —continuó con la idea, con un deje extraño en la voz.

Ese era precisamente nuestro cometido. Sobre todo el de Joan.

—Preciosos ejemplares atrapados en un tarro de cristal. Supongo que éramos las cobayas de mi madre, ¿no te parece?

A veces, nos pasaba eso, era como si Joan pudiera leerme el pensamiento, como si yo pudiera leer el suyo.

—Sí —convine en voz baja, pensativa—. Supongo que lo éramos. Al menos, tú lo eras.

Se echó a reír, y sus pechos se movieron con sus hombros. Tenía un pezón endurecido, erecto; el otro, en cambio, estaba totalmente liso. Volví la cara.

—He venido para ver si estabas bien. Quería saber más cosas de Sid. —Ya estaba, lo había dicho. No podía retirar las palabras. Su nombre quedó suspendido entre nosotras.

—Le he dicho a Sari que se vaya —dijo Joan, al cabo de un rato.

—¿Le has dado el día libre?

—Claro. Un día libre.

—No le habría gustado. —Señalé el estropicio de detrás de Joan, la botella de champán sobre la silla, como un niño pequeño. Me cuidé de no incluir el estado de Joan, su desnudez.

—No —dijo Joan con una sonrisa—. Es algo que las dos tenéis en común. —Se levantó las gafas y comenzó a parpadear como una loca, como una criatura subterránea—. Joder, sí que hace sol.

Me levanté. Estaba harta de eso, estaba harta de quedarme allí sentada, fingiendo.

—Tommy te echa de menos —dije—. Y yo también.

Vi cómo los ojos de Joan se iban adaptando a la luz.

—Estoy aquí —replicó—. No me he ido a ninguna parte.

—Sí que lo has hecho —dije.

—Cee. —Se puso de pie y la toalla cayó al suelo—. No sigas.

Una figura al fondo me llamó la atención: era Sid, que se movía por la casa. Estaba desnudo. Su desnudez me asustaba y me excitaba a la par. Su silueta era musculosa y fuerte. ¿Cómo era posible que alguien te provocase asco y atracción al mismo tiempo? Era como si pudiese percibir su magnetismo a través de la puerta. Podía sentirlo de la misma manera que Joan debía de haberlo sentido.

19

Una noche de febrero de 1952, apenas un año después del regreso de Joan, la venda se me cayó de los ojos. Por fin.

Yo estaba cansada, con ese cansancio que deja a las puertas de la muerte. Joan apenas durmió aquel año y yo tampoco. Yo nunca había consumido drogas, pero sabía que ella debía de haber adoptado el hábito en California. Casi todas eran medicamentos prescritos por un médico, creía yo después de haber encontrado un frasco de pastillas en el cajón de su ropa interior.

Siempre trataba de vigilarla. Me quedaba con ella todo el tiempo posible, hasta que desaparecía de mi vista en alguna fiesta o en algún club, y después buscaba a Fred y la buscábamos por todos los garitos de Houston en la penumbra de la noche hasta que la encontrábamos.

Pero no siempre podía vigilarla. Eso habría sido imposible. Joan quería desaparecer.

Era un domingo por la noche. Una noche normal y corriente. Esperaba que Joan llegara temprano, que pudiéramos decirle a Sari que nos preparara unos sándwiches de jamón y que nos quedáramos en casa viendo *El show de Ed Sullivan*. En cambio, fuimos al Sam's, en el centro de la ciudad. Mientras Fred nos abría la puerta y bajábamos del coche, supliqué en silencio que Joan quisiera regresar temprano a casa, antes de que saliera el sol.

Pero tan pronto como entré en el Sam's supe que no nos iríamos temprano. El ambiente era alegre, el humo flotaba en el aire y en la oscuridad solo se veían las llamas de las velas y las puntas candentes de los cigarros.

Sam salió a recibirnos, ataviado con un traje brillante de color gris demasiado estrecho para su corpulenta figura, con el pelo prácticamente pegado al cráneo gracias a la gomina. Era un hombre rollizo, pero remilgado, muy pulcro con su persona. Su club también era un lugar pulcro: jamás se veían servilletas arrugadas debajo de las mesas, ni tampoco había colillas fuera de los ceniceros.

—Joan —dijo al tiempo que le besaba la mano. Joan llevaba un anillo de rubíes y perlas con forma de lágrima en la mano izquierda, un regalo de su padre—. Cece —me dijo, y esperó como si tuviera todo el tiempo del mundo hasta que yo le ofrecí mi mano. No ofrecérsela habría sido impensable. En aquella época, los hombres tocaban a las mujeres cuando les apetecía. Tuve suerte de que fuera la mano y no una mejilla, la frente o los labios. No me gustaba especialmente que me tocaran los hombres. Solo me gustaba que me tocara Ray, nada más.

A Joan nunca parecía importarle. En una ocasión saqué el tema y ella se encogió de hombros.

—Los labios solo son piel —dijo.

—¿Y un pene? ¿Debo suponer que también es solo piel?

Se rio con jovialidad.

—Todo es piel. Aunque alguna piel es más placentera que otra.

Aquella noche, Sam nos condujo a través del club. Yo seguí a Joan a cierta distancia. Las mujeres nos miraban y, después, giraban la cabeza. Casi siempre con un gesto frío en sus miradas. Los hombres se acomodaban en sus sillas, encendían un cigarro y miraban a Joan como si fuera una bebida que acabaran de pedir. Me sentía irritada. Sam había elegido la ruta más larga. Al final, nos detuvimos al llegar a un reservado elevado situado cerca del escenario, donde nos presentó a un hombre de Austin, a quien yo no había visto nunca. Estaba hablando con Darlene cuando nosotras nos acercamos.

—El pelo —señalé—. Lo llevas distinto. —Se había cortado al menos siete centímetros.

—Lo tomaré como un cumplido. Necesito otra copa. —Suspiró y ladeó la cabeza mientras miraba a Joan, que a esas alturas se había hecho con la atención del hombre de Austin. Yo ni siquiera me había molestado en retener su nombre.

Me sorprendió ver a Darlene. Habíamos sido un grupo muy unido desde el instituto: Joan, Ciela, Kenna, Darlene y yo. Casi siempre salíamos juntas por la ciudad. Pero yo era consciente de que una mujer como Joan era un escollo importante para una mujer como Darlene, que no poseía ni belleza ni encanto. No recuerdo por qué Ray no nos acompañaba aquella noche. A lo mejor tenía que trabajar. Pero sí recuerdo haber pensado, incluso sin él presente, que me encontraba en un momento bueno de mi vida. Después de toda la vorágine de mi juventud, era una sorpresa agradable. Joan había vuelto, yo estaba comprometida y sería la primera del grupo en casarme.

—No sabía que ibas a venir esta noche —le dije a Darlene. Aunque no me caía demasiado bien, me alegré de verla. Era alguien conocido, y podía pasarme la noche hablando con ella de tonterías sin tener que ir detrás de Joan, de persona en persona. Joan estaba en constante movimiento, corriendo de una persona a la otra de una manera que parecía indicar que nunca estaba satisfecha. (Al final de la noche, cuando nos quedábamos a solas en el asiento trasero del coche, solía quejarse de lo agobiante que le resultaba la gente. «Agua, agua por todos lados y no se puede beber ni una gota.»)

—Pues aquí me tienes —replicó Darlene, que levantó la mano para llamar la atención del camarero que pasaba cerca y señaló la copa de champán vacía con la cabeza. En treinta segundos, tenía otra llena delante, al igual que yo.

—Cortesía de Sam —dijo el camarero mientras dejaba la última copa frente a Joan.

Darlene torció el gesto. Sam no le había enviado a ella ninguna copa a modo de cortesía. ¿Y por qué iba a hacerlo? Era muy probable que hubiera algún fotógrafo en el exterior esperando para hacerle una foto a Joan. Darlene solo saldría en las columnas de sociedad si por casualidad estaba al lado de Joan, en el lugar adecuado en el momento preciso.

Joan, que estaba escuchando lo que decía el hombre de Austin, asintió brevemente con la cabeza en dirección al camarero, al parecer absorta en la conversación.

Darlene la miró sin pestañear y yo sentí una punzada de compasión.

—Solo está fingiendo —dije—. En realidad, no le interesa. —Era cierto. Al cabo de cinco minutos, Joan se iría a otro reservado, dejaría atrás al hombre de Austin, que se preguntaría si en algún momento había tenido alguna oportunidad con Joan Fortier. No, le habría dicho yo si me hubiera preguntado, no tenía la menor oportunidad.

Darlene resopló.

—¿Crees que no lo sé? —Bebió un buen sorbo de champán. Dejó la huella de la barra de labios en la copa, una mancha gruesa y estriada. Debía de estar muy borracha para dejar semejante mancha en una copa, pensé.

Al cabo de seis meses, Darlene conocería a su marido, un hombre quince años mayor que ella que sí tenía que trabajar, pero para gestionar su fortuna. Darlene descubriría que era feliz, por primera vez en su vida. O al menos eso fue lo que nos dijo.

«¡Soy feliz por primerísima vez en mi vida!»

Pero, en aquel momento, era una chica en un club, a la espera del amor.

—¿Cómo está Mickey? —pregunté, con la esperanza de cambiar el tema de conversación. Mickey era el hombre con el que había estado saliendo durante unas semanas. Darlene estaba lo bastante borracha como para que distraerla pudiera ser una misión muy fácil o una muy difícil.

—Mickey. —Resopló de nuevo—. No está aquí, ¿verdad?

Sentí una mano cálida en el hombro y capté el olor a Chanel N° 5.

—Cece —dijo Ciela, mientras se colocaba en mi línea de visión—. No te esperaba aquí esta noche.

Me puse colorada. Ciela se sentó con elegancia junto a Joan.

—¿Habéis venido todas? —pregunté. Era peor que Ciela estuviera incluida en los planes, que seguramente todo fuera obra suya. Ella importaba más que Darlene. Intenté llamar la atención de Joan, pero no me miraba. Le importaba muy poco que las otras chicas hubieran planeado una noche sin nosotras. Sin ella, más concretamente—. ¿Kenna también?

Ciela sacó una polvera pequeña del bolso de piel de cocodrilo y se miró en el espejo mientras se atusaba el pelo, perfectamente peinado, de forma teatral.

—De hecho, acabo de meterla en un taxi de vuelta a casa. Estaba demasiado alegre para ser tan temprano. —Puso los ojos en blanco y se echó a reír—. Os habríamos invitado a las dos, pero creía que Joan había dicho que tenía planes. —Encendió un cigarro, exhaló el humo por encima de su hombro y tosió de forma elegante, aunque totalmente falsa. Estaba mintiendo, ambas lo sabíamos. Joan nunca hacía planes. Y Ciela llevaba fumando desde que cumplió los doce años. El tabaco nos suavizaba la garganta.

En diciembre, el *Reader's Digest* publicaría su famoso artículo «Cáncer por la cajetilla», y aunque a partir de ese momento todas nos sentimos culpables por fumar, no lo dejamos. En aquel entonces fumar era un placer delicioso y sencillo.

Me encendí un cigarro. Ciela no parecía decepcionada de vernos. Eso jamás sucedería. Sus modales eran exquisitos. Jamás se sabía lo que estaba pensando.

—Lo que quiero saber... —dijo con una sonrisa al tiempo que se inclinaba hacia mí. Ah, no, que estaba alargando el brazo para coger el cenicero—. Es cuándo narices duerme la gran Joan Fortier.

Miré de reojo a Joan. En el caso de que hubiera oído su nombre, no reaccionó.

—Sí —añadió Darlene, que usó el cigarro de Ciela para encenderse el suyo—. Yo también quiero saberlo.

La verdad era que Joan nunca dormía. La verdad era que Joan no podía dormir de un tiempo a esa parte. Muchas veces me quedaba con ella en la cama hasta las cuatro o las cinco de la mañana, hablando de cosas sin importancia, sobre la noche que habíamos tenido, sobre las noches que teníamos por delante, aún sin abrir, como si fueran una hilera de tentadores regalos. Así era como Joan hablaba de ellas: como si cada noche fuera una promesa. Usaba el verbo en futuro con tanta frecuencia que ya no me resultaba irritante.

—Iremos al Cork Club —decía mientras estaba en camisón, con la cabeza en la almohada y la vista clavada en el techo, sin ver nada—, y nos encontraremos con Larry, que a lo mejor nos lleva a dar una vuelta en su coche nuevo.

Y así seguía. La verdad era que muchas veces me quedaba dormida y al despertar descubría que Joan se había ido sin dejar ni siquiera una nota. La verdad era que yo salía del dormitorio y me encontraba con las miradas reprobatorias de Sari, que tampoco había logrado evitar que Joan se fuera. Éramos iguales, Sari y yo. Ninguna de las dos sabía cómo lograr que Joan se quedara.

Me percaté de que Ciela y Darlene esperaban mi respuesta.

—Oh —exclamé a la ligera—, ya dormirá cuando esté muerta.

Darlene se sorprendió un poco. Sus ojos, pequeños y pintados con una gruesa línea negra, volaban de Ciela a mí una y otra vez. Ciela se limitó a reírse.

—Eso haremos todas —dijo con la vista clavada en su cigarro.

Joan se puso en pie, del brazo del hombre de Austin, y seguí hablando con Ciela y con Darlene de cosas sin importancia mientras seguía a Joan con el rabillo del ojo.

Habían pasado casi dos años desde nuestra graduación en el instituto, pero bien podríamos haber estado en la cafetería de Lamar, comiéndonos un sándwich mientras observábamos a Joan coquetear con algún chico en la mesa del equipo de fútbol.

En ese momento, Darlene se marchó y Ciela y yo nos quedamos solas en el reservado. La noche acabó tal como siempre acababa: con todos los ojos clavados en Joan. El hombre de Austin la había llevado al pequeño escenario emplazado al fondo del club. Saltaba a la vista que estaba muy borracha, y tal vez algo más, pero se movía con elegancia al ritmo de la música, contoneándose y girando como si estuviera sola. Llevaba un vestido sin tirantes de color negro, con un corpiño adornado con un sinfín de cintas blancas que se cruzaban siguiendo un complicado diseño. El efecto era casi masculino, como si llevara una armadura en torno al pecho.

Me volví para decirle algo a Ciela, pero ella estaba contemplando a Joan. Intenté ver lo que Ciela veía.

Estaba demasiado delgada. Ciela se habría percatado de lo delgada que se había quedado Joan. Parecía casi frágil. Sus muñecas eran casi minúsculas, casi como las de una niña. Su cintura tenía un diámetro diminuto, como si llevara una faja. Pero yo la había ayudado a ponerse ese vestido. No llevaba nada debajo. Joan en su mejor momento se parecía más a Rita Hayworth que a Vivien Leight. La delgadez no le sentaba bien.

Miré al resto de los presentes. La estancia estaba llena de cuerpos rutilantes, todos jóvenes, salvo por los de los hombres más ricos, veinte años mayores que nosotras. Treinta. El hombre de Austin parecía estar cerca de los cincuenta. No había una sola mujer en el club que tuviera más de veinticinco años, me percaté. Si eras mayor, te quedabas en casa, con un marido y un niño. Pensé en Ray y sentí una inesperada oleada de alivio. Mis días en ese escenario estaban contados.

Todos esos cuerpos rutilantes estaban contemplando a Joan. Todos esos cuerpos rutilantes estaban cautivados. Toqué a Ciela en el hombro con suavidad e hice un gesto que abarcaba el club.

—La quieren —dije, y fue difícil no sentirme satisfecha, no enorgullecerme de la belleza y del encanto de Joan. Fue difícil no alardear de cómo había acabado la noche: Ciela lo había orquestado todo para ser el centro, había apartado por completo a Joan y solo había que ver dónde había acabado.

Ciela me miró.

—Joan es problemática —afirmó—. Tiene problemas, Cece.

«Lo sé», debería haberle replicado. ¿Acaso creía Ciela que yo no lo sabía? Sabía lo mucho que bebía. Yo era la que guardaba las botellas vacías en mi bolso y las sacaba del Tarro de la Cobaya a escondidas, aunque por supuesto Sari se daba cuenta.

—Solo se está divirtiendo —repuse, y estuve a punto de creérmelo.

Ciela sonrió, casi con desdén, aunque ella no era de las que se mostraban desdeñosas.

—Se está divirtiendo —repitió—. ¿De verdad te lo crees? —Me miró un instante y presentí que estaba tomando una decisión.

—Sí —contesté con firmeza para ponerle fin a la conversación.

Ciela se marchó poco después, tras besarme en las mejillas como si fuéramos francesas. Antes de irse miró de reojo a Joan, que estaba detrás de la barra, riéndose con Sam.

—Buena suerte con ella —dijo—, aunque supongo que no la necesitas.

Sí que la necesitaba. Era casi imposible conseguir que Joan dejara un club, un bar o una fiesta. Sabía que Ciela y las demás se preguntaban por qué me quedaba, por qué hacía lo que hacía.

—Múdate y ya está —me había dicho Ciela mientras Joan estaba en Hollywood, después de que yo conociera a Ray—. Cásate. Vete a tu propio hogar. No es sano esperar a alguien que puede volver o no.

Ciela daba muchos consejos.

Me acerqué a la barra.

—Nena —me dijo un hombre—, nena, ven a sentarte. —Eran casi las dos de la mañana. El alcohol se había transformado en cieno en mis venas. Quería irme a casa.

Me senté en un taburete junto a la casi desierta barra, al lado del hombre de Austin que, como era de prever, estaba esperando que Joan se marchara para irse también. Parecía bastante inofensivo. No sé por qué pensé eso exactamente. Solo que de alguna manera había aprendido, al igual que todas las mujeres del mundo, a distinguir a los hombres que podían hacerme daño de aquellos que parecían menos inclinados a hacerlo.

—Joan —dije. Le estaba susurrando algo a Sam, que le aferraba un codo con gesto cómplice. Me sentía asqueada, aunque sabía perfectamente lo que Joan iba a decirme. «Eso es lo que hacen los hombres, Cece. Son animales. Tómatelo como un cumplido.»

Joan fingía no oírme. Tendría suerte si conseguía meterla en el coche antes de las tres de la madrugada.

—Joan —la llamé con voz severa.

Ella se volvió al instante y me miró, furiosa. Sam y el hombre de Austin se enderezaron en sus asientos.

—Vete —me dijo e hizo una pausa—. Déjame sola. Fuera de aquí. Ya me iré sola a casa.

Sentí que me ardía la cara. Podía ponerse petulante al final de la noche, pero nunca me había hablado de esa forma, mucho menos delante de un par de desconocidos.

Tenía los ojos brillantes y las pupilas muy dilatadas. No parecía una mujer que llevara toda la noche bebiendo. Parecía una mujer capaz de seguir en pie durante horas.

Me percaté de la expresión extraña de sus ojos, pero me marché de todas formas. «¿La dejaste allí? ¿Sola?», me preguntaría Mary después.

Sí. La dejé allí. Sola.

—Muy bien —dije, tras lo cual recogí mi bolso y mi estola. Fred me llevó a casa y, después, le dije que se fuera a dormir cuando me abrió la puerta del coche, que Joan encontraría la manera de regresar.

Me desperté a las once de la mañana. Me cepillé los dientes, me puse en el contorno de ojos la crema que Kenna me había dado, que según ella era de París; me tomé una pastilla que supuestamente me fortalecería el pelo; cuando por fin salí del cuarto de baño, vestida con unos pantalones capris que me llegaban hasta el punto justo de la cintura y una blusa vaporosa que dejaba a la vista la mejor parte de mis clavículas, me percaté de que hacía mucho tiempo que no me sentía tan bien. Antes de dormirme, había tomado la decisión de enfrentarme a Joan. Las cosas tenían que cambiar. Debía regresar a casa a una hora decente, debía beber menos y debía ser más cuidadosa con lo que estuviera tomado o haciendo. Y no debía hablarme nunca más de la forma que me había hablado delante de dos desconocidos. Estaba acostumbrada a los cambios de humor de Joan, pero no pensaba tolerar que un desconocido fuera testigo de los entresijos íntimos de nuestra amistad. Ese momento acontecido la noche anterior les pertenecía a Sam y al hombre de Austin, y a las pocas personas sentadas a la barra. Joan se lo había regalado.

La luz en el Tarro de la Cobaya era cegadora. A veces, durante las horas más brillantes del día, Joan y yo llevábamos gafas de sol. Me protegí los ojos mientras me dirigía a la cocina, donde Sari me había dejado el cuenco con mis copos de avena.

Escuché sus pasos, siempre llevaba unos zapatos de suela gruesa, sobre las baldosas antes de verla.

—¿Quiere algo con los copos de avena? ¿Un huevo?

—No —contesté—. Gracias.

Me preguntaba lo mismo todas las mañanas. Y todas las mañanas yo le decía: «No, gracias». Había muchos rituales con los criados que residían en casa. Cuando Joan saliera de su dormitorio —miré hacia la puerta, que estaba cerrada para que no entrara la luz del salón—

querría algo grasiento, con carne «para absorber los venenos».

Sari me sirvió la cantidad exacta de café y un vaso de zumo de naranja, que exprimía todas las mañanas.

—Gracias —dije cuando colocó el bonito vaso de cristal a la derecha del cuenco. Ella replicó con un sonido agresivo y grave.

En ese momento era cuando esperaba que se marchase. Esa era nuestra rutina cuando Joan no estaba con nosotras. Si Joan estaba con nosotras, Sari se quedaba para atenderla, porque Joan necesitaba que la atendieran.

Permaneció justo en el límite de mi campo de visión, al parecer esperando algo.

—¿Sí?

—Recuerde que la señora Fortier vendrá a cenar esta noche —dijo—. Con el señor Fortier.

Se me había olvidado por completo. Mary jamás iba al Tarro de la Cobaya. Era Furlow quien nos visitaba para llevar regalos, tomarse una copa de champán y sentarse en la azotea a fin de admirar la panorámica de Houston. Era Joan quien visitaba a Mary. Algo había cambiado en la dinámica. Joan parecía más obediente hacia Mary de lo que había sido en su vida, un cambio que yo había tomado por una mayor cercanía entre ellas. Creía que Joan necesitaba a su madre en aquellos momentos, que dependía de ella de una manera que indicaba que mantenían una relación más estrecha. Me equivocaba de parte a parte. Joan necesitaba a Mary, pero no de la manera que yo creía.

A las cinco en punto, dos horas antes de la hora prevista para la llegada de Mary y Furlow, llamé a la puerta de Joan. No obtuve respuesta y, en vez de llamar de nuevo, giré el pomo y parpadeé. La oscura habitación se reveló ante mí poco a poco, y vi que la cama de Joan estaba intacta. Los libros que habían vivido en su tocador desde su regreso habían desaparecido.

Pensé que podía estar muerta en el cuarto de baño. No sé qué por qué el terror me hizo imaginar el peor escenario posible, pero corrí al baño, encendí la luz y lo único que encontré fue la reluciente porcelana blanca y mi propio reflejo antes de comprender que había sido una idea ridícula. Por supuesto que Joan no estaba muerta.

Pero había desaparecido, algo que presentaba dos problemas. El primero, Mary y Furlow. El segundo, el paradero de Joan.

Ah, pero sabía dónde estaba. Con un hombre, en su cama. O si no en su cama, en una cama situada al otro lado de la puerta del escenario, tras sortear el laberinto de pasillos y subir la escalera del Shamrock. Con el hombre de Austin. Me senté en el borde de su cama, sobre el cobertor blanco, y enterré la cabeza en las manos. Ese hombre ni siquiera era su tipo. Era mayor, demasiado mayor para merecer un cuerpo como el de Joan, demasiado mayor incluso para estar en la misma habitación que ella. Pero no importaba. En aquella época, cualquier hombre le valía.

Fui a ver a Mary, porque sabía que dondequiera que estuviera Joan, no podría localizarla y convencerla de regresar a casa para ponerla presentable antes de dos horas.

Había planeado irme con Ray después de la cena, pasar la noche en su apartamento. A esas alturas, eso era imposible. Cuando se lo dije, pareció irritado; pero no tenía tiempo para apaciguarlo. Ya me ocuparía de él después.

Acabaría encontrándola, pero todavía no lo sabía.

Ojalá toda la gente que busca algo supiera con certeza que iba a acabar encontrando aquello que busca. Me pasé toda la noche en vela después de hablar con una reticente Mary.

—¿Se ha ido, querida? Bueno, no estoy exactamente alarmada, pero sí un poco descolocada.

No sabía si creerla. Nunca fui capaz de descifrar a Mary. Durante aquella noche y durante todo el día siguiente, no dejé de escuchar la voz de Ciela en la cabeza como si fuera un dolor que momentáneamente remitía, pero que no acababa de desaparecer.

«Tiene problemas, Cece.»

Eran las seis de la mañana y estaba sentada a la mesa del comedor, contemplando el solomillo de ternera y las zanahorias asadas, frías entre la grasa solidificada.

Sonó el teléfono. Esperaba que Joan llamara, esperaba que lo hiciera antes de que me viera obligada a buscarla en serio. No podía ir de club en club, preguntando si alguien la había visto. No podía ir al Sam's y preguntarle con quién se había marchado y adónde habían ido. Hacerlo sería poner en peligro la reputación de Joan, y aunque todo el mundo sabía que era una chica ligera de cascos y muy marchosa, no dejaba de ser una mujer respetable que volvía todas las noches a casa después de divertirse. Era mi trabajo protegerla de sí misma, para eso me necesitaban los Fortier, y por eso me querían.

Levanté el auricular.

—Señorita Cecilia —dijo una voz desconocida—, necesito llevarla a un lugar.

Miré por la ventana, hacia la oscuridad de la noche, aterrada. Quería colgar, pero no podía hacerlo porque esa persona podía saber algo de Joan.

—¿Adónde? —pregunté con voz trémula.

—Soy Fred —dijo la voz.

—Ah —exclamé—. Gracias a Dios.

—¿Puede bajar dentro de media hora? —me preguntó.

—¿Sabes dónde está Joan?

Silencio.

—Tal vez —contestó.

Bajé la escalera a toda prisa y esperé en el vestíbulo hasta que vi aparecer el coche plateado de los Fortier.

Abandonamos el centro de la ciudad. La dirección nos llevaba a Sugar Land, de manera que no tardaríamos mucho en llegar. El sol aún no había salido, y las siluetas de los edificios tenían un aspecto fantasmagórico en la penumbra previa al alba. La conocida visión del encrespado pelo gris de Fred, del cuello negro almidonado que le cubría la nuca... me relajó. Ni siquiera en ese momento se había quitado el uniforme.

—Ya no falta mucho —me aseguró. Hablaba con acento sureño, pero no con el acento de Tejas. Seguramente hubiera crecido en alguna granja en el sur y, después, se había mudado a la gran ciudad en su juventud.

Houston quedó atrás en poco tiempo. Los altos edificios dieron paso a casas grandes. Después, aparecieron casas más pequeñas con porches grandes y jardines secos y polvorientos. Más allá, la tierra sin edificar cubierta por las flores moradas de la tradescantia y de las violetas, que acababan de florecer. Me envolví con el chal de cachemira y apoyé la frente en el frío cristal de la ventanilla.

Me pregunté qué habría visto Joan cuando hizo ese mismo trayecto la noche anterior, si acaso vio algo. Decidí preguntarle. Un rayito de esperanza se abrió camino en mi interior y lo sentí como si fuera una corriente eléctrica. Lograría hacerle entender por qué tenía que cambiar, que mejorar.

Al cabo de veinte minutos vi una señal al lado de la carretera que rezaba «Sugar Land, Tejas». Una de las primas de Darlene vivía allí. No estábamos muy lejos de Houston, pero parecía otro mundo.

No era como creí que sería. ¿Algo es como uno espera alguna vez? Abandonamos la carretera principal y enfilamos un camino de tierra que nos adentró más y más en lo que parecía una extensa granja con los terrenos baldíos. El sol casi había salido a esas alturas.

El coche se zarandeaba con tanta fuerza debido al pedregoso camino que creí que acabaría vomitando.

—El camino es malo —dijo Fred, y supe que trataba de ser amable.

Me pregunté qué pensaría de mí, de lo que sucedía. Era evidente que tenía sus fuentes. Supuse que otro chófer le había dicho adónde había ido Joan. Pero no lo sabía, y nunca lo sabré, porque no fui capaz de preguntarle. Fred llevaba años llevando a Joan de un sitio a otro, desde que era pequeña. De repente, comprendí que lo sabía. Sabía más que yo. Pero no podía preguntarle tampoco si sabía quién era Joan en realidad. El mes anterior, el *Press* la había tildado como la soltera de oro de Houston, y había sacado una foto suya mientras salía del Cork Club con un hombre en cada brazo. Yo también salía, si bien no se me veía la cara, claro. Solo un costado, vestida con una falda de tul y encaje con pedrería. Era una de mis prendas preferidas. Cuando me la ponía, me sentía como una persona capaz de ir a cualquier sitio, de ser lo que quisiera.

El camino se niveló al llegar a una zona asfaltada. El polvo tardó un segundo en asentarse y la casa apareció ante nosotros: una construcción al estilo ranchero, alargada y de color beis. La sencillez de la edificación me puso nerviosa. No esperaba que Joan estuviera en un sitio tan corriente.

No había señales de vida. Reparé en el aparcamiento exterior, donde debería haber un coche aparcado. Los parterres que rodeaban la casa estaban vacíos, llenos de tierra y gravilla para evitar que se levantara el polvo. Las cortinas estaban corridas tras las ventanas. La casa no tenía ningún elemento destacable y parecía estar bien mantenida. No había plantas ni malas hierbas, no le faltaban tejas al tejado, y las ventanas parecían recién pintadas. Saltaba a la vista que alguien se ocupaba del lugar.

Fred apagó el motor y me miró. Le vi la cara por primera vez desde que me recogió. Parecía cansado. Tampoco debía de haber dormido. Me pregunté si Mary lo habría llamado.

—¿Quiere que vaya con usted? —me preguntó—. Lo haré encantado.

Supe al instante que ambos veíamos lo mismo al mirar la casa: su simplicidad era amenazadora; parecía muerta, allí recortada contra el horizonte.

—Por favor, espérame aquí —le dije, aunque por supuesto eso era lo que haría.

La puerta no estaba cerrada con llave. Entré en un vestíbulo enmoquetado. A mi izquierda se emplazaba una salita de estar, con un sofá marrón cubierto por una funda de plástico. En la mesita descansaban un jarrón con flores artificiales, un periódico abierto y un vaso de agua sobre una bandeja.

La casa olía a una mezcla de flores y a algo quemado y —casi lloré por el alivio cuando el olor me asaltó— a Joan. Primero fue su perfume, y después el olor de su laca, que yo misma le había aplicado la noche anterior, después de hacerle un moño francés y algo más tarde, antes de salir de casa, para retocarle un poco el peinado y asegurarme de que estaría exquisita toda la noche.

Joan llevaba horas en ese lugar. Más de un día.

—¿Joan? —la llamé. Enfilé un pasillo poco iluminado, con las paredes de color beis y puertas también de color beis. Imaginé que tras ellas habría estancias vacías.

Titubeé al llegar a la puerta del fondo. Sabía que Joan estaba tras ella. Sabía que era un dormitorio, pero no sabía quién la acompañaba. El hombre de Austin, quizá. O quizá no. Llamé a la puerta, con suavidad al principio y después con más fuerza. La noche anterior la había creído muerta en el cuarto de baño, pero en ese momento sí que podía estar muerta. Podría haber tomado demasiadas píldoras. Una chica que conocíamos del instituto, pero que no frecuentaba nuestro círculo, se encerró en su dormitorio con las píldoras de su madre y con una botella de vodka. Murió una semana después. Joan tal vez no hubiera intentado matarse, pero de un tiempo a esa parte parecía tan desenfrenada que tal vez se hubiera hecho daño accidentalmente. Me imaginé la cara de Mary. La de Furlow.

—Por favor, que esté bien —musité—. Por favor.

La puerta estaba cerrada con el pestillo. Me habría echado a reír si no hubiera estado tan aterrada. La cerradura era barata. Busqué una moneda y abrí el pestillo haciéndolo girar.

La habitación estaba muy iluminada, de manera que mis ojos tardaron unos segundos en adaptarse a la claridad. La fuente de luz era una ventana abierta que daba al patio trasero.

Al principio solo vi a Joan. Con la mejilla apoyada en la almohada, el cuello en un ángulo extraño y el moño aún en su sitio. Todo empezó a darme vueltas. «Está muerta —pensé—. Está muerta.» Pero después la vi mover un párpado. Solo estaba dormida. El moño estaba casi perfecto. Me tomé un segundo para enorgullecerme de mi trabajo antes de recordar que tenía que ponerme manos a la obra, que el pelo de Joan no importaba en absoluto.

El dormitorio olía a sexo y me percaté casi simultáneamente de que tanto ella como los otros dos cuerpos que ocupaban la cama estaban desnudos. Me acerqué de puntillas. A un lado de Joan había un hombre cubierto por una sábana. Al otro lado yacía un hombre tan expuesto como lo estaba ella, pero boca abajo. No podía verles la cara. El hombre tapado por la sábana tenía la cara cubierta por un brazo, en el que tenía una cicatriz que se extendía desde el codo hasta la muñeca. Me llevé la mano a la boca y contemplé la escena. Intenté encajar las piezas que tenía delante para que conformaran una imagen que pudiera interpretar. Los tres cuerpos estaban sumidos en un sueño tan profundo que parecía sobrenatural.

No sabía si esos hombres eran altos, ni cuánto dinero tenían, ni si eran de Houston o de qué otro sitio. No sabía si eran hombres importantes y, lo que era peor, no sabía a lo que se dedicaban o a lo que no se dedicaban. Extendí un brazo para apoyarme en la pared.

Ambos habían tocado a Joan al mismo tiempo. La habían usado. Y ella se había dejado hacer, se había entregado a ellos como si fuera una ofrenda, un regalo.

«Hacedme vuestra como os apetezca, chicos —me la imaginé diciendo—. Soy Joan Fortier y me da igual.»

Fred sabía la dirección, pero ¿sabría también lo que había pasado allí? De haberlo sabido, no habría ido.

El dormitorio estaba vacío salvo por el cuadro que colgaba sobre la cama, un rebaño de vacas que rodeaban a un vaquero con el lazo en alto. Me pregunté si Joan habría reparado en el cuadro, si lo habría analizado. Pero Joan llevaba mucho tiempo sin mirar a otra cosa que no fuera ella misma.

—Joan —dije en voz baja. No obtuve respuesta.

—¿Señorita?

Me volví al escuchar la voz de Fred. Sus ojos eran más dorados que castaños, un detalle del que no me había percatado antes. Creo que nunca me había alegrado tanto de ver a una persona.

—Ayúdame —dije, y la emoción que escuché en mi voz me sorprendió—. Necesito sacarla de aquí. —Señalé a Joan, aunque era evidente a quién me refería, ya que solo había una mujer desnuda entre los dos hombres—. Necesito llevarla a casa.

Él asintió con la cabeza.

—Tápela —me dijo al tiempo que señalaba el chal que se me había olvidado que llevaba puesto. Me lo quité y cubrí a Joan lo mejor que pude desde los pies de la cama. Le aferré una pantorrilla y le apreté con fuerza hasta que la oí gemir con suavidad.

En ese momento, Fred se acercó, me indicó con un gesto que la cogiera por una mano mientras él la agarraba por la otra. Intenté no pensar en los hombres que tenía al lado mientras la incorporábamos hasta dejarla sentada. La envolví con el chal, pero era demasiado pequeño y ella era muy grande. En ese momento, pensé que cuando llegara a casa subiría en el ascensor y regresaría de nuevo con la gabardina larga de Burberry que Joan se ponía los días fríos. Aparcaríamos en el garaje del sótano del edificio, ya que allí era menos probable que alguien nos viera.

Fred levantó a Joan en brazos con facilidad.

—Joan —repetí al tiempo que le daba unas palmadas en una mejilla. Ella abrió los ojos un momento y, después, los cerró de nuevo. Tenía una mancha de carmín en la pálida mejilla.

—No está en condiciones de responder —dijo Fred.

Estábamos en el pasillo cuando me di cuenta de que le faltaba un pendiente de diamantes.

—Un segundo —dije y corrí de vuelta al dormitorio mientras recordaba el colgante con el pequeño diamante, la cama del niño con las sábanas de vaqueros. Coloqué una mano sobre las sábanas y tanteé en busca del pendiente —lo notaría al instante bajo la palma de la mano—. Cuando miré hacia la almohada de Joan, vi que el hombre con la cicatriz me estaba observando. Se me erizó el vello de la nuca. Fred estaba en el pasillo detrás de mí, con Joan en los brazos, esperándome, y de repente, me sentí aterrada por lo que podía pasarnos... a mí, a Fred y también a Joan.

—Es una buena chica —dijo el hombre, y aunque habló en voz muy baja, escuché cada una de sus palabras.

—A Evergreen —le dije a Fred cuando estuvimos en el coche, con Joan acostada en el asiento trasero como si fuera una niña que se hubiera quedado dormida en una fiesta, tapada con el chal y con la cabeza apoyada en mi regazo—. Llévanos a Evergreen.

Fred titubeó.

—Creo que necesita ir al hospital.

Busqué el pulso de Joan. Jamás la llevaría así a un hospital.

—No puedo —dije, y me mordí el labio para no llorar.

—Sí, señorita —repuso Fred—. A Evergreen.

Joan se fue en aquel momento, durante unos meses. Una segunda desaparición, dos años después de su primera fuga, pero en esa ocasión organizada por sus seres queridos. Mary fue al Tarro de la Cobaya y recogió todas sus pertenencias, y Joan se perdió otra primavera en Houston. Se perdió las magnolias florecidas en Evergreen, enormes con esas flores tan frágiles. Mary solía cortarlas y ponerlas flotando en agua, en cuencos que distribuía por toda la casa. Aseguraba que gracias al olor Furlow recordaba su infancia, aunque yo jamás lo escuché afirmarlo.

—La encontré así —dije, obligándome a mirar a Mary

a los ojos en vez de clavar la vista en la pared, cubierta por un papel de rayas y adornada por gigantescas acuarelas de distintos paisajes tejanos: un prado de flores azules, un desierto.

«Yo no tengo la culpa», era lo que pretendía decir. Joan ya estaba en la planta alta, en el dormitorio de su infancia, durmiendo. Había ido un médico a la casa y ya se había ido, no así la enfermera que lo acompañaba. La mujer estaba con Joan en ese instante. Mary llevaba una bata de un pálido tono rosa y un camisón a juego. Melocotón diría que era el tono. Un color muy femenino, algo poco habitual en Mary.

—Entiendo. Y ¿cómo acabó en ese estado?

Su tono de voz no era acusatorio, no exactamente, pero tampoco era amable. Recordé al hombre de la cama, recordé cómo me había mirado.

—Tendrá que preguntarle a ella —respondí. Habría dado cualquier cosa por estar en otro sitio, por estar con Ray.

—Lo haré —replicó Mary—. Desde luego que lo haré. —Se volvió para salir de la habitación, pero se detuvo con la mano en el pomo de la puerta—. Confío en que este asunto no salga de aquí.

—Nunca ha salido de aquí.

Mary asintió con la cabeza.

—Cecilia, eres como una hija para nosotros. Una hija que sabe comportarse.

—Pero... ¿qué va a pasar con Joan? —Me dio vergüenza preguntar, pero no pude contenerme.

Mary ladeó la cabeza, como si hubiera oído algo al otro lado de la puerta. Yo agucé el oído también, pero lo único que oí fueron los suaves pasos de un criado y los trinos de los pájaros en el exterior. Aún no era mediodía. Se cerró la bata sobre el camisón con una mano.

—Cecilia, ¿esperas tener hijos?

Asentí con la cabeza.

—Los hijos te sorprenden, de mil maneras distintas. —Se volvió para marcharse—. Joan se pondrá bien. Siempre se pone bien. —Lo dijo con firmeza, como si no hubiera cabida para la discusión. Quise creerla.

—Pero ¿por qué? ¿Por qué es así? —Me estaba poniendo histérica. Me limpié las lágrimas con el dorso de la mano—. ¿Qué pasó en Hollywood?

Mary se acercó a mí y me consoló mientras yo lloraba. Me alisó el pelo con la fría palma de su mano. Pero no me contestó.

Joan se perdió las magnolias en flor. Se perdió mi boda. Ray y yo nos fugamos, algo que estuvo a punto de acabar con su madre, pero yo no quise que las cosas fueran de otra manera. No había motivo para esperar hasta el verano. Una vez que Joan se marchó, yo solo quería casarme con Ray, abandonar el Tarro de la Cobaya, estar tan cerca de mi marido que pudiera extender un brazo y tocarlo cada vez que quisiera. Me sentía incapaz de pronunciar unos votos delante de una audiencia que no incluyera a Joan. Así que pronunciamos nuestros votos delante de un juez de paz y de su secretaria.

—¿Eres feliz? —me preguntó Ray después de llevar casi una semana en nuestra casa. Ya la sentía como mía. Era nueva, diseñada por MacKie y Kamrath, de estilo moderno, con enormes ventanales en todas las paredes. Estaba ansiosa, comprendí, por tener algo mío. Me gasté demasiado en sartenes y ollas, en mantelerías, en muebles donde sentarnos y en obras de arte que colgar. Compré una mesa de café Noguchi en Nueva York, una maravilla hecha de cristal y madera. Una lámpara tipo Aladdin que parecía una nave espacial y que costaba tanto como una. Pero ¿por qué no? El dinero se había pasado años esperando a que yo lo gastara desde la muerte de mi madre. ¿Por qué había tardado tanto en hacerlo?

Miré a Ray con una sonrisa. «Casi siempre» podría haberle dicho, de haber sido sincera. Tenía un marido. Tenía amistades. Tenía una casa preciosa llena de cosas preciosas en un vecindario precioso. Tenía veinte años. Tenía toda la vida por delante.

Pero no tenía a Joan.

—Sí —respondí—. Soy muy feliz.

20

1957

Me desperté y me encontré a Ray mirándome, con Tommy en la cadera.

—Cee —dijo con urgencia—. Cee.

Intenté averiguar dónde estaba. Había entrado en el despacho de Ray porque estuve tentada de llamar a Joan. En vez de hacerlo, me permití revisar un pasado que era mejor olvidar.

—Creía que habías salido —dijo en voz más baja—. No tenía ni idea de que estabas aquí.

Ah. Creía que me había ido con Joan. Pero no había visto a Joan en una semana. No desde que me pasé por su casa y me la encontré en la piscina, desnuda. Había llamado por teléfono, pero Sari me había dado largas.

—No. No podía dormir. He probado tu reserva. —Señalé con la cabeza la licorera de cristal, un regalo de bodas de Darlene—. No ha sido mi mejor idea.

Ray sonrió. Todo estaba perdonado. No había estado con Joan. Me estaba esforzando para no pasar tiempo con ella, para vivir lejos de Joan. Tenía que dejarla hacer lo que fuera que estuviera haciendo con Sid Stark. Tenía que prestarle atención a mi vida, a mi marido y a mi hijo, mientras tanto. Le quité a Tommy de los brazos —el niño se vino conmigo encantado— y me di cuenta de que tenía el pañal empapado. Tommy todavía no usaba el orinal, ni siquiera había intentado enseñarle. Una madre del Día Libre para Madres había enarcado las cejas la semana anterior al enterarse, pero tenía más cosas de las que preocuparme con Tommy.

—El pañal —dije y miré a Ray, que estaba mirando el reloj. Luego me besó y se fue, sin más, y pensé en lo fácil que lo tenían los hombres para desaparecer. Para los hombres y para Joan.

Y, por supuesto, no era responsabilidad de Ray cambiarle el pañal a Tommy. Tenía suerte de que lo hubiera intentado siquiera. Llevé a Tommy a la planta alta, y se me empapó la cadera mientras andaba.

—¿Estás haciendo pipí ahora? —le pregunté a Tommy, que suspiró y me dio unas palmaditas en la cara.

Yo también suspiré. Mi bata, de seda, no se recuperaría. Dejé a Tommy en el cambiador y le quité los pantaloncitos de plástico. Enseguida vi el problema: parecía que los imperdibles se los había puesto el propio Tommy. Mi niño me miraba, con expresión solemne. Intentó tocarme la nariz y yo me agaché, ansiosa por sentir la caricia de su manita húmeda.

Pero también me di cuenta de lo fácil que era culpar a Ray de mi malhumor. No sabía cómo cambiar un pañal como era debido, porque nadie le había enseñado a hacerlo. Las enfermeras del hospital me habían enseñado a mí. Y Maria. Nada más pensar en su nombre —¿no debería estar ya en casa?—, sonó el timbre y Tommy sonrió. Me dolía la cabeza.

—Te gusta Maria —dije—. A todos nos gusta Maria. Sobre todo en mañanas así.

Me pasé el resto del día ocupándome de asuntos domésticos y recibiendo llamadas telefónicas: de la presidenta del Club de Jardinería, que quería que me encargase del refrigerio de la reunión de la semana siguiente; de la madre de Ray mientras yo estaba recogiendo la colada y que llamaba cada pocas semanas para «ver cómo iban las cosas». La madre de Ray era amable. Y para nada abrumadora. La suegra de Darlene prácticamente se había mudado con ellos después de que naciera el bebé, y la suegra de Ciela había declarado en dos ocasiones que los platos que Ciela preparaba la hacían enfermar. Muy curioso, sobre todo porque Ciela no cocinaba, lo hacía la criada. El asunto era que me caía bien Edith: tenía los pies en el suelo y era seria, como su hijo. Después de que nos fugáramos para casarnos, el padre de Ray y ella celebraron una pequeña fiesta en nuestro honor, con motivo de nuestra boda. Vivían cerca de Rice, en una casa cara pero sin nada reseñable, de ladrillos y contraventanas negras. Tenían dinero suficiente para vivir cómodamente, pero no lo bastante para que fueran influyentes. Lo que más me gustaba de ellos era que eran sólidos, todo lo contrario a una pareja ostentosa. Edith se pasaba cada pocas semanas y se llevaba a Tommy durante medio día. En la fiesta de la boda, Edith esperó a que todos los invitados se fueran antes de cogerme ambas manos y decirme que tanto Ed, el padre de Ray, como ella me consideraban su hija. Pero era algo que Edith dijo por decir, achispada como estaba por el champán con el que habíamos brindado, porque ya tenía a Debbie.

De cualquier forma, los Buchanan hicieron por nosotros más que mi padre. Unos pocos días después de la boda, llegó un generoso cheque por correo. Llevaba años sin poner un pie en Houston. Ni siquiera conocía a Tommy.

Pensé en Edith durante el resto del día mientras doblaba las diminutas camisas de Tommy, mientras cortaba los melocotones para la tarta de hojaldre, mientras empujaba a Tommy en los columpios del parque cuando bajó el sol. ¿Cómo sería mi vida de haber tenido una madre como Edith? ¿Sería yo mejor madre? ¿Tommy hablaría ya a esas alturas?

El parque de juegos estaba desierto.

—Se está muy bien, ¿verdad, Tommy? —le pregunté, deleitándome con el hecho de no tener que hablar con nadie. Y, en ese momento, Tommy, que había estado jugando en el arenero, llenando el cubo de tierra para llevarlo a otro punto donde lo vaciaba, todo muy serio y según su sistema lógico, habló.

—Ma —creo que dijo. Sé que lo dijo, porque ¿qué madre no reconoce la primera palabra de su hijo? ¿Qué madre no la llevaba grabada en lo más profundo de su cerebro?

En un abrir y cerrar de ojos, me planté en el arenero y le tomé las regordetas mejillas entre las manos.

—¡Otra vez, Tommy! Por favor. Por favor. Hazlo por mami.

Por supuesto, me pregunté si me lo había imaginado. Por supuesto. Y me sentí culpable por dudar, pero era imposible, ¿verdad? Era imposible pasar tanto tiempo esperando algo y después no dudar cuando ese algo llega por fin.

Esperé a Ray junto a la puerta, con Tommy en la cadera. Desde que volvimos a casa del parque, no había dejado de dar vueltas por la casa, presa de la emoción, mientras le señalaba objetos a Tommy.

—Es tu caballito, Tommy. Di «¡hin!». Eso es el pintalabios de mami. Es lo que se pone para cambiar el color de sus labios, que no son rojos. ¿Sabes decir «labio»? ¿Y «rojo»?

Tommy me miraba, pero no pronunció otra palabra.

Casi se lo conté a Maria, pero dejé la frase a medias, avergonzada. A lo mejor no me creía y quería saborear ese momento todo el tiempo que fuera posible.

Sin embargo, no pude contenerme. No estaba totalmente segura de que Tommy hubiera hablado, de haber oído lo que llevaba tanto tiempo esperando oír, lo que mis amigas habían oído de labios de sus hijos una y otra vez... Vi el resto de su infancia, su adolescencia e incluso su vida como adulto, sobre todo su vida como adulto, de una forma totalmente distinta: iba a ser normal. Podía saborear su normalidad, tan cerca que la rozaba con la punta de los dedos. Tommy iba a ser normal. Iba a hablar como otros niños. Iba a darles órdenes a los otros niños en el arenero. Iba a saludar y a despedirse de Tina. El colegio, las citas, los bailes, el trabajo: su vida entera se desarrolló delante de mis ojos, emocionándome y aterrándome a la vez.

—Ha hablado —dije antes incluso de que Ray pudiera cerrar la puerta tras él. Nunca me olvidaré de su cara, una expresión que me indicó que él también había estado preocupado, aunque fingiera no estarlo—. No consigo que lo haga de nuevo —continué—. ¿Verdad, Tommy? Solo una vez. Pero ha hablado. Lo sé. Lo he oído.

—¿Qué ha dicho?

Se lo conté. Una palabra tan normal y corta. Insignificante. Más un sonido que una palabra completa. «Ma.» Además, no éramos unos paletos, Tommy no podía llamarme así. Tendría que llamarme «madre». Pero, ay, ¿qué me importaba cómo me llamase? Podría llamarme como quisiera que yo respondería.

Nos quedamos allí, de pie, mirándonos con una sonrisa. Tommy pareció percatarse de la importancia de ese momento, porque no se movió, no se agitó ni le echó los brazos a Ray.

Parecíamos una familia. Recuerdo que fue eso lo que pensé. Y, después, me di cuenta de que no había pensado en Joan desde que Tommy me llamó «ma». Y me alegré.

Durante unos días, la vida fue maravillosa. Esperamos a que Tommy pronunciara otra palabra, otro sonido que pudiéramos convertir en palabra. Éramos felices. Estábamos llenos de esperanza.

No teníamos una señal para el sexo. A veces, Ray se volvía hacia mí y otras veces lo hacía yo. Nuestro matrimonio no estaba exento de pasión, pero éramos una pareja con un niño pequeño. Cuando empezamos a acostarnos juntos, yo era muy tímida y a Ray le había encantado mi timidez. No era algo de lo que habláramos, pero sabía que a Ray le gustaba cuando apenas podía mirarlo a los ojos, cuando lo tocaba con gesto titubeante.

Pero esa noche, después de que Tommy hablara, volví a sentirme tímida. Me acosté en la cama y esperé a que Ray terminara de asearse en el cuarto de baño. Volví a tener dieciocho años, dispuesta a entregarme a ese hombre. La cara de Joan pasó por mi mente. Pero se disolvió enseguida.

—Cee —dijo Ray, que me tocó los pechos por encima del camisón de seda. Por aquel entonces, me ponía un camisón de seda todas las noches. Todas lo hacíamos. Necesitábamos que nuestros maridos nos desearan.

La luz de la luna iluminaba la habitación, creando siluetas difuminadas. Estaba oscuro, pero podía ver la coronilla de Ray cuando apoyó la frente en mis pechos, mientras me levantaba el camisón y procedía a besarme la cadera. Podía ver su estrecha espalda, sus largos brazos, ese cuerpo que seguía sorprendiéndome, pese a todos los años transcurridos. No lo veía desnudo muy a menudo. Se ponía el pijama, se duchaba y se vestía antes de que yo me despertase. Éramos pudorosos en presencia del otro. Nunca entraba en el cuarto de baño cuando Ray se estaba cambiando. Él me devolvía el favor.

Pero, en ese momento, me estaba desnudando. Me quitó las bragas con el pulgar. Intenté cubrirme con la sábana, pero me cogió la mano.

—Quiero verte —dijo.

Se lo permití. Le permití que me quitara el camisón por la cabeza, con cuidado, y que después me recostara contra la almohada. Él también estaba desnudo, y verlo, duro, pegado a mi muslo, hizo que me sintiera como una adolescente otra vez. Nerviosa pero esperanzada, como si pudiera suceder cualquier cosa esa noche, en esa cama, con ese hombre.

Me colocó un dedo bajo la barbilla y me instó a volver la cara hacia él.

Claro que ya era distinto, por supuesto, ya no era una adolescente. Me sentía más unida a Ray de lo que jamás me había sentido. Más unida a él de lo que jamás me sentí unida a Joan. Teníamos un hijo en común, una vida. Tommy había hablado y Ray me creía. Yo me habría mostrado escéptica si Ray hubiera vuelto a casa de una excursión con Tommy y me hubiera dicho que había pronunciado su primera palabra. Que la había pronunciado sin que le insistiera. No lo habría creído.

Sin embargo, Ray siempre me creía. Algo muy poco común, la verdad. Contar con una persona que te quería y que te creía.

Levanté una mano hacia la mejilla de Ray y la dejé a escasos centímetros de su piel. No quería tocarlo, quería estar a punto de hacerlo.

Ray susurró algo que no entendí, y tal vez no quería que lo entendiese. Acto seguido, me besó el cuello, los pechos y el abdomen. Deslizó una mano entre mis piernas y me las separó con un solo movimiento. No me había dado cuenta de que las tenía cerradas.

Y, después, sentí su lengua dentro, y le sujeté la cabeza con las manos, y el mundo enteró desapareció. Solo quedamos Ray y yo y lo que existía entre ambos porque lo habíamos creado.

Siempre era mejor persona después de una buena sesión de sexo. Me sentía comprendida, me sentía amada, me sentía deseada. Me resultaba fácil olvidarme de Joan. Desentenderme casi por completo de Sid Stark y de su atrevida desnudez. Convencerme de que no debía preocuparme yo sola de Joan. Tenía a su madre, una madre más que formidable. Tenía más dinero que Creso. Tenía un padre que creía que era el mejor regalo que le hubieran hecho en la vida. Tenía más que yo, desde luego. O, al menos, había empezado con más.

Los siguientes días seguí desentendiéndome de Joan y de su familia. Tenía la sensación de que era un buen ejercicio vivir sin ella. Un ejercicio práctico para cuando Joan desapareciera de forma definitiva. Recuerdo el momento exacto en el que me di cuenta de lo que pensaba: la idea se coló, por sorpresa, en mi cabeza mientras limpiaba las juntas de los azulejos del cuarto de baño de invitados.

Estaba limpiando con una pasta a base de lejía la junta que había entre la bañera y el suelo de baldosas. Ese tipo de tarea era un trabajo satisfactorio. No había conversaciones enmarañadas, no había sensibilidades heridas, ni malentendidos. Mezclé el bicarbonato con la lejía hasta obtener la consistencia deseada —no podía quedar demasiado líquido, ese era el truco— y, después, le dije a Maria que dejara de pulir la cubertería de plata de mi madre, algo que hacía todos los meses, nos pusimos a gatas y empezamos a aplicar la pasta con un cepillo de dientes por todas las juntas. Y había muchas, porque todo el cuarto de baño, incluidas las paredes, estaba alicatado con un azulejo color aguacate.

Me sentía inspirada.

—Nunca se me había ocurrido hacer esto —le dije a Maria cuando empezamos. A lo largo de los años, las juntas habían amarilleado; costaba imaginar el tono blanco que tuvieron en otra época. Tommy estaba en la planta alta, durmiendo la siesta. Disponíamos de una hora larga antes de que despertase.

Así que allí estaba yo, a gatas, en vaqueros y con una de las viejas camisetas de Ray, frotando con fruición la porquería de las juntas entre la bañera y las baldosas del suelo, con un olor a lejía tan fuerte que resultaba purificador, como nadar en la piscina de Evergreen.

Y, en ese momento, el pensamiento se coló en mi cabeza, sinuoso e insistente: «Es un buen ejercicio para cuando Joan se vaya».

Me incorporé deprisa y tuve que apoyarme en el borde de la bañera.

—¿Señora Buchanan? —Percibí la presencia de Maria a mi espalda, mientras decidía si tocarme o no.

—Estoy bien —dije—. Estoy bien. —Me puse en pie despacio—. Solo me he mareado.

En la cocina, me serví un vaso de agua. Me quedé junto a la ventana y miré el pulcro césped, con la hierba recién cortada. Sería un milagro si sobrevivía al verano, si el calor no lo mataba antes. Daba igual cuánta agua le echaras, lo temprano que te levantaras para activar el aspersor. El sol acababa matándolo todo en Houston. Solo era cuestión de tiempo, siempre lo había sido.

21

1957

Para la celebración del Cuatro de Julio había que llevar algo un poco patriótico, pero no hasta el punto de resultar hortera. Me decidí por un vestido de lunares de color azul claro cuyos tirantes se ataban detrás del cuello. Me llegaba justo por debajo de la rodilla. Un poco más corto y habría sido ordinario. Un poco más largo y se corría el riesgo de parecer puritana.

Era jueves, el comienzo de un largo fin de semana. Todo estaría cerrado al día siguiente, el día posterior al Cuatro de Julio. Houston era un buen lugar para celebrar las festividades. Había fiestas el viernes y el sábado por la noche, pero esa noche era la más importante, organizada por el mismísimo Glenn McCarthy en el Shamrock. Intentaba parecer espectacular tras el bochorno de *Gigante*.

Me puse una pulsera roja de metacrilato como toque final. Ray llevaba una corbata de color rojo claro. Éramos una pareja muy guapa. Maria nos hizo una foto antes de que nos marcháramos.

—Sonrían —nos ordenó, y todos lo hicimos, hasta Tommy. Ray me colocó una mano en torno a la cintura y la otra la puso sobre el hombro de Tommy. Se sentía orgulloso de nosotros. Yo me sentía orgullosa de nosotros. Todavía conservo esa fotografía. Es una de mis preferidas. Los colores son chillones. La sonrisa de Tommy es tan exagerada que su cara parece deformada. Yo parezco tan feliz que me dan ganas de extender la mano y darme un guantazo en una de esas mejillas tan bien maquilladas.

Tommy había hablado de nuevo el día anterior. Me llamó «ma» dos veces más, una delante de Ray. Lo dijo por primera vez cuando fui a buscarlo después de que durmiera la siesta. «Ma», y me señaló. Después, lo dijo por la tarde, cuando llamé a Ray para decírselo y él canceló reuniones y reorganizó su misteriosa agenda para volver a casa temprano con la esperanza de que Tommy hablara de nuevo en su presencia. Y lo hizo. En su habitación, mientras jugaba con su sempiterno juego de bloques, miró a Ray, me señaló con un bloque en cada mano y dijo: «Ma», como si nos estuviera explicando quién era yo. Y, de esa manera, lo que me había parecido imposible durante tanto tiempo —lo que tanto esperaba, deseaba y anhelaba desde que fue evidente que Tommy iba con retraso— se convirtió en un hecho más de la vida. Una vez que Tommy dijo una palabra, no había nada que le impidiera decir otra, y otra y otra. Hasta que el «ma» se convirtiera en «mamá». Y después diría «papá» y «Maria», quizá. Hasta que las palabras expresaran algo más: deseos, necesidades.

—Hemos tenido suerte con Maria —comentó Ray mientras sacaba el coche del camino de entrada a casa. Maria y Tommy estaban en la puerta, despidiéndose de nosotros con las manos—. Tommy la quiere.

Asentí con la cabeza y le di unas palmaditas en el muslo. Me sentía como se suponía que debía sentirme, así es como lo recuerdo. Contenta con mi familia. Contenta con lo bien arreglados que había dejado el jardinero los parterres de flores el día anterior. Contenta con lo bien que me sentía los pechos debajo del vestido: suaves y turgentes.

—Esto será divertido —dije, hablando en serio. La primera fiesta a la que asistiríamos Ray y yo en mucho tiempo en la que Joan no estaría presente—. Joan no estará —comenté.

Ray asintió con la cabeza.

—Ya me lo habías dicho.

No fui capaz de interpretar su tono de voz. Pero, al cabo de un momento, extendió una mano para darme un apretón en un muslo, con suavidad, y supe que estábamos bien.

Nuestro mundo, perfectamente ordenado, iba pasando a nuestro lado mientras conducíamos. El trayecto que llevábamos nos haría pasar por delante de Evergreen, pero no así por la casa de Joan. Dentro de unos años, nos mudaríamos de nuestra casa a otra más grande. Tal vez incluso nos compraríamos un solar para construirnos la casa de nuestros sueños. Ray llamaba a la casa donde vivíamos «la casa de los comienzos» cada vez con más frecuencia. No había ningún motivo para no pensar que seguiría ascendiendo en la empresa, acumulando cada vez más influencia, poder y dinero. Y yo estaría a su lado, por supuesto. ¿Era importante para mí una casa más grande? ¿Un coche mejor? ¿Unas vacaciones más exóticas? Por supuesto que sí.

Nos íbamos acercando a Evergreen. Había llamado a Joan el lunes. Me llevé el teléfono a la despensa mientras Tommy estaba dormido, arriba, y Maria estaba doblando la ropa. ¡Fue estupendo! Habían pasado dos semanas desde que fui a su casa y hablé con ella en la piscina. Pero no me haría daño, pensé, hablar con ella un minuto.

—¿Joan? —dije cuando contestó, y si parecí sorprendida fue porque lo estaba. Normalmente era Sari quien contestaba, sobre todo (miré el reloj: las 10.03) tan temprano.

Ella se echó a reír.

—¿Esperabas al presidente Eisenhower? Soy yo, cielo. Llevo horas levantada.

—¿Qué has estado haciendo?

Me la imaginé encogiéndose de hombros.

—Dando vueltas. Leyendo. Fumando. —Y como si eso se lo hubiera recordado, la escuché respirar hondo y después soltar el aire. No se molestó en apartarse el auricular de la boca, pero me dio igual, me alegró oírla respirar. Seguía siendo Joan, seguía fumando, y leyendo, y dando vueltas, y hablando conmigo, su mejor amiga, por teléfono.

—Tommy ha hablado —solté de repente.

—Ah, ¿sí? —replicó ella, y me pareció distraída. Me sentí como si hubiera sacado una mano por el auricular y me hubiera abofeteado.

Pero después pareció darse cuenta del error.

—Es maravilloso, Cee. Me alegro mucho.

—Nosotros también nos alegramos —dije, y me faltó poco para echarme a llorar. No me había percatado de lo mucho que nos alegrábamos, de lo aliviados que estábamos, hasta aquel momento. Eso era lo que hacía Joan por mí: aflorar cosas. Aclarar mi situación—. ¿Irás al Shamrock el jueves? —pregunté, aunque sabía la respuesta. Por supuesto que sí. Jamás se había perdido esa fiesta.

—¿El jueves? Ah, sí. El Cuatro de Julio. No lo creo, cielo.

Sid. Seguro que irían a otro lado. A Galveston, tal vez.

—Pero siempre vas —repliqué, e intenté suprimir la ansiedad que sentí crecer en mi interior.

—Bueno, eso es lo curioso del «siempre». Que hay un momento que ya no lo es.

Y, en ese momento, la oí murmurar con alguien. Me pegué el auricular a la oreja, pero no fui capaz de escuchar ni una sola palabra de lo que decían. Ni siquiera pude distinguir si la voz era masculina o femenina.

Tommy empezó a llorar en la planta alta.

—Joan —dije—. Joan, ¿estás ahí?

—Espera un momento, Cece —contestó, malhumorada, y después siguió hablando en murmullos. Tommy siguió llorando y yo seguí en la despensa, hablando en secreto. Me sentía desesperada, a la deriva. De repente, era una niñita intentando llamar la atención de Joan en el comedor del colegio.

Y, en ese instante, se abrió la puerta de la despensa y me pillaron, con el cable del teléfono enrollado en la muñeca.

Era Maria, con Tommy en una cadera. Me miraba con el ceño fruncido. Me aparté el teléfono de la oreja, liberé la muñeca del cable y salí de la despensa al tiempo que abría los brazos para recibir a Tommy.

—Vamos a hacer un intercambio —dije, y le entregué el teléfono a ella. Una vez que tuve a Tommy en los brazos y que Maria se quedó con el auricular, lo miró con curiosidad.

—¿Señora? —Trató de devolvérmelo.

—¡No lo quiero! —dije, y Maria retrocedió, sorprendida—. Cuelga, por favor. Cuelga y ya está.

¿Qué otra cosa podía hacer si no obedecerme? En ese momento sentí celos de ella. De mi criada y niñera mexicana. La gente le decía que hiciera cosas y ella obedecía. Era algo simple, sencillo.

Maria devolvió el auricular con torpeza a la base. Ponerse en contacto con Maria cuando se iba de casa requería llamar por teléfono a una prima suya. Maria nos devolvía la llamada una hora después, bien desde la casa de su prima —se oía el jaleo de fondo, niños y adultos gritando a los niños— o bien desde una cabina cercana a una calle muy transitada donde se oían las bocinas de los coches de fondo.

—Tú no tienes teléfono, ¿verdad?

El rostro de Maria se descompuso como si fuera un trozo de papel al arrugarlo. Era muy fácil hacerle daño a la gente. Sabía perfectamente por qué lo había hecho yo: porque Joan me había hecho daño, de manera que yo fui a hacerle daño a los demás y ataqué a Maria, que en ese momento parecía haber empequeñecido. No fue exactamente lo que dije. Fue el modo de decirlo. Era fácil ser cruel. Era mucho más difícil ser bondadoso. ¿Cómo se sentía Joan después de haber sido cruel conmigo? ¿Poderosa? ¿Arrepentida? Pero después comprendí, mientras sentía la tibia mejilla de Tommy en el hombro —quería su vaso de leche y estaba esperando con paciencia—, que Joan no sentía ninguna de esas cosas. Desconocía que había sido cruel, al contrario que yo. Ella no sentiría el remordimiento que yo sentía en ese instante.

—Lo siento —dije, y me acerqué a ella.

Pero Maria retrocedió. Toda la confianza que habíamos ido creando a lo largo de los años —cuando Maria llegó, cinco años antes, era tan tímida que apenas me miraba a los ojos— destruida en un momento.

—¿Algo más?

Solo pude negar con la cabeza.

—No —contesté—. Eso es todo.

¡Le había colgado el teléfono a Joan! Había regresado al teléfono pensando que yo seguía al otro lado de la línea, esperándola. Siempre esperando, esa era yo, Cece, la más fiel de las amigas fieles. Pero, en vez de mi voz, había encontrado el pitido de la línea.

No me devolvió la llamada. Tal vez no le importara que yo hubiera colgado, tal vez pensó que se había debido a un fallo en la línea o en la conexión. Pero en el fondo debía de saber que había sido un gesto valiente por mi parte.

En una ocasión, antes de casarme con Ray, él me dijo que era imposible tratar de adivinar qué era lo que hacía reaccionar a una persona.

—Tal vez —admitió— se puede saber qué es lo que hace reaccionar a tu cónyuge. Pero solo si esa persona quiere que lo sepas. Con los demás —siguió, justo antes de levantar las manos y encogerse de hombros— es imposible.

Yo no estaba de acuerdo con él. No estábamos hablando concretamente de Joan, pero nuestra conversación tuvo lugar durante la época en la que Joan había desaparecido, cuando yo me pasaba la mayor parte del tiempo tratando de adivinar en qué momento se había equivocado, o en qué momento me había equivocado yo.

Hubo un instante del pasado en el que la entendí por completo, cuando éramos jóvenes, cuando la vi lanzarse al mar en la playa de Galveston. Pero, desde entonces, había pasado mucho tiempo.

En ese momento, quería hacerle daño. Quería demostrarle que era capaz de hacérselo.

Salvo por lo de Maria, me sentía eufórica. Maria no estaría esa noche en la fiesta, ni tampoco Joan. Solo Ray y yo, y el resto de nuestros amigos. Darlene asistiría con su marido, igual que Kenna, y que Ciela, al igual que el resto de Houston. Ray era feliz porque yo era feliz, y porque habría baile.

Ya estábamos casi encima de Evergreen, pero no pensaba hacer el menor comentario. Iba a limitarme a mirar la mansión por la ventanilla al pasar. En ese momento, Ray habló:

—Furlow debe de tener a mil personas cuidando tan solo ese jardín —comentó.

Admito que en mi interior se libró una batalla para decidir si corregía o no el comentario de Ray. Seguramente sabía que Furlow ya no era capaz de tomar decisiones a esas alturas, que la época en la que estaba al cargo de todo era un recuerdo lejano. Ni siquiera se vestía solo. Y, desde luego, no contrataba a un ejército de jardineros ni discutía con el jardinero jefe qué flores serían más adecuadas para los meses de invierno.

Pero justo entonces, Ray puso la radio y empezó a silbar el comienzo de «Love Letters in the Sand», y comprendí que no le importaba mucho Evergreen, ni la mente de Furlow, ni el papel de Mary con respecto al mantenimiento del jardín. No le importaban los Fortier, salvo por el hecho de que quería que yo pasara menos tiempo pensando en Joan.

Llevaba gomina en el pelo y me percaté de que tenía una gota seca en la sien. Se la quité con la mano. Él me la aferró y se la llevó a los labios para besármela. Aunque esperaba que la soltara, no lo hizo, y el gesto me emocionó. Siguió aferrándome la mano hasta que llegamos al Shamrock, donde la soltó solo para colocar el coche en la hilera que esperaba a los aparcacoches, que se extendía por toda la calle.

—¡Por el amor de Dios! —exclamó mientras se ponía en cola y dejaba el coche en punto muerto—. ¿Ha venido Elvis en persona?

—No —contesté—. Solo Diamond Glenn.

Una vez en el interior —la fila de coches avanzó con rapidez, ya que los aparcacoches se movían con presteza, sudorosos— descubrimos que Elvis no estaba, pero que todos los demás sí. Diamond Glenn McCarthy se encontraba en un rincón con su corte de admiradores. Se pasaba de una mano a otra su mechero de oro, que tenía un enorme diamante incrustado. Jamás salía sin dicho mechero. El Shamrock ya no le pertenecía, por supuesto —lo había perdido durante uno de sus baches financieros—, pero aún era el dueño del Cork Club. McCarthy había envejecido desde nuestros años mozos —tenía las mejillas descolgadas y menos pelo—. Los años no habían sido benévolos con él.

—Pobre camarero —comentó Ray al tiempo que señalaba con la cabeza al camarero que tomaba la comanda en la mesa de McCarthy—. Dicen que no deja propina.

—¿Un hombre tan rico como él?

Ray se encogió de hombros.

—Cariño, lo que tienes y lo que das no siempre se corresponde. —Me besó en la mejilla. La simpatía que sentía por McCarthy desapareció.

Vi al instante a Ciela y a JJ, cerca de la barra. Ciela nos hizo un gesto con la mano y guié a Ray mientras atravesábamos la multitud de cuerpos rutilantes. Todos estábamos un poco sudorosos, tal vez «relucientes» lo definiría mejor. Pasé junto a una señora que estaba secándose la frente con un pañuelo. Alcancé a ver la mancha anaranjada que dejaba el maquillaje en el delicado tejido. El salón contaba con aire acondicionado y los ventiladores estaban funcionando, pero era imposible luchar contra la muchedumbre reunida en el Cork Club.

—¿No te estás asando? —susurré, preguntándole a Ray—. No te envidio la chaqueta.

—Ni los pantalones —añadió él al tiempo que llegábamos a la barra—. Por una vez, tengo celos de las damas. —Me acarició una clavícula con un dedo y se detuvo justo al llevar a la parte más baja del escote. Por segunda vez esa noche, pensé que Ray se sentía bastante atrevido.

—¿Un daiquiri y un *gin-tonic*? —preguntó Louis. Me sentí en casa.

Ciela logró colocarse en el diminuto hueco que había a mi lado mientras Ray iba a por nuestras bebidas.

—Ray está un poco pulpo esta noche —dijo, y me ruboricé.

—Está muy animado últimamente.

—¿Y por qué no va a estarlo? Esta es la noche más importante del año. Me han dicho que McCarthy se ha gastado diez mil en el castillo de fuegos artificiales. Hay alcohol suficiente como para llenar la piscina. JJ ya está achispado. Y yo voy de camino.

De repente, quise contarle a Ciela lo de Tommy, sentí que las palabras se formaban en el fondo de mi garganta.

«¡Ha hablado! —quería decirle—. Ha tardado un poco más que los otros niños, nada más. Pero resulta que Einstein no habló hasta los tres años.»

Ray me había dicho lo de Einstein el día anterior.

Ciela se inclinó hacia delante, interesada. Llevaba un vestido con los hombros al descubierto y un broche de diamantes en forma de estrella sobre el pecho derecho.

—¿Te ha comido la lengua el gato?

Negué con la cabeza al tiempo que acariciaba el broche. Jamás podría decirle lo de Tommy, pero no pasaba nada. Era un secreto. Mío y de Ray. Tommy nunca sabría lo preocupados que habíamos estado por él.

—Me gusta —dije.

—Se supone que es la explosión de los fuegos artificiales.

—Ah —exclamó—. Pues sí.

—¿Y Joan? —preguntó Ciela—. ¿Dónde está la mujer del momento?

—No tengo la menor idea —contesté, y me tragué el daiquiri tan deprisa que me ardió la garganta.

Bailamos. Bebimos blue hawaiians para festejar el Cuatro de Julio, incluso los hombres, y comimos pequeños canapés que pasaban en incontables bandejas transportadas por las manos de los camareros con sus guantes blancos. Albóndigas de carne atravesadas por mondadientes de color rojo. Hojaldres de salchicha horneados con forma rectangular y adornados en los bordes con estrellas y barras en miniatura. Diminutos sándwiches de rosbif con gotas de sangre y compota de arándanos. Debí de comerme unos mil canapés, que bajé con un montón de cócteles, pero el vestido no me apretaba en absoluto, no se me corrió el maquillaje y cuando entré a toda prisa en el baño, comprobé que el moño francés que llevaba seguía en su sitio.

Ray me abrazaba mientras nos movíamos al ritmo de la misma canción que habíamos escuchado de camino a la fiesta —«Love Letters in the Sand»—, una canción que me parecía anticuada. «Cómo te reías mientras yo lloraba cada vez que veía a las olas llevarse nuestras cartas de amor de la arena.»

—¿Qué significará eso? —le pregunté a Ray, haciéndome oír por encima de la música.

—¿Qué significa el qué? —Tuvo que gritar para que yo lo oyese, pero había cierta intimidad en el grito, porque podíamos hablar tan alto como quisiéramos, ya que la gente que nos rodeaba no podía entender ni una sola palabra de lo que decíamos.

—¡Esta canción! —grité—. No tiene sentido.

—No tiene por qué tenerlo —replicó él—. Déjate llevar. —Me tomó una mano, se la colocó sobre el corazón y sonrió de forma exagerada. Me di cuenta de que ambos estábamos más borrachos de lo que creíamos, pero en el buen sentido.

Solo pensé en Joan para confirmar que no estaba pensando en ella. Solo quería pensar en mí, en Ray y en la noche que estábamos viviendo, una noche memorable.

De repente, la muchedumbre se movió al unísono hacia la puerta. Ray me cogió de la mano y seguimos a todo el mundo al exterior. Un hombre que se cubría la calva con un largo mechón de pelo, un estilo espantoso, me dio un pisotón y una mujer con papada que llevaba una copa de champán en cada mano murmuró un «Lo siento» por encima de él. Meneé la cabeza y agité la mano para restarle importancia a lo sucedido.

—¿Qué vamos a ver? —le pregunté a Ray.

—Más vale que sea bueno —dijo él.

—¡Fuegos artificiales! —gritó un joven que llevaba una chaqueta blanca deportiva—. ¡Nos han pedido que salgamos para ver los fuegos artificiales!

En el exterior hacía fresco, menos mal.

—Esto es divino —dije.

Ray se había quitado la chaqueta hacía mucho rato y llevaba la corbata aflojada en torno al cuello. Nos colocamos a cierta distancia de la piscina para admirar los cientos de velas rojas, blancas y azules, en homenaje a nuestra bandera, que flotaban en el agua. El viento las mecía de un lado para otro, de manera que la bandera parecía un poco borrosa, si bien precisamente por eso resultaba más bonita.

El perfume de las gardenias, plantadas en gigantescos maceteros de hormigón a lo largo del perímetro del patio, flotaba en el aire. Alguien estaba repartiendo bengalas encendidas. Muchos ya las agitaban por encima de la cabeza.

—Escúchame —me dijo Ray al tiempo que señalaba hacia un camarero que llevaba una bandeja con champán—. Voy a por un par de copas. Mira, aquí están Ciela y JJ. Volveré dentro de un momento. —Y desapareció entre la multitud.

—¿Parezco tan borracha como me siento? —me preguntó Ciela, y yo negué con la cabeza entre carcajadas. Sí que lo parecía, de hecho, como todos los demás.

Le aparté un mechón de pelo de la frente. Tenía la piel húmeda. Jamás tocaba a las mujeres, salvo a Joan. Pero esa noche me sentía muy sociable.

Un murmullo se extendió por la multitud hasta convertirse en un rugido. La gente empezó a señalar, y después a gritar.

Y entonces la vi. En un escenario elevado situado tras la piscina, donde tocaba la orquesta. Le vi la parte posterior de la cabeza, pero la habría reconocido en cualquier parte. Sid estaba con ella.

Ciela me gritó algo al oído, pero negué con la cabeza. No sabía lo que me había preguntado. Se acercó de nuevo a mí.

—Un feo atractivo, ¿verdad? Pero tiene algo. Lo que sea. Lo tiene a raudales. Igual que Joan. —Su voz había adquirido un deje serio sin que yo me hubiera percatado—. Yo casi lo tengo.

—Tal vez lo consiguió en Hollywood —repuse.

—¿En Hollywood? ¿Sid Stark? —Se echó a reír. Saltaba a la vista que Ciela había hecho los deberes. Unas semanas antes ni siquiera había escuchado ese nombre—. Me han dicho que es tejano de pura cepa. Nacido y criado en Friona.

—No. —Negué con la cabeza.

—Hizo su fortuna con el ganado y después con los casinos —siguió ella.

—No. Debes de estar equivocada —repetí, aunque con menos convicción. Joan me había mentido sobre tantas cosas... ¿Por qué no también en esa?

—A lo mejor lo estoy —replicó Ciela—. No lo conozco en persona. Solo son rumores.

Y en ese momento, el director de orquesta, Dick

Krueger, ataviado con un traje blanco, gritó junto al micrófono y tuve que taparme los oídos con las manos.

Joan sonrió y soltó una carcajada mientas Sid y Dick trataban de acallar a la multitud. Estábamos borrachos y teníamos ganas de armar ruido. No queríamos que nos silenciaran. Joan llevaba un vestido blanco escotado y me dolía admitir lo guapa que estaba. O, más precisamente, que estuviera tan guapa sin necesidad de esforzarse. El vestido dejaba a la vista una buena parte de su escote bronceado: la parte superior del pecho y el canalillo. Llevaba pendientes de diamantes con forma de plumas en las orejas. Pequeños zafiros que se extendían desde una delgada hilera de diamantes.

—¿Estás sufriendo un trance? —me preguntó Ciela con deje burlón.

—Sus pendientes —contesté al tiempo que me tocaba las orejas. De repente, los pendientes de diamantes que Ray me había regalado para nuestro primer aniversario me pacieron inadecuados—. Son nuevos. Deben de ser un regalo de Sid.

—¿Los ves desde aquí?

—Lo veo todo —respondí. Y era cierto. Veía el anillo que Sid llevaba en el dedo meñique y que le quedaba apretado. Veía el detalle de sus patillas, que no llevaba arregladas de forma simétrica, como si el barbero se las hubiera arreglado con prisas esa mañana. O tal vez se las hubiera arreglado Joan en un momento romántico.

—Supongo que no estamos tan lejos —comentó Ciela y deseé que se callara, que se llevara a JJ y que me dejara tranquila mientras observaba a Joan. De repente, me sentí sobria.

Y supe lo que debía hacer. Lo tuve tan claro como el agua.

—Tengo que irme —le dije a Ciela—. Tengo que ir en busca de Ray e irme.

Me alejé antes de que tuviera tiempo de replicar. Mi bolso. ¿Dónde estaba mi bolso? Recordaba habérselo dado a Ray, que lo había dejado en el guardarropa con su chaqueta. Y entonces lo vi, caminando hacia mí con una copa de champán en cada mano.

—He pensado que debemos aminorar el paso —dijo, mientras me ofrecía una copa—. El champán es casi tan flojo como el agua helada.

¿Siempre nos habíamos hablado así? De repente, me sentí asqueada por fingir que éramos tan jóvenes. Teníamos edad suficiente para actuar de otra manera. Ray confundió mi reacción con desconcierto, al principio. En ese momento, Dick Krueger gritó por el micrófono:

—Bueno, como no se callan ustedes, tendré que gritar. Aquí tenemos a la señorita Joan Fortier con su pareja, Sidney Stark, que han venido para prender los fuegos de esta noche.

Joan ya había sido distinguida en eventos semejantes de esa manera. En la Feria de Ganado y Rodeo de Houston, en grandes inauguraciones, cortando cintas. Seguro que lo hacía como favor para Glenn McCarthy.

Ray comprendió en ese instante a qué se debía mi reacción y pareció tan asqueado como yo. Sentí una oleada de esperanza. Tal vez podríamos acabar bien la noche.

—Quiero irme —dije—. Quiero irme a casa con Tommy. —Tommy, mi hijo, que estaba pasando la noche con Maria. ¿Y si se despertaba y en silencio llamaba a alguien para que fuera a su lado, como acostumbraba a hacer? Maria no sabría que debía ir a su lado. Al fin y al cabo, no era su madre. Yo sí.

Le sonreí a Ray.

—Vamos. Busquemos tu chaqueta y mi bolso y larguémonos de aquí.

Al principio, interpreté su sonrisa como gratitud. El hecho de que eligiera mi hogar por encima de Joan.

Me equivoqué. Se llevó la copa a los labios y se bebió el champán de un trago. Después, se limpió los labios con el dorso de una mano. Normalmente le habría dicho que no lo hiciera, pero me limité a mirarlo y a esperar.

—No nos vamos a ningún sitio —dijo Ray, que señaló con la cabeza el escenario.

En una ocasión, cuando éramos novios, fuimos a un partido a Alvin y unos catetos de pueblo me molestaron cuando fui al puesto de las bebidas en busca de unas Coca-Colas. Ray bajó desde las gradas. Cuando los chicos, porque eran chicos, no hombres, le vieron la cara, salieron corriendo. Ray era grande, pero no era un hombre que usara su físico para imponerse. Aunque yo suponía que todos los hombres usaban su corpulencia para imponerse, lo supieran o no. En aquel entonces, la ira de Ray me hizo sentir segura. En ese momento, me asustó.

El castillo de fuegos artificiales fue, sin duda alguna, espectacular. Pero la noche había tomado un sesgo amargo. Joan había abandonado el escenario para desaparecer entre la multitud de cuerpos. Estuve un rato bailando con Ray junto a la piscina, pero nos limitamos a movernos sin más. Fue un alivio que JJ nos hiciera una señal desde el borde de la pista.

—JJ quiere algo —le dije a Ray, que marcaba el paso de forma decidida. Tenía la sensación de que no me permitiría apartarme de su lado durante el resto de la noche.

—Vamos a fumarnos unos habanos —le dijo JJ a Ray y, al parecer, había malinterpretado por completo a mi marido, porque siguió a JJ al interior del Shamrock sin mirarme siquiera.

Tal vez me estuviera poniendo a prueba. ¿Qué haría yo cuando él no estuviera? ¿Iría en busca de Joan o de Ciela? ¿Cómo permitiría que se desarrollara la noche?

Se alejó, ese marido alto y guapo que por suerte tenía. Podría haber acabado con un hombre de la acera de enfrente, como Darlene, o incluso con alguno que me pegara alguna que otra vez, como Jean Hill, que vivía en las afueras de River Oaks y aparecía en las reuniones del Club de Jardinería con demasiado maquillaje y muchas ojeras. Ray me quería de verdad, aunque a veces tenía la impresión de que no me conocía por completo. No me había visto en mi época más oscura tal como me habían visto los Fortier, pero ¿de verdad necesitaba ver esa faceta mía?

No había rastro de Joan por ningún sitio. Me interné en la multitud de borrachos, soportando la presión de los torsos sudorosos y los magreos en el trasero —que era lo que pasaba cuando se iba por ahí sin un hombre— y dije «disculpe» más veces de las que podía contar. Pero no vi a Joan.

Al final, me fui al vestíbulo y me derrumbé en uno de los sofás de color verde. Allí era donde iba la gente cuando quería hablar. El ambiente era ruidoso, estaba muy concurrido, pero encontré un sitio donde sentarme.

Joan debía de haberse ido. Había decidido asistir en el último minuto, porque Glenn se lo había pedido y después, una vez que la actuación llegó a su fin, Sid y ella se escabulleron al coche y regresaron a casa, que era el único lugar, al parecer, donde quería estar últimamente.

Ese escenario significaba que Joan no me había mentido, que no me había evitado al llegar al Shamrock. Empecé a relajarme en el sofá. Se me estaban cerrando los ojos. Ray iría pronto a buscarme, y se sentiría satisfecho: yo lo estaría esperando, como una buena esposa. Nos habíamos divertido juntos y, después, lo había dejado que se divirtiera sin mí. Era una buena esposa. Era una esposa tejana.

Y, en ese momento, escuché la voz de Joan, la vi entrar en un ascensor con otras tres o cuatro personas y me puse en pie.

El muchacho al cargo del ascensor no podía tener más de dieciocho años. Mientras entraba en el ascensor, le rocé la manga de la chaqueta verde, decorada con borlas.

—Planta 18 —dije.

El muchacho me miró.

—Es la *suite* presidencial —replicó, tartamudeando un poco al llegar a la última palabra—. ¿Es usted...?

—Soy la señorita Fortier. —Me atusé el moño francés, suspiré y miré mi diminuto reloj.

Funcionó. El ambiente cambió en cuanto pronuncié el nombre de Joan. El muchacho no la conocía, claro estaba. Era demasiado joven. Pero su nombre siempre había tenido un efecto mágico: la gente prestaba atención.

Nunca había estado en la *suite* presidencial. El ascensor se detuvo y esperé hasta que las puertas doradas se abrieron para mí. Esperé como si fuera Joan: como si se me hubiera olvidado que estaba esperando. Como si no fuera nada del otro mundo interrumpir una fiesta privada en la planta 18 del Shamrock. Entrar en una habitación sin haber sido invitada, donde no conocía a ninguna persona salvo a alguien que probablemente no quisiera verme. Joan se habría enfrentado a las circunstancias sin pestañear.

Todo era muy fácil, si fingía ser Joan.

—Gracias, cielo —dije al salir del ascensor, y sentí su mirada en mi espalda mientras me alejaba.

La estancia en la que me encontraba estaba dominada por una barra oscura de caoba y me sorprendió que fuera Louis quien la atendiera, ya que siempre lo había visto en la planta baja. Cualquiera diría que me habría aliviado verlo, que me habría aliviado ver un rostro conocido, pero no fue así. No podía fingir que era Joan delante de una persona que me conocía como «Cece».

—¿Qué le pongo? —me preguntó Louis, y le agradecí que no hubiera supuesto que quería la bebida de siempre.

—Martini, sucio, sin hielo. —Fingiría beberlo a sorbitos. Si bebía más, podría acabar en el suelo antes de encontrar a Joan.

Hasta el momento, nadie parecía haberse percatado de mi presencia. Esa era solo la entrada. Esperaba que se pareciera un poco al Tarro de la Cobaya: un apartamento totalmente abierto, donde a Joan le habría resultado difícil esconderse. Sin embargo, ya había reparado en varias puertas, muchas de ellas cerradas. No sabía detrás de cuál había desaparecido Joan.

Cerca de un sofá curvado había un grupo de hombres y mujeres, algunos sentados y otros de pie. Medio esperé que alguno de ellos se volviera para preguntarme quién era, pero nadie lo hizo. Estaban enfrascados en la conversación que mantenían y yo solo era un cuerpo más en una habitación llena de cuerpos.

—Martini —dijo Louis—. Sin hielo.

Deseé poder darle una propina, pero no llevaba el bolso. Y tal vez en la *suite* presidencial no se estilaran las propinas. No tenía la menor idea. Me pregunté si Joan la frecuentaba a menudo y con quién lo hacía. Me pregunté si Sid era nuevo, y si Joan realmente lo conocía desde hacía mucho tiempo.

Ya no me sentía traicionada, como sucedió cuando vi a Joan esa noche. Ese sentimiento había sido reemplazado por una enorme curiosidad. Una curiosidad desesperada. La idea que me había rondado mientras limpiaba las incontables juntas del cuarto de baño con Maria me asaltó de repente: «Es un buen ejercicio para cuando Joan se vaya». Quería descubrir qué le estaba pasando, qué le había pasado, antes de que todo pasara.

—¿Dónde está la gente? —le pregunté a Louis mientras agitaba mi martini con el palito verde coronado por el trébol, tratando de parecer indiferente, como si me diera igual dónde estuviera todo el mundo. Ya no era Joan. La farsa solo había durado lo justo para poder acceder a ese lugar. En ese momento era Cece, y el sorbo de martini que bebí me resultó tan ácido y terrible que estuve a punto de escupirlo.

Louis guardó silencio y yo sentí que me ardían las mejillas.

—No sé por qué a la gente le gustar estar en sitios tan altos —comenté, con la vista clavada en mi bebida—. Si Rusia lanza la bomba, acabaremos fritos aquí arriba. Es mejor estar allí. —En ese momento, sí miré a Louis. Me estaba observando, en silencio. Señalé el suelo—. Mejor allí que aquí, tan cerca del cielo. —No podía detenerme. Abrí la boca para seguir hablando, pero Louis extendió un brazo por encima de la barra y colocó su mano, fresca tras llevar toda la noche tocando el hielo y agitando la coctelera, sobre la mía. Era tan viejo como lo habría sido mi abuelo. Decidí que el gesto de cubrirme la mano era bondadoso.

—La señorita Fortier está detrás de esa puerta —me dijo. Apartó la mano y señaló la puerta más cercana a nosotros—. No está sola.

Me acerqué a la puerta y antes de poder convencerme de lo contrario, la abrí de golpe. Al principio fui incapaz de ver, y después mis ojos se adaptaron a la oscuridad. Me había armado de valor para nada. Me encontraba en un pasillo largo y vacío, con otra puerta al fondo.

Me pegué el martini al pecho, derramando un poco sobre el vestido. La moqueta era gruesa, de manera que caminar sobre ella con tacones era difícil. No pude evitar pensar en el largo pasillo de Sugar Land, Tejas, tantos años antes. En aquel entonces, también había ido a un lugar desconocido en busca de Joan. Y allí estaba, cinco años más tarde, ya siendo esposa y madre, haciendo lo mismo.

El olor de la casa de Sugar Land me asaltó en ese momento: un aroma floral, el olor del plástico que cubría el sofá, el rastro del perfume de Joan.

Cuando llegué a la segunda puerta, acerqué la oreja, pero no se oía nada.

Giré el pomo, esperando que estuviera echado el pestillo. Sid y Joan podían estar allí dentro, echando un polvo, pero me daba igual.

La puerta no estaba cerrada y descubrí al instante que Joan no estaba en el interior. Solo vi a Sid y a tres hombres que me miraron en cuanto entré. Se encontraban junto a una mesa de cristal, mirando algo. Unos documentos. Vi un maletín y una licorera de cristal que contenía un líquido marrón. Un bolígrafo. Los utensilios típicos de los hombres.

—Sid —dije con voz temblorosa. Intenté recobrar la compostura—. Cece. Cecilia Buchanan.

Le tendí la mano. ¿Para que me la estrechara? ¿Para que me la besara? No lo sabía. Pero el rostro de Sid permaneció impasible. Su vitalidad, que había desplegado en público una hora antes, parecía un recuerdo lejano. Ese era el Sid de Joan, pero parecía otra persona totalmente distinta.

Sus amigos (¿sus socios?) me miraban con la misma expresión insondable que él, y recordé la primera vez que lo vi, lo mucho que me asustó sin saber por qué. Dejé la copa de martini en la mesa auxiliar de bronce emplazada al lado de la puerta y me di media vuelta para marcharme.

—Me he equivocado de sitio —murmuré, o algo similar. Era una mujer entre hombres desconocidos. Había pensado que Joan podía desaparecer, pero en ese momento pensé que yo también podía hacerlo. Todos podíamos desaparecer con suma facilidad.

Estaba a punto de marcharme. Tenía la mano en el pomo de la puerta. Pero no, debía encontrar a Joan.

Me volví de nuevo y enfrenté la mirada de uno de los hombres, que tenía un cigarro en la mano, el cual giraba de forma distraída. Detuvo el movimiento, miró a Sid, y en ese momento comprendí que no tenía nada que temer de los amigos de Sid, solo del propio Sid.

—Joan —dije, y me sentí orgullosa de lo firme que había sonado mi voz, como una campana en medio del silencio de la estancia.

—Está allí —me informó Sid al cabo de un momento, aunque no tenía ni idea del lugar que era «allí». Necesitaba hacerme esperar. Y yo esperaría—. En el dormitorio —añadió un poco después, y señaló unas cristaleras situadas al fondo de la estancia. Acto seguido, agitó la mano para despacharme.

Se trataba de una *suite*, comprendí al entrar. Sid y sus socios estaban en la sala de estar y Joan, en el dormitorio. Al lugar donde Sid se retiraría cuando acabara con lo que fuera que lo tenía ocupado en ese momento. Se despediría de los hombres, entraría en esa estancia, despertaría a Joan y echarían un polvo. Cinco años antes, Joan había permitido que unos hombres la utilizaran. Lo había hecho una vez. ¿Quién podía afirmar que no lo haría de nuevo? ¿Que no lo había hecho ya?

Joan estaba dormida en la cama, con su precioso vestido blanco y perfectamente maquillada salvo por una pavesa de los fuegos artificiales en una mejilla. Se la quité con delicadeza usando el pulgar. Ya estaba. Perfecta.

La contemplé en silencio un instante. Dos. O tal vez fueran diez. Perdí la noción del tiempo. Estaba inmóvil y vulnerable, y sentí un afán protector que no había experimentado desde el nacimiento de Tommy. Le eché un vistazo al reloj. Eran las tres y media de la madrugada. Ray seguro que estaba abajo, buscándome, pero bien podría haber estado a un millón de kilómetros.

Joan abrió los ojos. Me miró en silencio durante tanto rato que pensé que podría estar soñando.

—Cee —dijo—. No deberías estar aquí.

Parecía bastante lúcida. Eso fue lo primero que noté. Después, se sentó y vi que tenía un moratón en un hombro allí donde se le había bajado el tirante.

Siguió la dirección de mi mirada, se tocó el moratón y después devolvió la mano al regazo.

—Te encontré —dije, como si hubiéramos estado jugando y ella fuera el premio—. ¿Quiénes son los hombres que están ahí fuera? —pregunté.

Joan no contestó.

—¿Quién es Sid, Joan? Dime quién es.

Siguió sin hablar.

—Joan —insistí—, tienes que marcharte. Vente conmigo.

—¿Adónde quieres llevarme, Cee?

No había pensado en el lugar al que la llevaría.

—A casa —contesté con firmeza—. Te llevaré a casa.

—¿A mi casa o a la tuya?

Llevarla a mi casa estaba descartado por completo. Y a su propia casa... era el dominio de Sid.

—A Evergreen —contesté.

Ella torció el gesto.

—Evergreen. Creo que mamá y tú sois las únicas que seguís llamándolo así. Mi padre lo haría, por supuesto, si no se le hubiera ido la cabeza.

Le tendí una mano.

—Vámonos allí.

Joan miró mi mano y después me miró a los ojos.

—Cece, necesito que te vayas.

—¿Que me vaya?

Asintió con la cabeza.

—Que te vayas de aquí. Que me dejes sola.

—No puedo —dije sin más—. ¿Todavía no te has dado cuenta?

Se levantó y caminó con paso firme hasta la ventana —no estaba borracha—, para descorrer las cortinas de color verde oscuro. Apoyó una mejilla en el cristal y casi pude sentir la deliciosa frescura en su acalorada piel.

—Evergreen es el último sitio donde me apetece estar y tú eres la última persona que me apetece ver.

—Evergreen es tu hogar —repliqué, haciendo caso omiso de la pulla.

—Dejé mi hogar hace mucho tiempo.

Más allá de Joan, la ciudad estaba iluminada por millones de luces rutilantes, lo que señalaba su bullicio, su extensión. Joan tenía un hogar: Houston. La ciudad sin la que no podía vivir. La ciudad que no podía vivir sin ella.

—Tengo miedo de que Sid te haga daño. —Me acerqué a ella—. Estoy asustada por ti —confesé.

—La última vez que te asustaste, recurriste a mi madre y me enviaron lejos, y luego regresé y estuve bien un tiempo, ¿verdad? Perfecta. Pero ahora estoy cansada. —Cerró de nuevo los ojos.

Nunca había hablado del hecho de que la alejaran. Jamás habíamos mencionado la noche de Sugar Land. Teníamos un pasado en común tan extenso, Joan y yo, que siempre parecía más fácil elegir qué partes de dicho pasado reconocíamos.

Sin embargo, Joan estaba haciendo referencia a algo que había permanecido en el silencio durante mucho tiempo. Tal vez las similitudes entre el pasado y el presente también le resultaban obvias.

—¿En qué sentido estás cansada, Joan? Dímelo.

—Estoy cansada de todo.

—Ya te he visto antes así —repliqué, y supe que me adentraba en arenas movedizas. Nunca había hablado con tanta franqueza de aquella época de su vida. De aquella época de nuestras vidas—. ¿Recuerdas la noche que te encontré? En aquella... en aquella casa. —Era emocionante hablar por fin de aquello—. Estabas muerta para el mundo. Con aquellos hombres. Podrían haberte hecho cualquier cosa. —Se me quebró la voz. Me llevé la mano a la boca—. Tal vez lo hicieron.

Joan abrió los ojos. Pensé que podría estar llorando, pero no era así. Nuestras caras estaban tan cerca que podía verle el lunar que tenía en la sien derecha, pese a la capa de polvos.

—Me gustó lo que me hicieron. ¿Tan difícil es de creer? No me obligaron a hacer nada que yo no quisiera.

Negué con la cabeza.

—No te creo.

—Cree lo que quieras. Pero no soy como tú, Cece. Nunca lo he sido.

—Lo que creo —repuse— es que te convenciste de que te gustaba. Porque aquel año estabas distinta. Regresaste de California cambiada. Algo te sucedió el primer año que desapareciste. California fue cruel contigo, ¿a que sí? Algo te sucedió allí.

Me miró en silencio.

—Hollywood no te trató como Houston —añadí.

—¿Cómo dices? —Sin embargo, me había oído. Si hablaba, era para retarme a continuar.

—Allí no eras una estrella. Eras como todos los demás. Creías que podrías conseguirlo. Y no lo hiciste. Y...

—¡Ay, Dios! —me interrumpió Joan con voz aguda.

Se volvió y cogió una pitillera de plata que descansaba sobre una mesita. Le temblaba la espalda. Había conseguido hacerla llorar. Intenté pensar, ¿la había hecho llorar antes? Me sentí avergonzada. Había ido demasiado lejos. Me acerqué para abrazarla, pero ella se volvió para enfrentarse a mí. Se estaba riendo.

—¿Por qué ha vuelto Dorie? —pregunté.

Ella levantó la cabeza al punto.

—Dorie —repetí—. La vi en la cocina. En Evergreen. ¿Qué estaba haciendo allí, Joan?

Meneó la cabeza.

—No tengo la menor idea.

—¡Sí que la tienes! —grité—. Dímelo, Joan. Dímelo, por favor.

Joan dejó de mirarme para mirar el cigarro, que acabó aplastando en una bandeja de plata. Había un cenicero junto a la cama. Yo lo había visto pese al estado en el que me encontraba. Porque eso era lo que hacían las mujeres como yo: fijarse en las cosas. Mantener el mundo en orden. Y las mujeres como Joan siempre estaban deshaciendo nuestro cuidadoso y duro trabajo. Las mujeres como Joan siempre estaban metiendo a los demás en problemas, sin pensar, como los niños. Pero era imposible enfadarse con un niño por su condición de niño. ¿Cómo enfadarse con una mujer como Joan, que era toda acción sin reflexión? Era como enfadarse con un caballo por correr, con Ray por desear que dejara tranquila a Joan. O conmigo por ser incapaz de complacerlo.

—Vete, Cece. Vuelve con Tommy. Él te necesita. Yo no.

Me quedé allí de pie, desvalida, con las manos a ambos lados del cuerpo. Nuestro momento había acabado.

—Vete —repitió con firmeza.

Asentí con la cabeza. No tenía sentido que me quedara.

—Cece —me llamó Joan cuando yo estaba abriendo la puerta—. ¿Qué dijo? Dímelo.

—«Ma» —contesté—. Dijo «ma».

Salí de la *suite* yo sola. Sid me observó y me guiñó un ojo al pasar por su lado. Me sentí muy confundida. Sid era una amenaza terrible. O Sid solo era un hombre con el que Joan se estaba divirtiendo mientras esperaba al siguiente. O Sid significaba algo más de lo que yo captaba. O Sid no significaba nada.

Una vez abajo, le pregunté a uno de los aparcacoches. Ray ya se había ido, pero había dejado el coche en el hotel. Ni él ni yo estábamos en condiciones para conducir. Me sentía demasiado cansada como para importarme que Ray me hubiera abandonado. Cogí un taxi para regresar a casa, entré gracias a la llave escondida debajo del felpudo y fui directa al dormitorio de Tommy. Al ponerle la mano sobre la tibia espalda, se movió. No tendría el menor recuerdo de esa noche, de que su madre había entrado tan tarde en su dormitorio. Pero yo la recordaría siempre.

22

1957

Ray se había ido cuando Tommy me despertó a la mañana siguiente. Me había quedado dormida en su mecedora. Decidí fingir que era un día laborable. Seguramente allí había ido Ray de todas formas, aunque su oficina estaba cerrada por vacaciones. ¿Adónde podría ir si no? Confiaba en él. Que él no confiara en mí de la misma manera era algo en lo que intenté no pensar demasiado.

Llamé a la prima de Maria y esperé a que Maria me devolviera la llamada, y luego le prometí que le pagaría el doble si venía a casa. Titubeó y me sentí culpable —a saber lo que tenía planeado para ese día—, pero no se encontraba en una situación en la que pudiera rechazar dinero extra, de modo que al final accedió. Maria se compraba su propia comida y también la tela de la ropa que se confeccionaba. Se pagaba el billete de autobús. Necesitaba el dinero, no para ropa buena ni para comer en clubes privados: lo necesitaba para sobrevivir.

Cuando llegó, me sonrió, y pareció una expresión sincera. ¿Qué remedio le quedaba sino perdonarme? Se ganaba la vida gracias a mi familia.

Sabía dónde trabajaba Idie en ese momento, porque yo le había dado referencias. Era la segunda familia con la que había estado desde que se fue hacía diez años. Era una criada interna en una casa en West University, cerca de Rice y de donde vivían los padres de Ray.

Fue todo más fácil de lo que creí que sería. Una criada contestó el teléfono. Supe por el modo en el que dijo «Residencia de los Hayes» que no era una Hayes... y un momento después, oí la voz de Idie.

—Llevaré a los niños al parque Hermann después del almuerzo —dijo al cabo de un instante—. Podemos vernos allí.

El tono de su voz lo dejó claro, no tenía intención de facilitarme las cosas. Si quería verla, tendría que ir yo hasta ella.

No hubo motivos para que Idie se quedara después de la muerte de mi madre. Yo me había mudado, a Evergreen. Pero Idie no se habría quedado conmigo ni aunque se lo hubiera suplicado, ni aunque mi padre le hubiera doblado el sueldo. Sabía lo que Joan y yo habíamos hecho.

Las casas eran muy bonitas, pero no estaban en River Oaks. Parecía que formaban parte del mundo exterior; River Oaks era un mundo en sí mismo.

Idie seguía siendo muy guapa, me fijé cuando pasé con el coche, antes de estacionar en un extremo del parque. En otro mundo, un mundo en el que Idie fuera blanca, habría sido la esposa de un magnate del petróleo en vez de la niñera de la mujer de un magnate del petróleo. Era delgada, con una frente despejada y ojos vivos e inteligentes. Me había olvidado de lo jóvenes que Dorie y ella debían de ser cuando fueron nuestras niñeras. Idie nunca se había casado. Dorie sí, su marido había trabajado como jardinero en River Oaks. Pero Idie permanecía sola. Ninguna de las dos hermanas tenía hijos. Las niñeras rara vez los tenían.

Estaba sentada en un banco del parque, con las manos entrelazadas sobre el regazo, vigilando a sus niños (tres rubios pajizos) mientras jugaban en un columpio. Verla me convirtió de nuevo en una niña, me vi con seis años junto a su cama porque una pesadilla me había despertado. Con once años, mientras jugaba al final de la calle y volvía la cabeza al oír la voz de Idie que me decía que volviera a casa. Con catorce años, sentada a la mesa de la cocina mientras evitaba la mirada de Idie, metida en un buen lío porque olía a humo de tabaco. En su momento, creí que Idie seguiría conmigo toda la vida, que sería la niñera de mis propios hijos cuando fuera adulta. Y tal vez habría sucedido tal como lo imaginaba si mi madre hubiera seguido con vida.

Idie era como una madre, salvo que le habían pagado para cuidarme. Salvo que, después de que la decepcionara, me había negado su cariño.

Cuando tenía siete años, se pasó varios días pegada a la máquina de coser para confeccionar un vestido de novia en miniatura por la sencilla razón de que yo lo había pedido. No había un principio con Idie, desde que tengo uso de razón, Idie está presente. Pero siempre tenía que haber un final.

Estaba concentrada en los niños, por completo. En ese momento, cuando cerré la puerta del coche con fuerza, se concentró en mí. Recordaba esa concentración. Mi madre siempre parecía medio ida, con un pie en ese mundo y otro en uno diferente. Pero Idie siempre había parecido totalmente presente.

Había escogido mi ropa con cuidado. Quería aparentar recato para Idie, algo que indicase mi vida como madre. Y, sin embargo, quería que mi ropa me infundiera valor, como siempre hacía. La gente decía que tenía muy buena mano a la hora de vestirme, pero la verdad era que tenía buena mano para lucir ropa que me hiciera parecer mejor que la vieja Cece. De modo que me había puesto una falda de un tono amarillo pastel que me llegaba por debajo de las rodillas, ceñida para que mi cintura pareciera más estrecha. La conjunté con una sencilla blusa blanca tan liviana que parecía una nube. La blusa era de seda y la falda estaba confeccionada a mano, y las dos prendas habían costado una fortuna. Pero Idie nunca lo sabría. Esperaba que me mirase de arriba abajo y decidiera que me había vestido como era de rigor. Como una madre joven con un niño pequeño. Como una buena persona, una persona merecedora de su amor.

Saludé a Idie sin elegancia alguna, con un gesto de la mano muy tenso; verla me había robado el aliento por el anhelo. Esperé a que se levantase, a que me abrazara, pero se limitó a mirarme, y me sentí muy tonta.

En ese momento, más cerca de ella, me fijé en lo que no podía ver desde lejos: unas arruguitas alrededor de sus ojos, una mella al sonreír. Vi que había envejecido y, por un instante, sentí una tristeza inmensa. Me volví para mirar a los niños, a fin de que Idie no reparase en las lágrimas que brillaban en mis ojos.

—Son monísimos —dije, y al punto me arrepentí de haber hablado. No eran los hijos de Idie, y tal vez, al oír que los halagaba, le recordase que no tenía hijos propios. En otro mundo, Idie habría sido madre además de esposa. De repente, la maternidad pareció un privilegio muy mal repartido.

Pero me había equivocado.

—Gracias —repuso, y había una nota orgullosa en su voz—. He estado con ellos desde que la mayor, Lucinda, era un bebé.

—Mucho tiempo —dije, e Idie asintió con la cabeza—. Hace una eternidad que no te veo —continué, y plegué la falda bajo mis muslos mientras me sentaba a su lado, en el banco.

Idie meneó la cabeza.

—Cierto.

—Diez años.

—¿Ha pasado tanto tiempo? Supongo que sí. Lucinda —dijo hacia el otro lado del parque infantil, con una nota de advertencia en la voz—. No.

Me eché a reír. No pude evitarlo.

—Es que recuerdo esa voz —expliqué—. La recuerdo perfectamente. Significaba que tenía que dejar de hacer de inmediato lo que fuera que estuviese haciendo o ya vería.

—Ya verías —repitió Idie—. No sabías lo que ese «ya vería» significaba. Pero fuiste una niña buena.

—¿Lo fui?

—Ah, sí —contestó ella, y el fervor de su voz me sorprendió—. Muy buena. Querías complacer, Cecilia. Siempre querías complacer, y es lo máximo que se le puede pedir a un niño. —Señaló con la mano—. Ricky y Danny quieren complacer. A Lucinda le da igual. Es una polvorilla.

Sentí celos de Lucinda, la polvorilla. Era ridículo, pero me habría gustado haber sido una polvorilla, no la niña que quería complacer. Me pregunté cómo era en ese momento, de adulta. Seguro que había cambiado.

—Joan era una polvorilla —dije. Idie se tensó a mi lado—. Sigue siéndolo.

Se levantó viento en ese momento y capté el peculiar aroma de Idie, una mezcla de la loción que solía ponerme en la piel después del baño y de algo inidentificable. El impulso de inclinarme hacia ella fue tan fuerte que casi no lo pude controlar. Había sentido cierta conexión entre nosotras desde que me senté en el banco: al fin y al cabo, nos quisimos en otra época. Idie había llevado el consuelo a mi vida.

No lo haría, por supuesto. Idie se había alejado de mí,

había pasado mucho tiempo. Si me inclinaba hacia ella, se apartaría como si se estuviera quemando. No sería un momento tierno. Sería algo incómodo, intolerable.

—Joan era una polvorilla porque tenía una madre que se preocupaba por ella. Tú querías complacer porque tu madre no se fijaba en ti. —Se volvió para mirarme—. Los niños son unas criaturas muy simples, Cecilia. Las más simples del mundo.

—Mi madre se preocupaba por mí —repliqué, y me pregunté por qué sentí la necesidad de defenderla—. Era una mujer difícil.

Idie asintió con la cabeza. Una mujer de color ataviada con un uniforme blanco pasó empujando un cochecito de bebé y nos saludó con la mano. Idie asintió con la cabeza. Ese era el territorio de Idie: la mujer se mostró solícita, permaneció a una distancia prudencial y no se quedó mirando a la niñera que hablaba con la blanca bien vestida. Esa era la vida de Idie, tal como lo había sido yo en otro momento.

Uno de los niños que cuidaba, el más pequeño, corrió hacia ella y anunció que tenía hambre.

—Siempre tienes hambre —replicó ella, pero le habló al niño con un tono más amable que a mí—. Nos iremos pronto. Te daré un tentempié en casa.

El niño hizo un puchero antes de volverse hacia mí.

—¿Quién es? —preguntó al tiempo que me señalaba.

—No señales —reprendió Idie—. Es la señorita Cecilia.

—¿De dónde ha salido?

Idie se echó a reír.

—Cecilia, ¿de dónde has salido?

—He venido de un sitio muy cercano —contesté, agradecida por la presencia del niño. Había ablandado a Idie. El niño me miró con cara de pocos amigos, no le había hecho gracia ser objeto de la risa de Idie—. Idie me cuidaba, cuando era pequeña.

—Es verdad —corroboró Idie. Se inclinó hacia delante y sacudió el polvo de los pantalones cortos del niño antes de colocarle bien la camisa. El niño me miró y luego miró a Idie, no porque estuviera confundido, era más cuestión de desinterés. El hecho de que Idie, a quien era evidente que quería, hubiera tenido una vida antes de él y de que sin duda tendría una vida tras él se le escapaba por completo.

Después, el niño se alejó corriendo, sin previo aviso, tal como solían hacer los niños.

—Tengo un hijo —dije—. Thomas. Tiene tres años.

—Lo sé.

—¿Dorie te lo ha contado?

Se quedó callada un momento.

—¿Por qué has venido, Cecilia?

Cerré los ojos para protegerlos del sol. Estábamos sentadas a la sombra pero, aun así, si me quedaba allí mucho tiempo me quemaría la piel.

—He venido para averiguar por qué ha vuelto Dorie.

—No tenía nada que perder. Lo mejor sería mostrarme sincera. Idie tal vez apreciara la sinceridad.

—Ya me lo había supuesto —dijo—. No he sabido nada de ti en diez años. —Se le tensó la voz a medida que hablaba—. Supe, nada más oír tu voz, que querías saber algo de Joan.

Pensé en defenderme de la acusación, pero Idie no creería la verdad, una verdad que se me reveló nada más verla: llevaba deseando ver a Idie mucho tiempo. Pero sabía que ella no querría verme.

—Siempre te cayó mal Joan —dije, en cambio—. Desde que éramos niñas.

—¿Es lo que crees? —Se puso en pie, y los niños, como si estuvieran unidos a ella por un hilo invisible, se volvieron para mirarla—. Un minuto —les dijo, y se tocó la muñeca, aunque no tenía reloj—. Un minuto y nos vamos a casa.

—Solo me preocupaba por ti, Cecilia. Joan me daba exactamente igual. Era asunto de Dorie. Tú eras el mío.

—Pero ¿por qué se fue Dorie? ¿Adónde se fue?

Idie meneó la cabeza.

—Si no lo sabes, yo no puedo contártelo. No es asunto mío.

—Por favor —le supliqué—. Necesito saberlo.

Idie levantó una mano.

—No me corresponde a mí contar la historia. —Se llevó la mano al cuello y me di cuenta de que la crucecita de oro había desaparecido, perdida a lo largo de los años—. Los hombres no deben intervenir en los asuntos de Dios.

Sentí un gran desasosiego en la garganta, y estaba segura de que podría vomitar en el césped.

—¿Asuntos de Dios? ¿De qué hablas, Idie? Por favor. —Le aferré la mano—. Por favor, cuéntamelo.

—Los niños vendrán pronto —dijo, soltándose. Se acercaron a nosotras tímidamente, como si no quisieran interrumpirnos. Me pregunté qué pensaban de las dos.

—Por favor —insistí, aunque sabía que era inútil.

—Pregúntaselo a Joan. Es su historia. ¿Y tu historia, Cecilia? Muchas veces me pregunto si te arrepientes.

—No —le aseguré. Y era verdad. No lo hacía—. No me arrepiento. Joan hizo lo que yo no pude. Estaré siempre en deuda con ella. —Hice una pausa—. Era lo que mi madre quería.

—No sabía lo que quería.

Los niños se acercaron a nosotras, ya no parecían mirarme con curiosidad. Durante un momento, había resultado interesante, pero me había quedado demasiado tiempo.

Idie colocó bien la ropa de los niños, le adecentó el pelo a Lucinda y después habló.

—Id a jugar —les dijo a los niños—. Os llamaré dentro de otro minuto. —Acto seguido se sentó a mi lado y yo me emocioné, aunque sabía que no debía adelantar acontecimientos—. Oí lo que te dijo tu madre.

—¿Lo que me dijo mi madre? —Mi madre me había dicho muchísimas cosas; al principio, no sabía a qué se refería.

—Cuando se moría. A veces os escuchaba, desde el otro lado de la puerta, para asegurarme de que no era cruel.

—No lo fue.

—Lo sé. —Hizo una pausa y se quitó una mota de algo del regazo—. Te dijo que no permitieras que Joan te controlara.

Ah. Lo recordaba con claridad. Mi madre acababa de tomarse una pastilla. Yo le limpié la barbilla con una servilleta.

—Estaba enferma —dije—. Se le iba la cabeza.

—Pero no la había perdido por completo, ¿verdad? —Me miró a los ojos, con una expresión que me instaba a contestar.

—No —convine—. No, no la había perdido. —Porque era verdad.

—Te dijo que tuvieras cuidado con Joan.

—Me dijo que Joan me destrozaría. —Recordaba el calor que hacía en el dormitorio de mi madre, la mezcla agobiante de olores. Mi madre siempre tenía frío mientras se moría, y yo siempre tenía calor mientras la cuidaba.

—Sí. Lo que pudiera sucederte tras su muerte era su mayor miedo.

—No —dije, pensativa—. Era imposible que lo fuera.

—¿Por qué? ¿Porque podía ser cruel? No debería haber sido madre. Eso es verdad. Pero, pese a todo, tenía el instinto de una madre.

—El instinto de una madre —repetí. Estaba a punto de echarme a llorar—. Me pregunto qué es eso. No podía moverme por la casa sin que me dijera que parecía una estampida de caballos. A veces, sigo pensándolo. Re-cuerdo lo mucho que detestaba mi forma de caminar.

—Tu madre te quería.

—No recuerdo ni una sola vez que me lo dijera. Tú me lo decías. Me lo decías todo el tiempo. Pero mi madre nunca lo hizo.

—Eso da igual. —Idie se llevó un dedo a los labios, como si quisiera evitar seguir hablando. Pero conti-nuó—: Antes creía que fue obra de Dios que muriera jus-to cuando te estabas convirtiendo en mujer. Habría sido incapaz de ser la madre de una jovencita. No tenía lo ne-cesario.

—¿Sigues creyendo que fue obra de Dios?

—Ya sabes lo que creo. —Se puso en pie—. Niños —llamó—, es hora de volver a casa.

Idie había sido mi hogar. Me llevé una mano al pe-cho. Volvía a ser una niña, a la espera de que la conduje-ran a un lugar seguro.

Imaginé cómo habría sido mi vida si Idie hubiera permanecido en ella. Habría estado en mi boda. Me ha-bría ayudado cuando Tommy era un bebé y yo fui inca-paz, por más que lo intenté, de complacerlo. Me habría ayudado en un sinfín de cosas. Habría dejado menos es-pacio para Joan.

—Tenía quince años —dije—. Era una niña.

Señaló a los pequeños que cuidaba, que corrían hacia nosotras.

—Ellos son niños —replicó—. Tú dejaste de ser una niña en cuanto tu madre enfermó. —Los niños llegaron hasta nosotras. Idie le dio unas palmaditas a Ricky en el hombro, de forma distraída—. ¿Y lo ha hecho, Cecilia? ¿Joan te ha destrozado? —Habló con voz calmada, pau-sada. No quería asustar a los niños. Me había olvidado del saber estar de Idie. Ni una sola vez había conseguido alterarla mi madre—. Esperaba que quisieras verme por otro motivo. Por cualquier motivo que no fuera ella. Pero en el fondo de mi corazón sabía que se debía a Joan.

Permanecí en silencio. Seguía en la habitación de mi madre, viéndola morir. O no, era más joven, una niña de la edad de Lucinda, incapaz de defenderme contra las acusaciones de una adulta.

—Tienes veinticinco años, Cecilia. Eres una mujer adulta que busca desenterrar los secretos de otra adulta.

La miré. Los niños estaban a su lado, formando una fila perfecta. Me miraban con expresión solemne, e Idie se inclinó hacia delante. Extendí la mano, ya que no sabía muy bien lo que quería, pero después sentí sus cálidos y secos labios en mi mejilla.

—Quería verte, Idie —susurré cuando su cara estuvo junto a la mía—. Tú fuiste mi madre.

—Ay, niña —dijo ella. Me di cuenta de que la había complacido. Idie meneó la cabeza—. Ojalá lo hubiera sido. —Extendió los brazos y el niño más pequeño se aferró a la mano derecha, mientras que el mayor se cogió de la izquierda—. Tú me lo enseñaste.

—¿Qué te enseñé? —pregunté con voz tensa—. Dímelo. —Haría lo que fuera por retenerla allí, delante de mí, tan cerca que podía ver las minúsculas arrugas de su falda planchada, la pequeña rozadura en la puntera de su zapato blanco.

—Que nunca fuiste mía. —Levantó las manos y las manos de los niños se elevaron—. Ojalá lo hubieras sido —repitió, y su voz sonó fuerte y almibarada, tal como la recordaba. El muro que había erigido entre nosotras pareció derrumbarse de repente. Idie quería mantener las distancias por su propio bien, me di cuenta en ese momento. No porque me odiase.

Hice ademán de levantarme para... ¿Para qué? ¿Para soltar su mano de uno de los niños? Idie me miró con tristeza. Era demasiado tarde.

—Adiós, Cecilia —se despidió antes de alejarse con un niño a cada lado, seguida de cerca por Lucinda. Una vez más, quise ser ella. Después, Lucinda se adelantó corriendo, ansiosa, aunque yo no sabía qué ansiaba. Ella tampoco lo sabía. Ansiosa por saber qué sucedería a continuación.

23

1957

Logré llegar al coche antes de echarme a llorar. Idie me había besado tal como solía hacer cuando era pequeña: en la frente, como el paso previo a meterme en la cama; en la mano, si me hacía daño y la extendía hacia ella; en la mejilla, antes de que se marchara los domingos por la mañana para ir a la iglesia. Apoyé la frente en el volante y traté de recuperar la compostura.

No había nada que Tommy hiciera que pudiera ocasionar que yo abandonara su vida. Mi amor por él era absoluto, extremo. Pero, en ese momento, se me ocurrió que tal vez no fue Idie quien se marchó. Yo elegí a Joan. Elegirla fue mi instinto más fuerte. No me arrepentí por la muerte de mi madre. Joan me ayudó y me sentí agradecida. Aunque mi madre hubiera muerto de forma natural, al cabo de una o dos semanas; aunque hubiera dejado que la naturaleza siguiera su curso, tal como deseaba Idie, habría elegido a Joan, a los Fortier, Evergreen. Mi madre me había suplicado que no me dejara controlar por Joan. ¿Y qué había hecho yo? Me había ido con ella de buena gana.

La noche anterior debería haber registrado el hotel

en busca de Ray. En cambio, había mentido para acceder a la *suite* presidencial a fin de ver a una mujer que me había dicho que me largara.

Escuché el grito de un niño y, al levantar la vista, vi a un grupo corriendo hacia los columpios. Me recordaron que tenía un hijo al que atender. No podía pasarme todo el día en ese coche, llorando.

Pensé que tal vez viera el coche de Ray en el camino de entrada cuando doblara la calle donde se encontraba nuestra casa, pero todavía no había regresado. Seguiría lamiéndose las heridas; bebiéndose una copa; ocupándose de su trabajo. Haciendo lo que fuera que hiciese cuando necesitaba dejar de pensar en mí. Pero quizá, y me aferré a esa posibilidad, no me había comportado tan mal como temía. Al fin y al cabo, Ray no tenía ni idea de dónde había ido la noche anterior.

Tras entrar en la casa, agucé el oído en busca de algún ruido que me indicara dónde estaban Maria y Tommy, si bien no oí nada al principio. El pánico me atenazó la garganta. Sin embargo, poco a poco capté la voz de Maria. Estaban en la cocina. Tommy sentado en su trona; Maria observándolo mientras se comía las judías verdes. Tommy sonrió al verme.

—¿Están buenas? —le pregunté, y empezó a darme vueltas la cabeza. Me apoyé en la encimera de la cocina y cerré los ojos.

—¿Se encuentra bien? —me preguntó Maria.

Percibía las miradas de ambos sobre mí. Abrí los ojos y sonreí para hacerles saber que estaba bien.

—Cansada —contesté.

—Ah. —Se volvió hacia Tommy—. Buen chico —dijo con su fuerte acento mientras lo observaba pinchar una judía verde con el tenedor para llevársela a la boca—. Muy bien.

La maternidad significaba imaginar la desgracia que

podía acontecerle a tu hijo. Y, después, pensar en las infinitas maneras que había de evitar dicha desgracia por el bien de tu hijo. Sí, mi madre me había querido, a su manera.

Observé a Tommy y tuve la impresión de que podía ver su futuro: levantaría la mano en clase para dar una respuesta. Saldría con sus amigos para comer hamburguesas y le pediría a la camarera unos aros de cebolla en vez de unas patatas fritas. Le diría a una chica que la quería. Se me permitía ser feliz mientras pensaba en el futuro de Tommy. Merecía dicha felicidad.

Imaginé de nuevo mi vida con Idie en ella en vez de Joan. Mi madre habría sufrido otra semana más. Sin embargo, habría muerto. Yo habría vivido en la antigua mansión colonial con Idie, que no me habría dicho que andaba como un caballo, que se habría alegrado de verme por las mañanas, que se habría asegurado de que regresara a casa a una hora decente en vez de estar recorriendo la ciudad del brazo de Joan.

La intimidad de despertarme todas las mañanas con los suaves ronquidos de Joan. La emoción embriagadora que me embargaba antes de entrar en una fiesta, en un club. La certeza de que era especial porque Joan me quería, porque me habían garantizado el privilegio de moverme por el mundo en su espectacular compañía, porque ella me había elegido de entre todas las personas que podría haber elegido. Todo eso no existiría, se habría desvanecido. En cambio, tendría la sempiterna y cariñosa presencia de Idie. En cambio, escucharía a Idie preparar el desayuno en la planta baja, mucho antes de que yo me espabilara. En cambio, tendría el frescor de sus labios en la frente cuando me diera las buenas noches.

Jamás había dudado del afecto que Idie me profesaba. Pero había tenido que ganarme el de Joan. Me había visto obligada a ocultarme entre las sombras para que no me pescara espiándola. Me había quedado sola en una fiesta después de que algún chico le llamara la atención desde el otro lado de la estancia. Me había pasado la vida entera andando de puntillas a su lado, una prudencia que solo me había hecho quererla más si cabía. Porque sin Joan, yo solo habría sido una chica más, sin poder reclamar para mí parte de su brillo. Porque yo no brillaba. Yo no era nada sin Joan. Creía que el mundo me habría dado de lado sin ella.

Sin embargo, a esas alturas me preguntaba qué me pasaba para haber querido, para querer, a una niña, ya una mujer, que siempre había guardado las distancias conmigo. ¿Qué necesidad moraba en mi interior, tan inmensa, tan imperiosa, que solo Joan Fortier podía satisfacer?

Pensé en el vestido de novia que me había confeccionado Idie. Todavía lo conservaba, guardado en una caja en algún sitio del ático. Los detalles eran exquisitos: una hilera de perlas diminutas en la espalda. El cuello de encaje. Un velo largo hasta los pies. Durante un tiempo apenas si me lo quité.

¿Me habría dado el mundo de lado tal como yo creía? ¿Había elegido a Joan porque era joven y despreocupada? ¿Porque la constante paciencia de Idie no era rival para el indomable carisma de Joan?

—Muy bien —repitió Maria. Tommy parpadeó—. La señora Fortier ha llamado —añadió—. Dice que la llame usted de inmediato.

Mary me hizo pasar al salón formal de Evergreen en vez de al saloncito familiar o al comedor matinal. No quería estar allí, pero necesitaba, por mi bien, decirle a Mary que ya no seguiría vigilando a Joan. Tenía veinticinco años. No podía seguir siendo la guardiana de Joan.

Mary parecía nerviosa. Me senté en un canapé tapizado con seda. Mary lo hizo justo enfrente, en una silla de respaldo alto. El interior de la casa estaría a unos treinta y ocho grados, ya que Mary no creía en las virtudes del aire acondicionado. En una esquina de la estancia giraba un ventilador eléctrico, que refrescaba bien poco. No me preguntó si me apetecía beber algo, era la primera vez que se le olvidaba, que yo recordara.

Crucé los tobillos y me alisé la falda sobre los muslos.

—Qué calor hace —dije, y después me arrepentir de haber hablado. Sin embargo, Mary no pareció haberme oído.

—Te he llamado porque necesito ayuda, Cece. Necesito ayuda.

Esperé. Mary me pareció una anciana de repente. Aparentaba la edad que tenía. Incluso mayor de lo que era. Ya no era la señora de Evergreen, que había presidido River Oaks durante décadas. No, era una anciana demasiado delgada, con una camisa que dejaba a la vista sus prominentes clavículas, y una falda que le quedaba ancha.

No me gustó la transformación. El bochorno no era una sensación que yo hubiera asociado a lo largo de mi vida con los Fortier. Era una sensación que yo asociaba con mi propia familia: con mi madre, en la que no se podía confiar cuando estaba en alguna reunión; con mi padre, que vivía en el Warwick con su novia.

—¿Cómo puedo ayudarla, Mary?

Alzó la vista, alarmada. Me percaté de que era la primera vez que la llamaba por su nombre.

—Joan se ha distanciado —contestó—. Lleva semanas sin venir. Y ayer vino de repente. No tenía buen aspecto. —Ahuecó un cojincito de punto de cruz que tenía a su lado—. Sidney Stark —siguió, cambiando la entonación al pronunciar el apellido, como si me estuviera haciendo una pregunta—. Ha estado con él.

—Sí. Con Sid. —Algo no andaba bien con ese hombre, pero ya era hora de que dejara de preocuparme por las conquistas de Joan.

—¿Sid? Ah, veo que ya lo tratas con mucha familiaridad.

Negué con la cabeza, irritada.

—En absoluto. Apenas he hablado con él.

—Así que, ¿tú también piensas que Joan se ha distanciado últimamente?

Sentí que se desvanecía el enfado que creía albergar.

—¡No lo sé! —grité, frustrada por el hecho de que me estuviera obligando a seguir los pasos del mismo juego de siempre—. No lo sé. A veces Joan desaparece, se distancia o como quiera llamarlo. No sé por qué. —Y otra cosa que pensaba, pero que no añadí en voz alta: «Debo dejar de preocuparme por el porqué».

Mary levantó una mano con gesto débil. Mi exabrupto parecía haberla agotado.

—Sabes que no procedo del tipo de familia de la que procede Furlow. De la que tú, Cecilia, procedes. Antes solía pensar que le importaba menos al mundo dada mi falta de... ¿cómo podría llamarlo? Linaje. —A esas alturas, parecía más la mujer de siempre—. Pero ahora comprendo lo afortunada que fui. No le debo nada a nadie. —Alzó la voz, fue algo imperceptible, pero lo capté—. Joan es un objetivo, ¿lo entiendes? Por culpa de su familia. Siempre lo ha sido. Algo que ha heredado de Furlow, no de mí.

—¿En qué sentido es un objetivo?

—Una chica tan guapa y con tanto dinero... Siempre es un objetivo, lo sepa o no. —Y de repente, Mary recuperó la compostura—. En fin, querida, Joan ha estado demasiado distanciada. Llevamos semanas sin verla. Sid la mantiene alejada de nosotros.

Detestaba su forma de llamarme «querida», como si fuera una niña.

—A lo mejor está donde quiere estar.

—¿No tienes miedo por ella?

—Mary, ¿de qué tiene miedo?

Mary negó con la cabeza.

—No lo sé.

—¿Tiene miedo de que ese hombre le haga daño? —Recordé el moratón de Joan.

—Le hará daño a su reputación —respondió ella de repente con brusquedad—. Le hará daño a su orgullo. La está utilizando, ¿no te das cuenta?

En un rincón de la estancia había una vitrina de caoba que contenía un amplio surtido de licoreras llenas de bebidas de color ambarino. Necesitaba una copa con desesperación. Decidí servirme una. Me puse de pie, me acerqué a la vitrina, la abrí y me serví un buen dedo de whisky.

Mary me miraba, atónita. Bien. Por primera vez en mi vida quería dejar atónita a Mary Fortier. Estaba cansada de escucharla hablar sobre la Familia, el Dinero, la Responsabilidad y las Obligaciones. Joan se estaba comportando mal. Punto y final.

Bebí un sorbo de licor. Me produjo una quemazón muy agradable.

—¿Y si a Joan le gusta que la utilicen? —pregunté.

Mary se llevó una mano al pecho.

—¡Cecilia!

—Le preocupa que la gente empiece a hablar. Eso es lo que siempre hacemos, ¿verdad? Preocuparnos por Joan. Pero Joan no quiere mi ayuda. Creo que nunca la ha querido. —La recordé la noche anterior, en la cama y con el moratón en el hombro. La recordé pidiéndome (no, exigiéndome) que me marchara.

—Pero tú quieres a Joan —replicó Mary. Nunca la había oído hablar con tanta emoción—. Tienes que ayudarla.

—¿Qué cree que puedo hacer? ¿Apartarla, a trocitos, de Sid? —Dejé que la pregunta flotara en el aire—. Sí la quiero.

Sentí el escozor de las lágrimas en los ojos. Recordé a Joan cuando era una niñita rubia, apoyada en Dorie, riéndose mientras miraba cómo se refrescaban los pájaros en la pileta. Habían pasado tantos años... «El día de ayer nadie lo volverá a ver...», solía decir mi madre. Y era cierto.

—La gente ya está hablando. Joan hará lo que le apetezca. ¿Otra vez quiere enviarla lejos de aquí? —Sentí que me ardían las mejillas—. Tiene veinticinco años. Si fuera una niña, podría ordenarle a Dorie que se encargara de solucionarlo todo, ¿verdad que sí? Lo digo porque está de vuelta en su cocina.

No esperé una réplica. Mary me miró, anonadada.

—Quiero a Joan —repetí. Pensé en Tommy, que estaba en casa, bañándose. Pensé en Ray, que seguramente se marcharía pronto al trabajo—. Pero no puedo ayudarla. Tengo mi propia familia, mi propia vida. —Dejé el vaso de cristal en la mesita situada entre nosotras. Mary lo cogió y lo colocó en una bandeja de plata, un gesto que pareció ayudarla a recobrar la compostura.

—Gracias, Cecilia. Eso es todo. Supongo que sabes dónde está la puerta. En otro tiempo, esta casa fue tan tuya como nuestra.

Me puse en pie.

—Nunca fue mía —la corregí—. Creo que ambas lo sabemos.

—Ah, ¿sí? —replicó Mary.

La miré a los ojos.

—Solo fui una criada interna que la ayudó a controlar a su hija.

Me encendí un cigarro antes de arrancar el coche. El sudor me empapaba la espalda.

El mundo estaba en silencio, lo habitual en los días posteriores a los festivos. A medio camino de casa, estuve a punto de saltarme el desvío a Troon, como si se me hubiera olvidado cómo llegar a mi hogar. El coche plateado que me seguía pitó.

—Lo siento, lo siento —murmuré al tiempo que agitaba una mano por encima de la cabeza. Detuve el coche en el arcén y apagué la colilla en el cenicero del salpicadero. Tenía que vaciarlo. No lo había limpiado jamás. Ray era quien se encargaba del mantenimiento de los coches. Había contratado a un hombre que venía a casa los domingos alternos para encerarlos.

La seguridad que había experimentado en Evergreen se había evaporado. Mary nunca me perdonaría.

Me empezó a doler la cabeza. Vi el mundo borroso durante un segundo.

Di media vuelta en la siguiente calle y puse rumbo a la tienda de Avalon, donde compré una tarrina de helado de chocolate.

—¿Estuvo bien la celebración del Cuatro de Julio? —me preguntó el anciano que atendía el mostrador al tiempo que me guiñaba un ojo. Su mujer y él regentaban el establecimiento desde que yo era pequeña. Joan y yo acostumbrábamos a beber Coca-Cola con helado, sentadas al mostrador.

—Sí que lo estuvo —contesté mientras él preparaba la bola de helado. Lo hacía con la facilidad que otorgaban los años de experiencia—. ¿Y el suyo?

—También. —Aplastó la parte superior del helado con la cuchara metálica, con la misma delicadeza que emplearía un pastelero que diera los últimos toques a una tarta nupcial, y después cerró la vitrina. El aire frío era maravilloso. Me entregó una bolsa de papel—. ¿Adónde vas hoy, querida?

—A casa —contesté sin titubear.

Si Ray se sorprendió de verme, no lo demostró. Levanté la bolsa de papel marrón a modo de prueba.

—Helado —anuncié— para celebrar el día posterior al Cuatro de Julio.

Maria se marchó temprano y Tommy se acostó tarde, y parecía que la noche anterior en el club ni siquiera iba a ser mencionada, algo que yo agradecía. Encendimos bengalas cuando oscureció y dejamos que Tommy las sostuviera, algo que hizo con un cuidado mayor del que le correspondía por su edad.

Observé a Ray mientras ayudaba a Tommy y supe que era afortunada. Joan no me pertenecía como me pertenecían ellos. Jamás podría pertenecerme. Le pertenecía a su madre, a su padre. Al hombre con el que acabara casándose. Porque seguro que algún día se casaría. Y si no lo hacía, bueno... a la postre no le pertenecería a nadie. Ella era quien debía elegir.

—Voy a distanciarme de Joan —le dije a Ray mientras estábamos en la cama—. Lo he decidido.

Ray me dio unas palmaditas en la mano, por debajo de la sábana. El gesto me dejó claro que quería creerme, pero que no lo hacía, no del todo.

—No podemos seguir así.

«Así, ¿cómo? —podría haberle preguntado—. ¿A qué te refieres?» No obstante, sabía a lo que se refería.

—Lo sé.

—¿Recuerdas cuando te casaste conmigo?

—Por supuesto que me acuerdo, Ray. —Su tono de voz me hizo recelar.

—¿Recuerdas el nombre de la testigo?

—No. —Era una anciana encorvada y muy agradable, de pelo blanco, pero no recordaba su nombre. Tal vez ni siquiera lo hubiera sabido en aquel entonces—. Era una desconocida. —Guardaba el certificado de matrimonio en mis archivadores—. Pero puedo mirarlo. Puedo...

—Se llamaba Rhonda Fields. Todavía lo recuerdo. Es curioso lo que se guarda en la memoria.

Le di un apretón en la mano. Me estaba poniendo nerviosa. Ray no era una persona nostálgica. No solía sentarse a recordar por el simple hecho de hacerlo.

—Rhonda Fields —repetí.

—Mi familia no podía estar con nosotros. Porque Joan no estaba con nosotros. Así que le tocó a Rhonda Fields.

—Lo siento —me disculpé.

—Siempre he estado detrás de Joan Fortier en tu vida desde que te conocí. ¿No es cierto?

Quería encender la luz. Ray no podría decirme esas cosas a la cara. O tal vez sí.

—Joan es más que una amiga. Es... —No podía explicarlo. Habría cedido gustosa una vida entera de amistad con Ciela por un cuarto de hora con Joan. Y eso que Ciela me caía bien. Me gustaba estar con ella. Pero nadie me hacía sentir lo mismo que Joan.

—¿Qué es Joan? —preguntó con una voz tan serena que me resultó espeluznante—. No lo es todo, ¿verdad?

—¡No! —exclamé—. No, por supuesto que no lo es todo. Tommy y tú lo sois todo.

—¿Lo somos?

—¡Sí! —grité—. Lo sois. Pero Joan... —Traté de dar con la forma de expresarlo—. Es un misterio —dije, por fin—. Un misterio.

—No lo es más que tú o que yo. Es tan misteriosa como cualquier otra persona del mundo.

Tal vez fuera cierto. Yo no era capaz de verme tan bien como me veía Ray. Tampoco era capaz de ver a Joan. Porque mi relación con ella era demasiado estrecha. Era como algo que llevara por debajo de la piel, con los huesos, algo que podía sentir, pero que no podía ver.

Era mi madre, mi padre, mi hermana, mi amiga. Era todo lo importante. Pero, incluso en ese momento, quería guardarla para mí. Quería ocultar lo que significaba para mí. «Es un misterio que llevo tratando de resolver desde que éramos pequeñas —podría haber dicho—. Es el gran misterio de mi vida.»

—Ya te lo he dicho —repliqué—. Voy a distanciarme de ella. Ya llevamos distanciadas un tiempo. Joan tiene su propia vida. Yo tengo la mía.

—No es la primera vez que dices algo parecido.

—Esta vez va en serio. —Y era cierto, lo decía en serio—. No puedo ayudarla más. Por fin me he dado cuenta. Ya no puedo ayudarla más.

Ray se zafó de mi mano por debajo de la sábana. Al principio pensé que estaba enfadado, pero empezó a acariciarme el brazo, de arriba abajo, siguiendo una cadencia que solo él conocía. Me pareció el gesto más tierno que había existido jamás entre nosotros.

—No estoy mintiendo —susurré.

—Lo sé.

—Cortaré por lo sano.

—Debes decirlo en serio. Debes cortar por lo sano. No como las otras veces.

Yací despierta durante un buen rato después de que Ray se durmiera. ¿Qué significaba cortar por lo sano con una persona? ¿Qué significaba exactamente mi vida sin ella? Me acaricié el abdomen, donde tal vez pronto habría otro bebé.

Antes pensaba que si le contaba a Ray lo que Joan había hecho por mí tantos años antes, con mi madre, entendería que me sentía en deuda con ella. Pero no lo entendería. Me diría que éramos niñas, que no sabíamos lo que estábamos haciendo. Que esas cosas suceden cuando se es joven, que la vida sigue, que no podía vivir eternamente en deuda con la versión quinceañera de una amiga y de mí misma.

El domingo por la mañana abrí el *Chronicle* y lo hojeé hasta llegar a la sección «El Trotacalles», donde vi a Joan con Sid, sonriendo a lo grande desde el escenario de la piscina del Shamrock. La miré durante tanto rato que se me quemaron las tortitas.

Ray olfateó el aire cuando bajó, aún en pijama. Yo ya había tirado las tortitas a la basura y había doblado el periódico otra vez para dejarlo junto a su plato. Ya había preparado una nueva tanda de tortitas y había calentado el jarabe en una sartén.

—Todo está listo —anuncié—. Come antes de que se enfríen.

Ray me besó en la mejilla antes de sentarse. Corté una tortita en ocho trozos y la coloqué en la bandeja de la trona de Tommy.

—Mmm —dijo, y Ray y yo nos miramos con ese placer que solo los padres experimentan. «Nosotros lo hemos hecho», decía esa mirada. No había un Thomas Fitzgerald Buchanan antes de nosotros, y en ese momento estaba con nosotros, y hacía cosas que no hacía una semana antes, como murmurar «hummm» cuando se le colocaba delante una tortita.

Ray me había sorprendido al decirme que debía elegir entre él, entre nuestra familia, y Joan. Esperé que me sorprendiera otra vez. Me senté enfrente de él y ayudé a Tommy a comer mientras él leía el periódico. El primer vistazo fue rápido. En nada de tiempo llegó a la sección femenina. Volvió la página como si no hubiera visto la fotografía gigantesca de Joan. Sentí una extraña desilusión. Pero ¿qué esperaba? ¿Que encendiera una cerilla y prendiera el periódico? Ray no iba a montar una escena. Iba a dejar que Joan saliera de nuestras vidas tan despacio que si uno no se fijaba bien, ni siquiera se daría cuenta.

Regresó a la portada del periódico y comenzó a leer artículos en profundidad, tal como acostumbraba a hacer. ¿Qué podía estar leyendo que fuera más interesante que Joan? La abolición de la segregación en los colegios, quizá. O las bombas nucleares, los rusos.

La verdad era que la abolición de la segregación en los colegios me importaba muy poco. Los rusos me importaban muy poco. A Joan sí, o al menos fingía que le interesaban esos temas. Ese invierno, me había ofrecido un artículo sobre el desarme que había recortado del periódico. Pero ¿quién sabía realmente lo que le interesaba a Joan?

—Gracias por las tortitas —dijo Ray cuando acabó de leer el periódico y apuró por fin sus tortitas, tal como hacía los sábados y los domingos. Siempre comía después de haber acabado de leer el periódico, lo que significaba que las tortitas ya no estaban calientes, como mucho, templadas. Primero las untaba con mantequilla, después las aderezaba con jarabe para, acto seguido, cortarlas en un sinfín de trozos y, por fin, comérselas. Dentro de cincuenta años seguiría untando mantequilla y comiéndose sus tortitas de la misma manera. Y yo estaría allí sentada para verlo, todos los sábados y los domingos del resto de mi vida.

—Creo que voy a quedar hoy con JJ en el Houston Club —dijo, y eso tampoco me sorprendió. El Houston Club era uno de los sitios preferidos de los hombres para hacer negocios.

—Y yo estaré aquí con Tommy. Vamos a ir al parque, ¿a que sí, Tommy? Y después nadaremos, cuando el sol baje un poco.

No sorprendería a Ray. Ese era el nuevo pacto de nuestro matrimonio. Nada de sorpresas. La misma versión de uno mismo, día tras día.

24

1957

Pasó una semana. Me pregunté si Joan llamaría. Esperaba que llamase. Me pregunté si Mary llamaría. Me pregunté si me llegarían noticias de Joan. A través de Ciela, de Darlene o de alguna vecina. Pero no me llegó nada. Cada vez que pensaba en Mary y en las cosas que le había dicho en Evergreen me estremecía, cantaba alguna cancioncilla para distraerme y me convencía de que había hecho lo correcto, de que Mary necesitaba escuchar lo que yo le había dicho.

¿Qué poder poseía sobre mí? Esperé. No sucedió nada. Gardenia Watson, que vivía a tres calles de distancia de mi casa, no me llamó para decirme que mi suscripción a la Liga Infantil había sido cancelada por motivos desconocidos. No recibí carta alguna de la asociación de vecinos de River Oaks, informándome de que los setos de mi jardín no tenían la altura apropiada. No recibí carta alguna de Mary, enumerando todas las cosas que Furlow y ella habían hecho por mí, páginas y páginas y páginas. No abrí la puerta para encontrarme a Mary en persona, suplicándome que la ayudara. Solo era el cartero, que nos llevaba un paquete demasiado grande para el buzón.

Empecé a sentirme libre. Por arte de magia, era capaz de vernos a todos como personajes de la vida de otra persona. Mary era la madre anciana y triste que intentaba ayudar a una hija que se negaba a recibir ayuda. Furlow, el patriarca que se desvanecía. Joan, la chica de moda ya entrada en años, tan drogada y borracha la mayor parte del tiempo que no sabía ni dónde estaba. Sid, el empresario astuto que creía que acostándose con Joan podía sacarle algo.

Lo veía todo. Y me veía a mí misma. Una observadora. Separada de los demás.

El domingo siguiente invité a JJ, a Ciela y a Tina para que vinieran a casa a disfrutar de una barbacoa y unas copas.

—¿Solo nosotros? —preguntó Ciela—. Será un placer.

Y era cierto. No solía invitar a familias. Joan tenía por costumbre visitarnos cualquier noche entre semana, y no le interesaba ponerse a hablar de tonterías con un hombre como JJ. Cuando me apetecía organizar una fiesta, normalmente lo hacía a lo grande, como la fiesta del día de San Valentín que organicé a principios de año. Le eché un tinte rosa al agua de la piscina e invité a veinte familias a beber *gin-tonics* rojos y a comer filetes con forma de corazón. Las niñeras mantuvieron a los niños en la planta alta mientras los adultos nos emborrachábamos en torno a la piscina.

En comparación, esa barbacoa sería íntima y relajada. Esa mañana había preparado una ensalada de patata y el día anterior le había dicho a Maria que horneara un bizcocho de limón. Algo sencillo, pero hasta las cosas sencillas requerían el doble de esfuerzo de lo que se pensaba en un principio.

Cuando sonó el timbre esa tarde, me quité el delantal, me retoqué el color de los labios mirándome en el cristal de la placa de la cocina y eché un vistazo a mi alrededor.

—Yo abro —gritó Ray, y lo vi pasar corriendo frente a la puerta de la cocina con Tommy en la cadera.

«Vas a pasártelo bien —me dije—. Vas a pasártelo bien.»

Y me lo estaba pasando bien, después de unos cuantos daiquiris. JJ decidió hacer las veces de camarero, lo que me molestó un poco, porque era la casa de Ray, pero a él no le importó, de manera que decidí que a mí tampoco me importaría.

Ciela y yo nos quedamos junto a la piscina, fumando, observando cómo Tina y Tommy jugaban en los columpios. Habían llegado acompañados por su niñera, de modo que me descubrí, de repente, libre de la responsabilidad de vigilar a Tommy durante la noche.

—¿Cuál es su día libre? —pregunté al tiempo que señalaba hacia los niños.

—El martes. Ella preferiría los domingos, por lo de ir a la iglesia y eso, pero los domingos siempre tenemos algo que hacer, ya me entiendes.

Asentí con la cabeza.

—Y —siguió— tengo una sorpresita. ¡Estamos esperando otro bebé! Con suerte, será un pequeño JJ. El médico me llamó ayer para darme los resultados, aunque yo ya lo sabía, por supuesto. —Bebió un sorbo de daiquiri y se acarició el abdomen.

Yo lo sabía desde que entró. Llevaba un vestido blanco ajustado y aunque todavía no se le notaba, no paraba de pasarse la mano por el abdomen, algo típico de las embarazadas. Y Tina tenía dos años, que en aquel entonces era la edad en la que las parejas iban a por el segundo.

—Es maravilloso —dije—. Tina será una fantástica hermana mayor. —No se me ocurría otra cosa además de «maravilloso».

Ciela se echó a reír.

—Será espantosa. Cree que el mundo gira a su alrededor. Y lo hace. Es lo que pasa con los primogénitos. —Hizo una pausa y se abanicó la cara con una servilleta—. Tú y yo somos hijas únicas, así que el mundo siempre ha girado a nuestro alrededor. Seguramente me habría ido muy bien tener un hermanito o hermanita.

—Seguramente —repetí. Yo nunca había sentido que el mundo giraba a mi alrededor. Giraba en torno a mi madre. En torno a Joan.

Esperé a que Ciela dijera que Joan siempre había sido como una hermana para mí. «Dilo —pensé—. Dilo.» Pero Ciela se limitó a darle una calada al cigarro. Cuando habló, lo que dijo no tenía nada que ver con Joan.

—¿Y la hermanita de Tommy? ¿Cuándo llegará?

Me di unas palmaditas en el abdomen de forma instintiva, y me percaté de que la idea de tener un segundo hijo no me atemorizaba.

—Ah —exclamé sin darle importancia—. Estamos dejando que la naturaleza siga su curso. Con suerte, no tardará mucho.

Me sorprendí al admitirlo en voz alta. Me percaté de que Ciela también estaba sorprendida. La posibilidad me produjo un repentino vértigo. ¡Otro hijo! Y tal vez Ciela tuviera razón, tal vez sería una niñita.

Preocuparme por Joan le había sentado estupendamente a mi figura: llevaba unos pantalones cortos de cintura alta y un top sin mangas anudado por encima del ombligo.

—Qué canija estás —había dicho Ciela nada más verme, y Ray me había mirado con admiración cuando salí del dormitorio.

Después, una vez que nos comimos los filetes, poco hechos para todos, y que los niños mordisquearon sus perritos calientes, disfrutaron de unos buenos trozos de bizcocho y desaparecieron en la planta alta con la niñera, los adultos nos sentamos en la barra exterior, iluminada por el resplandor de las antorchas de jardín. Estaba borracha, pero no como una cuba. No me dolía nada. Me estaba fumando el enésimo cigarro de la noche y al suave resplandor de las antorchas todos parecían guapísimos. Sobre todo Ray, que no paraba de tocarme la rodilla por debajo de la mesa. El calor, que nos había torturado como una manta húmeda durante todo el día, se había hecho agradable en cuando se puso el sol. Incluso corría una ligera brisa, si bien podía ser fruto de mi imaginación.

Atisbaba detalles de las cuidadas casas de mis vecinos: un televisor, un gato sentado en una ventana. Un tejado con tejas de estilo español, un muro de ladrillo cubierto de hiedra.

Me sentía bien. Eso era lo que me sucedía. Satisfecha. Tenía la impresión de que Joan estaba muy lejos, haciendo lo que hiciese con Sid Stark. «Su vida no es mi vida», pensé y la frase, agradable por su simpleza, me acompañó mientras estábamos allí sentados. Aún no había llegado al punto en el que quería que Ciela y JJ se fueran.

—¿Habéis visto el *Chronicle*? —preguntó Ciela.

Me enderecé, repentinamente alerta. Lo supe de inmediato. No lo que iba a decir al pie de la letra, no del todo, pero supe por su tono de voz que sería sobre Joan. Intenté enviarle una señal silenciosa: «No, no, no».

Ciela debía de saber que Joan era un motivo de tensión entre Ray y yo. No la había mencionado en toda la noche. Pero tal vez no lo supiera, tal vez no tuviera la menor idea de lo entrelazada que Joan estaba en nuestro matrimonio, bien por su culpa o por la mía.

—Lo he mirado por encima de principio a fin —contestó Ray, y JJ soltó una carcajada.

Ray no se había percatado de nada. Pensé que Ciela iba a decir que la ausencia de Joan del periódico de ese día era notable, porque esa mañana no había aparecido en la columna de «El Trotacalles». ¡Fue lo primero que hice, comprobarlo! Me sentí irritada. Apagué el cigarro en el cenicero. Ciela era una hortera, demasiado delineador de ojos y ¿llevaba pestañas postizas?

Ray y JJ estaban hablando sobre trabajo, sobre cosas de hombres, y me dieron ganas de golpearlos, a los dos. Necesitaba escuchar lo que Ciela quería decir.

—Yo no lo he visto —contesté, interrumpiendo a JJ—. No he tenido tiempo.

—¡Lleva una foto gigantesca de Sid Stark! En la inauguración de un local nuevo, el Hula Hoop. —Ciela se echó a reír—. Me pregunto si las camareras llevarán faldas de hojas.

—¿Stark? —preguntó Ray, como un tonto, y comprendí que no tenía la menor idea de quién era Sid. Yo nunca se lo había mencionado.

Ciela me miró, después miró a Ray y en ese momento vi cómo caía en la cuenta de un detalle: yo le había ocultado información a mi marido. Me dio vergüenza. Acababa de descubrir los trapos sucios de mi matrimonio.

—No es de por aquí. Se mueve en el mundo de las apuestas —explicaba JJ—. No me fío de él ni un pelo. Me han dicho que lleva un tiempo con nuestra Joan —añadió al tiempo que enarcaba las cejas—. No le auguro un buen futuro a esa relación.

¿A nuestra Joan? Qué idiotas eran los hombres. Estaba repitiendo como un loro lo que Ciela le había dicho.

no era capaz de elaborar una idea propia en lo referente a Joan, ni a las relaciones entre hombres y mujeres, ni a las complejidades que existían entre ambos.

Me mantuve en silencio. Ray me miró. No parecía enfadado, de manera que me sentí agradecida. Pero, por encima de ese agradecimiento, experimenté cierta confusión. No había visto ninguna foto de Sid en el *Chronicle* esa mañana. Ciela debía de estar equivocada.

Como si me hubiera leído el pensamiento, Ciela siguió:

—Joan también estaba. —En parte me dieron ganas de abofetearla, por seguir con la historia y mencionar a Joan abiertamente, pero por otra parte sentí deseos de abrazarla. Me moría por tener noticias—. Radiante, entre los hombres. Debía de haber unos treinta y ocho grados, pero allí estaba ella, sin sudar en lo más mínimo.

Asentí con la cabeza, tratando de asimilar y de entender esa información al tiempo que rememoraba los acontecimientos de la semana anterior.

Joan no estaba encerrada en su casa, drogada y borracha. Bueno, tal vez estuviera drogada y borracha, pero parecía lo bastante presentable como para asistir a inauguraciones y cortar cintas. Se dejaba ver en público.

—Supongo que las cosas siguen calentitas con el señor Stark —sentenció Ciela.

—Ni idea —repliqué, poniéndole fin a la conversación. Mi tono fue más brusco de lo que pretendía, pero no me arrepentí. Aplasté la colilla y me acomodé en la silla. En ese momento sí quería que Ciela y JJ se fueran.

JJ clavó la mirada en su martini, Ciela le dio una calada al cigarro y Ray... Bueno, no quise mirar a Ray. Escuché el grito de un niño en la planta alta y ladeé la cabeza en dirección al sonido.

—Puede ser Tommy —dije al tiempo que me levantaba. Ciela lo hizo al mismo tiempo.

—Pero podría ser Tina. —Y así nos fuimos.

Ya en la cama, Ray se volvió hacia mí, me acarició el pecho y le permití hacerme el amor. Mi mente estaba en la planta baja, en el cubo de la basura donde Ray había tirado el periódico. Mi mente estaba con Joan, a cuatro calles de distancia, o tal vez hubiera salido esa noche y estuviera en algún lugar especial con Sid. En el Petroleum Club, disfrutando de un filete. O al lado de la piscina en el Shamrock, riéndose alegremente mientras bebía champán.

Tras el nacimiento de Tommy, mi interés por el sexo desapareció durante meses. Por completo. Solo pensaba en Tommy en aquella época. Pero jamás le dije que no a Ray. No entonces, y no en ese momento. Ray no era de los hombres que forzaban a una esposa renuente, pero quería que el concepto que tuviera de sí mismo fuera el de un hombre deseado.

Ray me instó a darme la vuelta y me penetró desde atrás. Esa postura no me gustaba. No había mencionado a Joan después de que Ciela y JJ se marcharan. Se había comportado con normalidad, y me había comentado que JJ y él estaban planeando una excursión de pesca en agosto con otros hombres que trabajaban en Shell.

En ese momento, me pregunté si me estaría castigando, aunque fuera de forma inconsciente. La penetración desde atrás me resultaba dolorosa. Intenté cambiar de postura, elevar el abdomen del colchón, pero su peso impidió que me moviera un solo centímetro.

Tenía su boca junto a una oreja y sentía el roce ardiente de su aliento, su olor a pasta de dientes y a whisky. Y, de repente, acabó, dejé de sentir su peso y su presión, encima y en mi interior, y se apartó.

Me besó en la mejilla, con más ternura de lo normal, y lo supe con certeza: me había castigado. Pero no pasaba nada. Me había castigado y me había perdonado. Y a partir de ese momento podría olvidarse del tema.

Tenía los brazos metidos en la basura hasta los codos cuando por fin encontré el periódico en el fondo del cubo, entre la comida de la semana anterior. Me había sentido muy satisfecha con el logro de limpiar el frigorífico, cuando vi que las baldas estaban relucientes, ordenadas y limpias.

En ese momento me encontraba en el suelo, sentada junto a un montón de fideos chinos y de lechuga iceberg mustia, pertrechada con unos guantes amarillos de plástico y con una mancha de kétchup en la frente allí donde me había rascado sin pensar. La basura estaba volcada delante de mí, como si fuera un túnel. Me lo pensé mejor. «Vete a la cama.» Solo era una fotografía en el periódico.

No pude.

Y entonces lo encontré, entre trozos de cáscara de huevo y manchado con la grasa del beicon.

Pasé las páginas desde la primera. Vi la fotografía casi de inmediato, en la columna «Nuestra Ciudad». Con razón me había pasado desapercibida. Creo que Joan nunca había aparecido en ninguna columna que no estuviera en la sección femenina. Me eché a reír. Joan Fortier estaba perdiendo relevancia, o ganándola, según como se mirase.

Joan Fortier, la chica de moda de Houston, con su amigo Sidney Stark en la inauguración de un nuevo club de estilo hawaiano, el Hula Hoop, que promete un «auténtico ambiente hawaiano».

Eso era todo. Joan había asistido a miles de inauguraciones de clubes en su vida.

Estuve a punto de pasarlo por alto: el anillo que Sid llevaba en un meñique, un enorme anillo de oro. Estaba estrechándole la mano a alguien. El anillo me llamó la atención e hizo que le mirara la mano y después el brazo. Clavé la vista en la larga y fea cicatriz que le recorría el brazo.

Me sentí acalorada. Muy acalorada. La cicatriz era la prueba. ¿Había sido sincera conmigo alguna vez?

Sid procedía de su pasado, pero no de su época de Hollywood. Lo que Joan me había contado era una verdad a medias, una de las muchas verdades a medias que me había ofrecido a lo largo de los años. Pero ¿por qué mentir sobre él?

De repente se me ocurrió, allí sentada entre la basura de nuestro hogar, que Joan solo me contaba mentiras, porque eso era lo que yo quería. Porque me alimentaba de ellas. Tenía que limpiar todo el desastre que había montado con la basura y esperar que no dejara manchas en el suelo. Me lavaría en el cuarto de baño de Tommy y regresaría a la cama, me acostaría al lado de mi marido y me olvidaría de Joan.

Tantos años antes, mi madre moribunda, muerta. Pero ya había saldado la deuda que había contraído con Joan. No podía darle más. No le permitiría que me partiera en dos.

25

1957

Me desperté al escuchar un chapoteo en la piscina. Era martes, dos noches después de la barbacoa. Me acerqué a la ventana y miré a través de la persiana. Joan, en sujetador y bragas, estaba flotando de espaldas en el agua cristalina.

—Ray —susurré. Por suerte, no me respondió. Si permanecía dormido durante el encuentro, empezaría a rezar—. Lo prometo —musité, y corrí escaleras abajo—. Joan —dije en voz baja, de pie junto a la piscina.

Su piel relucía a la luz de la luna. El pelo flotaba a su alrededor y le enmarcaba la cara. Casi ninguna nos mojábamos el pelo en la piscina. Demasiado engorro. Pero Joan siempre lo hacía.

Mantuvo los ojos cerrados.

—¡Joan! —repetí.

Abrió los ojos y me sonrió como si no hubiera nada fuera de lo normal. Como si se hubiera pasado para saludar y tomarse una copa antes de marcharse otra vez tan alegremente.

—¿Te has vuelto loca? —pregunté, furiosa—. Son las dos de la madrugada. —Señalé mi reloj—. ¿Dónde está tu ropa?

Sin embargo, sentí que mi rabia se mitigaba a medida que hablaba. Joan se había sumergido y observé su borrosa silueta bucear hacia mí. Emergió a mi lado, jadeando en busca de aire. Pese a todo, me alegraba de verla.

—Últimamente solo me apetece estar en el agua —dijo, y le dio unas palmaditas al cemento—. Siéntate.

Me senté. Estaba oscuro y tenía los ojos enrojecidos. No sabía si se debía al cloro o si había tomado algo. Le aparté un mechón de pelo de la frente, fría por la brisa nocturna.

—¿Has tomado algo, Joan? Dejémonos de... —«De jueguecitos», iba a decir, pero me interrumpió.

—Ayer —dijo—. Ayer, creo. Pero hoy no. Y no me he vuelto loca. Por desgracia, estoy muy cuerda. —Esbozó una sonrisa pesarosa. Era muy raro ver a Joan con expresión pesarosa.

Una vez que tenía a Joan allí, no quería que se fuera. Parecía cómoda en mi presencia por primera vez en mucho tiempo. Mi vieja amiga. Nunca podía estar enfadada con Joan mucho tiempo.

La vi tamborilear con los dedos sobre los azulejos azules. Tenía un anillo nuevo en el anular derecho, un diamante con corte esmeralda rodeado por dos diamantes baguettes. Lo toqué.

—¿De Sid?

—No. —Miró el anillo—. Algo que mi padre me regaló hace años.

—¿De verdad? —Nunca lo había visto.

—De verdad. Debería venderlo.

Me eché a reír.

—¿Por qué?

—Por el dinero, ¿por qué si no?

—No necesitas dinero —repliqué.

—No tienes ni idea de lo que necesito. Da igual, tampoco sería suficiente. —Jugueteó con el anillo—. ¿Por qué te has mantenido alejada, Cece? Nunca te habías alejado de esta manera.

—No —contesté, supongo que nunca lo había hecho.

—¿Te sorprende que me haya dado cuenta? Pues claro que me he dado cuenta. Siempre estás ahí.

Se apartó del borde de la piscina y flotó de espaldas de nuevo. Era más fácil hablar con ella así, cuando no podía verle los ojos.

—Me dijiste que no me querías allí. —Joan no replicó. Su silencio me dio alas. ¿Qué más daba si la ofendía gravemente? De todas formas, no me quería—. Sé quién es Sid.

—¿En serio? —Su voz tenía un deje risueño, como si hablara con un niño que acabara de descubrir lo evidente.

—No es quien dijiste que era —seguí—. Nada es lo que dijiste que era.

—He contado tantísimas mentiras —dijo al cabo de un minuto, después de que creyera que no iba a contestarme; ya no me hablaba como si fuera una niña— que ya he perdido la cuenta. Sabía que acabarías por descubrirlo todo. Que mentía sobre Sid. Que mentía sobre todo. Quería que lo hicieras —añadió.

—¿De verdad? Podrías haberme contado la verdad sin más. —Pensé en cómo había paseado a Sid delante de mí, encontrándose con él en lugares muy públicos. No se había esforzado en esconderlo demasiado. Pero yo no había desentrañado el misterio.

—No —dijo, y meneó la cabeza—. No. Habría sido imposible. ¿Sabes lo que deseo? Deseo no ser una Fortier.

—¿Quién serías si no fueras una Fortier?

Una vez más, Joan tardó mucho en contestar.

—Supongo que sería feliz —dijo a la postre.

Observé a mi amiga mientras flotaba de espaldas. No era feliz, cierto, no lo había sido desde hacía muchísimo tiempo.

—Aquella casa, Joan. —Seguía sin saber cómo llamarla. «Aquel lugar. Aquel lugar espantoso.»

Siguió flotando, a unos metros de mí.

—Donde te encontré con aquellos hombres. Y luego tus padres te echaron.

—Mi madre me echó —me corrigió Joan con brusquedad—. Y mi padre se lo permitió.

—Te estabas destruyendo. —No rebatió mis palabras—. Te encontré con Sid, medio muerta. Y con otro hombre. La cicatriz de Sid. —Me toqué el brazo, de la muñeca al codo—. La vi la primera vez. Y luego la vi de nuevo, en el periódico del domingo... Tenía la camisa remangada.

—¿Y qué más da si quería destruirme? ¿No tengo derecho a hacerlo? —Nadó hacia la escalerilla. Salió del agua, reluciente y mojada, de espaldas a mí.

—¿A qué juegas, Joan?

Sacudió la cabeza. Yo seguía sin poder verle la cara.

—Sid no es un hombre guapo —dijo Joan—, pero es muy vanidoso con esa cicatriz. Le otorgaba mucho atractivo. Por eso tenía la camisa remangada. Es el único motivo. —Cuando se volvió para mirarme, tenía lágrimas en los ojos—. Qué suerte tienes, Cece. Qué suerte tienes. Vas a enterarte de la verdad, ahora.

26

1957

Me gustaría decir que me lo pensé dos veces antes de seguir a Joan por la puerta lateral en dirección al jardín delantero, donde Fred esperaba con el coche aparcado en la acera. Me saludó llevándose una mano a la gorra mientras me abría la puerta y comprendí que lo sabía todo, que siempre lo había sabido, que sabía mucho más que yo. Me gustaría decir que pensé en decirle a Fred que esperase. Que al menos necesitaba inventarme una historia para Ray. Dejar una nota. De esa forma, tendría una defensa y si regresábamos a tiempo, podía destruirla. No tenía por qué irme, necesitaba reflexionar sobre todo lo que estaba poniendo en peligro al irme al lugar al que Joan me llevaba.

Le ofrecí la toalla que había cogido del montón que siempre estaba preparado en la barra del jardín. Ella ni siquiera parecía haberse percatado de que estaba empapada. Se habría metido en el coche medio desnuda si yo no le hubiera dado la toalla y esperado a su lado mientras se secaba. Si no le hubiera escurrido el pelo antes de que se pusiera el vestido. Me dejó tocarla. Algo era algo. No habló y yo tampoco. Me limité a seguirla.

—A Glenwood —le dijo a Fred, que asintió con la cabeza.

—¿Para qué? —le pregunté, pero ella negó en silencio y la pregunta desapareció en mi garganta.

«¿Para visitar a mi madre?», iba a añadir, porque Glenwood era donde habíamos enterrado a mi madre, diez años antes. Había visitado su tumba unas cuantas veces. Una vez con Ray. Pagaba para que alguien le llevara flores frescas una vez al mes, pero esa era la única sensiblería de la que me sentía capaz.

Me acomodé en el fresco asiento de cuero. Ese coche siempre había sido un alivio, una señal para volver a casa, un respiro del calor. Siempre silencioso y ordenado después de una noche ruidosa en algún club. Ese coche era un consuelo.

Cerré los ojos y esperé a llegar a nuestro destino.

Salimos del coche, Joan la primera, tiritando pese al húmedo ambiente nocturno. Metí de nuevo la mano en el coche y saqué la manta que Fred siempre llevaba para que nos tapáramos las piernas. Joan me dejó que se la echara por los hombros. Cuando empezamos a andar, se arrebujó en ella.

Glenwood era enorme e imponente. El cementerio donde se enterraban a todos los residentes de River Oaks. Donde a mí me enterrarían algún día. Ray ya había comprado dos parcelas. Estaba muy cerca de Buffalo Bayou y el ruido del agua era una constante. Lo recordaba del entierro de mi madre.

Fred llamó a Joan desde el coche.

—Señorita —dijo—. Señorita Fortier.

Joan se volvió, con gesto irritado, pero al ver que Fred le ofrecía una linterna, la irritación se convirtió en gratitud. Fred no me miró a los ojos. «¿Qué estamos haciendo aquí?», quise preguntarle, porque estaba claro que él lo sabía.

Joan atravesó la enorme verja de hierro del cementerio, que jamás había estado cerrada si no me fallaba la memoria, y al principio no la seguí, no quise seguirla. Pensé en Idie y deseé no estar allí. No quería ver la tumba de mi madre, ni recordar su última noche en el mundo. Miré hacia atrás en busca de Fred, pero él ya estaba en el coche y no distinguí su rostro en la oscuridad. Joan desapareció entre las sombras y yo me quedé plantada en el mismo sitio. El cementerio estaba cerrado, por supuesto. Así lo decía una placa situada junto a la entrada: «Los visitantes son bienvenidos desde el amanecer hasta el atardecer». No deberíamos estar allí. El mundo se regía por unas reglas, algunas escritas y otras implícitas, pero daba igual. Joan las desobedecía todas.

Y, entonces, volvió a por mí.

—Ven conmigo —dijo, y no necesitó añadir más.

Mientras andábamos, alumbrando el camino con la luz de la linterna, intenté no pensar en Ray, que estaba en casa. Intenté no pensar en Tommy. Seguro que estaría de vuelta antes de que amaneciera. Insistiría en regresar. Sin embargo, sabía que volvería cuando Joan quisiera llevarme de vuelta. Ni antes ni después.

Dos noches antes había estado con Ciela y JJ en mi jardín, bebiendo daiquiris y convencida de que me había librado de ese hábito que era Joan. Me sentía contenta conmigo misma, contenta con Ray. Y, en ese momento, atravesaba el cementerio más elegante de Houston de madrugada, enfilando los senderos tan bien cuidados que discurrían entre las tumbas.

Caminábamos en dirección a la tumba de mi madre, situada en el extremo sur. No sabía localizarla exactamente, pero supuse que Joan sí. ¿Habría estado visitando el cementerio durante años? ¿Se sentía culpable por lo que había hecho? Si alguien era capaz de lograr que Joan se sintiera culpable por algo, esa era Raynalda Beirne. Era un fantasma capaz de torturar, capaz de exigir su libra de carne.

Yo no era tonta, ni dada a los histerismos, pero estaba asustada. Alcancé a Joan, que andaba muy deprisa.

—Joan —dije—, ¿por qué me has traído aquí?

Negó con la cabeza. Sujetaba la manta con una mano que tenía colocada bajo la barbilla. El anillo de diamantes era el único complemento que insinuaba el lugar que ocupaba en el mundo. Salvo por ese detalle, su aspecto era descuidado, como si estuviera un poco loca. Con la ropa y el pelo mojados, desaliñada y con un propósito que solo ella conocía.

Anduvimos. Mi madre estaba enterrada junto a un niño, cuya tumba contaba con un ángel doliente. El ángel era grande, más grande, imaginaba yo, que el niño al que protegía. Vi que el ángel quedaba a nuestra izquierda.

—Joan —dije y señalé la dirección—, ¿por aquí?

No se molestó en contestarme, se limitó a guiarme mientras se adentraba más y más en el cementerio. El aire olía a pescado, a agua estancada, porque el río fluía muy lento por esa zona. Madre Bayou, lo llamábamos. El agua era de color chocolate. Fluía hasta Galveston y desembocaba en la bahía. Joan fue quien me lo dijo hacía ya muchos años. Lo había leído en algún sitio.

Por fin, Joan aminoró el paso y extendió la mano libre para señalar que debíamos girar. Estábamos en una zona apartada, protegida por arbustos y árboles de ramas bajas. En el suelo de tierra negra, apenas salpicado de hierba, había una placa que brillaba en la oscuridad.

Quería estar en casa con Ray y con Tommy al final del pasillo. Lo deseaba con todas mis fuerzas. Me sentía como una niña que había conseguido lo que quería, aquello que había deseado toda la vida, y que después, cuando lo lograba, quería devolverlo. Casi sentía la presencia de Ray a mi lado, cálida y corpórea durante la noche. Podría alargar un brazo y acariciarle la espalda, el hombro, y él musitaría algo, respondería a mis caricias sin despertarse siquiera. Había elegido la opción incorrecta al acompañar a Joan a ese lugar.

—¿Joan? —dije, y mi voz sonó demasiado alta y desagradable en el sereno silencio—. Llévame de vuelta.

Ella estaba mirando la placa, una placa que yo no quería ver. Me miró, pero no estaba presente. Se había sumido en un trance y se encontraba en algún lugar desconocido.

—Es imposible volver. —Señaló el suelo. La brillante placa colocada en la tierra—. Mírala —me dijo—. Querías saber. Querías ver. —Su voz había adquirido un deje chillón y desagradable—. Ahora podrás ver. Ahora podrás saber.

Alcé la vista hacia el cielo nocturno, pero no se veía ni una sola estrella. Después, miré la tierra y supe que estaba perdiendo algo.

David Furlow Fortier
19 agosto 1950
10 mayo 1957

—Un niño —dije mientras miraba las fechas. Y, después, me quedé helada al descubrir la verdad. Claro que eso no era cierto: la verdad acechaba en mi mente desde hacía años.

—Mi hijo —replicó Joan—. Mío.

27

1957

Conocía a Joan mejor que cualquier otra persona (sigo creyéndolo incluso después de tantos años), pero, a la postre, Joan era un secreto, un enigma, un mito. No quería que nadie la conociera.

Aquella noche me lo contó todo. No sé el motivo. Tal vez los planetas se alinearon. Desde luego, no necesitaba contármelo. Se había acostumbrado a mentir. Era nuestra chica de moda más famosa, nuestra amiga más guapa, nuestra estrella rutilante. Era una Fortier. Creo que me quería.

Joan no estaba triste. No era una figura trágica. Era una mujer con un hijo muerto, una situación que no suscitaba intriga ni glamour. Una situación que, en nuestro círculo social, habría hecho que fuera intocable.

Aquella noche que tuvo lugar seis años atrás, cuando Joan se zambulló en la piscina del Shamrock, de puntillas en el borde del trampolín, suspendida en el tiempo y en el espacio, con mi vestido negro ceñido a su cuerpo como un abrigo de pintura húmeda... Aquella noche no sabías qué iba a suceder. Pero, ay, querías acompañarla en el viaje. Querías estar en el trampolín, querías sentir el aire que soplaba allí arriba. Querías mirar hacia abajo y ver a la gente, observando. Querías no ser parte de la multitud. Querías ser Joan.

No sabías si se zambulliría o si moriría en el intento. Daba igual. Lo único importante era aquel instante: Joan, preparada para saltar. Ese era el mayor don de Joan Fortier. Conseguía que un instante pareciera interminable. Hacía que tú también te sintieras interminable. Nunca pasaría el tiempo por ti mientras Joan estuviera cerca. Nunca envejecerías, ni experimentarías tristeza ni te despertarías con la certeza de que un ser querido ya no estaba sobre la faz de la Tierra.

Una tragedia habría arruinado a Joan. De modo que se guardó el secreto, durante siete años.

Sin embargo, Joan me lo contó. Esa noche en concreto me permitió ser su amiga. También fui algo más. Fui su testigo.

—Me marché porque estaba embarazada —comenzó. Al principio, no se lo contó a nadie.

—¿Ni siquiera al padre del bebé?

—A él menos que a nadie —respondió. Se encogió de hombros—. Era un chico. Podría haber sido cualquiera.

Clavó la mirada en la tumba de su hijo. Esperé. Eso era lo que Joan necesitaba de mí: paciencia. Nunca había creído en fantasmas, pero sentí la presencia de mi madre, en algún lugar cercano, y a esas horas, me complació su cercanía. Pensar en ella me reportó consuelo.

Joan permaneció en silencio mucho tiempo.

—Dejé que mi madre se saliera con la suya, como siempre había hecho —dijo—. Pensé que me acostumbraría. Que me acostumbraría a tener un hijo y a fingir que no lo tenía. A guardar el secreto. Pero no fue así. El secreto se convirtió en parte de mí, hasta que dejé de saber qué era mentira y qué no. Qué mentiras eran importantes y cuáles no.

—Todas eran importantes —susurré.

—Ya lo sé —repuso con sequedad, y se echó a llorar. A sollozar. Me acerqué a ella. Me guiaba el instinto, tenía que aliviar el dolor de Joan.

Al principio, se quedó tensa entre mis brazos, pero después se relajó y comprendí, mientras la abrazaba, que Joan Fortier era una desconocida a la que quería.

—Mírame, Joan —le dije. Se negó a hacerlo—. Por favor.

Muy despacio, alzó la cabeza.

—Me siento avergonzada —susurró con la voz quebrada por el dolor. Aunque estaba junto a ella, apenas pude descifrar sus palabras.

—Cuéntame el motivo —dije—. Cuéntame tu historia.

Era lo único que había querido siempre, oír la historia de Joan. Que Joan me contase la verdad.

Y así lo hizo.

Cuando Joan descubrió que estaba embarazada, su vida se partió por la mitad: allí estaba su antigua vida, que seguía precisando de su participación. Era marzo y nos graduaríamos en pocos meses. Lamar estaba impregnado de un sentimiento victorioso: los chicos decidían a qué universidad acudirían; las chicas estábamos ocupadas organizando el baile de graduación; y las madres estaban reservando salas en restaurantes para almuerzos de graduación. Era un final, pero éramos lo bastante jóvenes para sentir que los finales eran comienzos.

Yo sentía otra cosa. Sabía que una vez que me graduase, ya no tendría acceso a Evergreen de la misma manera. La seguridad del instituto, la rutina: los mismos pasillos, los mismos profesores, los mismos chicos. Eso también desaparecería. Fred, que nos dejaba por las mañanas para recogernos por las tardes. Todo eso desaparecería. Sería un nuevo mundo. Pero Joan estaría a mi lado. La vería todas las mañanas al despertar, todas las noches al acostarme.

Joan participaba en su antigua vida. Pero su vida real, o eso creía, se encontraba muy lejos de los pasillos del Instituto Lamar. La ropa le seguía quedando bien. Creyó que se le quedaría pequeña enseguida, de modo que era un alivio cada vez que se ponía el uniforme de animadora, cada vez que se abotonaba una blusa sin que le apretara los pechos. No se había relacionado con una embarazada en la vida. Sabía, de forma vaga, que el embarazo de Mary fue difícil, pero no sabía en qué sentido. No sabía qué esperar de su cuerpo, que empezaba a cambiar.

La repentina intensidad de los vómitos la sorprendió. Se quedó en casa un día, me mandó al instituto con Fred y me dijo que había pillado un virus. Se suponía que Mary tenía que asistir a una reunión de la Liga Infantil. Volvió a casa antes de tiempo. Habría sucedido tarde o temprano, Mary acabaría descubriendo que Joan estaba embarazada. Solo era cuestión de tiempo.

—Mi madre —dijo Joan— lo sabía todo.

Joan se sorprendió de la bondad de su madre. Había esperado que se enfureciera. En cambio, Mary había ideado un plan a toda prisa, y Joan se sintió agradecida. No sentía nada por el bebé. En aquel momento, era una ausencia: de su ciclo menstrual, de su bienestar. El bebé todavía no era tal para Joan. Eso llegaría más tarde.

Joan quería una sola cosa de Mary: la promesa de que Furlow nunca se enteraría. Era 1950. Furlow había nacido en 1875. Había permitido que un hombre se acostara con ella y dicho hombre no se había casado con ella después de que supiera que esperaba un hijo. Eso destrozaría a Furlow. Su Joan siempre había estado en un pedestal, por encima del resto del mundo.

No se enteraría de nada, le aseguró Mary, y Joan la creyó. Tener un hijo sin estar casada, en aquel entonces... A Joan no le habría quedado nada. No se plantearon la idea de que Joan se casase con el padre. Dos chicos eran los posibles padres, pero era imposible saber cuál de los dos; además, la idea de casarse con cualquiera de ellos, de atarse a él de por vida, de suplicarle... la asqueaba. Mary parecía comprender que el matrimonio no era una opción. Mary parecía comprenderlo todo.

—Decidimos que me iría cuando todo el mundo estuviera ocupado. Y cuando tú no estuvieras en la ciudad. —Nos habíamos sentado en el duro suelo—. Ese era otro motivo: tú estarías en Oklahoma. —Llegó la Pascua y Joan desapareció.

Recuerdo volver de Oklahoma; recuerdo que Mary me recogió y que Fred conducía el coche. Todo fue una farsa.

—¿Dorie lo sabía? —pregunté.

—Si tú no lo sabías —respondió ella—, nadie lo sabía.

Y, sentada allí, en el cementerio a oscuras, me sentí orgullosa. Me sentí orgullosa de ser la única persona, de tantas, a la que Mary y Joan deseaban engañar por encima de las demás.

Joan se mudó a Plano, a las afueras de Dallas, y vivió en un hogar para madres solteras. La casa era de estilo victoriano, destartalada. Los viejos suelos de madera de pino estaban desnivelados, las ventanas eran estrechas y altas. La habitación de Joan daba al jardín delantero, protegido por la sombra de los robles. La vista le recordaba a Evergreen. Pensaba en Furlow cada vez que pensaba en Evergreen.

—Echaba de menos Evergreen —dijo—. No creí que lo hiciera. Me alegré de marcharme. Empezaba a odiarlo. Pero cuando me fui, me di cuenta de que era mi hogar. El lugar al que fui, en Plano... no estaba tan mal. Había otras chicas, como yo. Jugábamos a las cartas. Comíamos juntas. Nos pusimos cada vez más gordas. Nos poníamos ropa ancha, sin forma. Harapos. Lo habrías odiado.

Esbozó una sonrisa tímida, algo totalmente inusual en Joan.

—Agradecí su compañía. De no ser por las otras chicas, me habría vuelto loca.

Sin embargo, Joan leía casi todo el tiempo. Había un montón de viejas revistas: *Harper's Bazaar*, *Life*, *Modern Screen*, *National Greographic*. Las leyó todas y cada una de ellas, de cabo a rabo. Leyó sobre el lugar en el que se suponía que estaba. También leyó sobre otros lugares. Cuando terminó con esas revistas, le pidió a Mary, que llamaba una vez a la semana, que le mandara más. Mary le envió los números más recientes y Joan desapareció en su habitación.

—Nunca quise fingir ser otra persona —dijo. Apoyó la barbilla en las rodillas dobladas, como una niña—. Y en aquel momento fingía a todas horas.

—¿Quién fingías ser? —pregunté.

—El quién daba igual —contestó—. Era el dónde lo que importaba. Fui a Hollywood, sí, pero también a otros lugares: a Londres, a El Cairo. Los lugares que veía en las fotografías. —Se echó a reír—. ¿Te lo imaginas?

Me lo imaginaba, esa era la verdad. Lo veía muy claramente: sin bebé, Joan se habría acabado marchando a uno de esos lugares, no a El Cairo, pero sí a Nueva York, a Los Ángeles o tal vez a Boston o a Miami. Se habría casado con un hombre rico, porque Joan no estaba hecha para vivir sin dinero, un empresario o tal vez un escritor de éxito. Alguien que no la hubiera aburrido, alguien que pudiera darle un trocito del mundo. Alguien que la llevara a Tailandia para visitar sus fábricas textiles. Que la llevara a París, a una colonia de artistas. Alguien que la alejara de mí y de la vida que me había construido con tanto cuidado. Me encantaban los detalles de mi vida, casi todos. El hecho de que Maria llegase siempre a las ocho en punto de la mañana. El hecho de que Tommy asistiría a la escuela elemental de River Oaks, tal como Joan y yo habíamos hecho. El hecho de que todas servíamos los mismos sándwiches de pimiento, preparados con la misma receta, durante los almuerzos. El hecho de que nuestros maridos salieran a los patios para fumar mientras las mujeres recogíamos la mesa. Al final, los detalles no tenían que ver con la belleza o el estatus social. Al menos, nunca había sido así en mi caso. Tenían que ver con sentirse a gusto con el mundo. Y Joan detestaba esos detalles. Creía que mi existencia era tediosa a más no poder. Lo que no alcanzaba a ver era que esos detalles eran la misma vida. Así era como se quería a alguien: todos los días, sin falta, una y otra vez.

Joan esperaba que replicase, pero fui incapaz de hablar. Tenía la sensación de que estaba viendo a Joan, y a mí también, con claridad por primera vez desde que éramos pequeñas.

—Tal vez no puedas imaginártelo. Pero tenía un plan, Cece —continuó Joan—. Por primera vez en la vida, tenía un plan. Mi madre creía que iba a volver a Houston. Pero no pensaba volver. Aquí no quedaba nada para mí. Iba a marcharme a un lugar donde nadie me conociera. Donde nadie conociera a los Fortier.

Creía que Joan necesitaba Houston, que necesitaba que la venerasen, que la conociesen, que la adorasen. Imaginarla en Hollywood, en busca de la adoración de desconocidos, no había supuesto esfuerzo alguno. Pero Joan no necesitaba que la adorasen. Éramos nosotros los que necesitábamos adorarla.

—Querías ir allí donde estaban las ideas —dije al recordar lo que me contó tanto tiempo atrás, cuando estábamos en los escalones de entrada a Lamar.

—Sí —convino Joan—. ¡Sí! Allí era adonde quería ir. Pero nunca conseguí llegar, ¿verdad? —No era una pregunta que tuviera que contestar—. En cambio, tuve un bebé. Menudo topicazo: una soltera que se queda embarazada y arruina su vida. Pero no iba a permitir que ese bebé me arruinase la vida. Nació un bebé antes del mío. La chica, que se llamaba Katherine y era de San Luis, estuvo de parto mucho tiempo antes de ir al hospital. Y después no volvimos a saber de ella. Esa era la promesa de aquel lugar: tenías el bebé y luego te marchabas. Al menos, parecía una promesa.

La siguiente vez que Houston viera a Joan, aquel periodo de su vida (esa somnolienta y tediosa rutina en la que se encontraba) solo sería un recuerdo. Sería menos que eso, porque su nueva vida sería tan distinta que le resultaría imposible recordar su antigua vida. No recordaría mirar fijamente una fotografía de Ava Gardner durante tanto tiempo y con tanta intensidad que soñó con su cara. No recordaría pedirle a su madre un diccionario de francés por teléfono, ni la respuesta de su madre, una sonora carcajada, que fue peor que una negativa. No recordaría la forma en la que la chica de San Luis le había cogido la mano una mañana para llevársela a la barriga, el innegable movimiento que sintió bajo la palma ni la sonrisa culpable de la chica. No recordaría la sensación de su propio hijo dentro de ella.

—Me despertaba en plena noche y se estaba moviendo, siempre, como si intentase dar saltos mortales dentro de la barriga. Hacía que me sintiera menos sola. —Meneó la cabeza—. ¿No es ridículo? Ni siquiera era un bebé en aquel entonces. Era medio bebé. Y me consolaba. Intenté no sentir ese consuelo. Sabía que daría a luz con un trapo tapándome los ojos. Ni siquiera sabría si era niño o niña. Se lo llevarían, se lo entregarían a sus nuevos padres, enseguida.

Pasó cuatro meses en el hogar para madres solteras. Se puso de parto un mes antes de tiempo, en agosto. Cuando se despertó, estaba en un hospital de Dallas. Antes de abrir los ojos, oyó una voz femenina decir que era una pena, uno de los misterios de Dios.

—La enfermera dijo que el niño no estaba bien. Así me enteré de su sexo. Y luego me llevaron a verlo. Lo exigí. —Me miró—. Nunca había querido nada en toda la vida, hasta aquel momento. Solo quería a mi bebé.

La enfermera la llevó al nido. El bebé de Joan estaba solo, y Joan comprendió, sin necesidad de que nadie se lo dijera, que allí llevaban a los niños enfermos. Tenía los ojitos cerrados. Lo sintió muy tenso contra las manos. Tenía el pelo oscuro. Joan se sorprendió por la cantidad de pelo. Tenía las mejillas manchadas con puntitos rojos.

El bebé abrió los ojos, y eran de un color que Joan nunca había visto: azules, casi negros. Joan metió la mano en la cuna de cristal y le tocó la ceja oscura, como una mancha en la cara. Sintió que lo quería todavía más porque no estaba bien. Tenía que protegerlo.

—Hubo algún problema con su respiración durante el parto. Oxígeno. Le faltó oxígeno. —Hablaba con frases cortas, bruscas—. Tenía una sonda. —Se tocó la nariz, por donde, comprendí, habían metido el tubo en el cuerpo de su hijo—. Sufría ataques. Temblaba de forma atroz. Nunca sería lo que había imaginado que sería. ¿Y qué imaginamos que sería? —Se encogió de hombros—. Imaginamos que sería perfecto. Al menos, eso fue lo que yo imaginé durante todas las horas que pasé en el hogar. Imaginé que tendría un hijo perfecto que iría a manos de unos padres perfectos, y yo podría marcharme, a una costa o a la otra, o tal vez a Europa, y no tendría que pensar en él porque su vida sería perfecta. —Emitió un sonido extraño, a caballo entre una carcajada y un sollozo.

Salvo por la sonda, el bebé parecía como cualquier otro. Nadie usó el nombre de Joan en el hospital; pasado un tiempo, quedó claro que los médicos y las enfermeras no lo conocían. Parecía estar todo arreglado. Joan no estaba allí en realidad. No era una madre soltera. Desde luego, no era la madre del niño enfermo. No era nadie.

Joan pensó en California, en que el bebé sentiría la calidez del sol en sus mejillas. Antes de darse cuenta, sus planes incluían al diminuto niño.

Mary apareció a las dos semanas de estar Joan en el hospital. Joan se despertó y se la encontró de pie junto a la cuna. Había llevado al niño desde el nido, para que Mary lo viera. Joan sintió tal pánico que creyó que iba a vomitar.

—Me dijo que era muy guapo. Al principio, creía que me dejaría quedármelo. Pero me equivoqué. Me dijo que tendría que ir a un hogar. «El mejor que el dinero pudiera pagar.» Le dije que no. —Soltó una carcajada. No estaba acostumbrada a que yo le dijera que no. A que le dijeran que no. Regresó a Evergreen. Supe que no había ganado la guerra, solo esa batalla.

Mary instaló a Joan en un apartamento amueblado en un antiguo barrio de Dallas, cerca del hospital. El vecindario era bonito, elegante. Las casas, incluido el pequeño apartamento de Joan, eran de ladrillos rojos con pulcros jardines.

Cuando sonó el timbre de la puerta la primera mañana, Joan abrió y se encontró a Dorie, con una maleta en la mano. Mary la había enviado.

David necesitaba cuidados las veinticuatro horas del día. Se sentía siempre incómodo. Cuando lo acunaban, arqueaba la espalda y lloraba. Pero cuando lo dejaban en la cuna, parecía quedarse desolado. Y también lloraba.

No había superficie, ni el mullido colchón de su cuna ni los brazos de su madre, en la que pudiera sentirse cómodo. Tenía el lado izquierdo del cuerpo tan rígido que parecía de madera.

—Una noche, lo metí en la bañera conmigo porque no sabía qué otra cosa hacer. Dejó de llorar, al punto. Me sentí más feliz de lo que me había sentido en la vida. Pasé horas con él, allí, en la bañera. Le encantaba el agua.

—Como a su madre —dije.

Joan y Dorie se turnaban cuidando a David. Joan se daba cuenta de que Dorie quería al niño. Era imposible no querer a ese niñito indefenso y rígido, que tenía las facciones de su padre. Había puesto «Furlow» como segundo nombre en su certificado de nacimiento. Sabía que a Mary no le haría gracia, pero lo hizo de todas formas.

Joan se había pasado el embarazo imaginando que llevaría otra vida. En aquel momento, parecía imposible. Nunca iría a Hollywood, a París o a Estambul. Pero, tal vez, la vida que se había imaginado siempre había sido algo inalcanzable, imposible, y David solo la había ayudado a comprenderlo.

—Fueron los meses más felices de mi vida, y también los más tristes. Vivía y respiraba en función de sus necesidades. ¿Mis necesidades? Desaparecieron. Cuando estábamos los dos solos, David y yo, de noche, parecía soportable. Cuando estaba tranquilo, cuando no padecía dolor, parecía soportable. Después de que Dorie lo tuviera en brazos, olía a su loción, la misma que usaba cuando nosotras éramos niñas. —Joan sonrió—. Justo antes de que me marchara, ya era capaz de levantar una manita y tocarme la mejilla cuando lo acunaba entre mis brazos. Otras veces, lloraba y parecía que no pararía nunca. Sufría un dolor constante y yo no podía hacer nada para remediarlo. No podíamos pasar cada minuto del día en la bañera. Solo podía esperar a que se quedase dormido, agotado de tanto llorar. A veces lo hacía, y otras veces lloraba durante horas, y en aquellos momentos mi plan parecía inconcebible.

—¿Cuál era tu plan? —pregunté. Algo se escurrió tras los arbustos y Joan se sobresaltó—. Solo es una ardilla —dije—. No hay nadie más aquí.

Estaba exhausta, agotada. Contar su historia le estaba costando algo, al igual que me estaba costando a mí oírla.

—Mi plan era llevarme a David y a Dorie, si podía venir, a otro lugar. Criar a David yo sola. ¿Te estás preguntando cómo era posible que me creyera capaz de ser la madre de David? —Hizo la pregunta con un deje agresivo.

—No —contesté—. Eras su madre.

Meneó la cabeza.

—Se merecía algo mejor. Me engañé al creer que podía criarlo. Mi madre nos dejó tranquilos tres meses. Tenía que fingir que estaba en Hollywood. No podía contarle nada a mi padre. Fue una bendición. Eso quería decir que no podía escaparse para vernos. Llamaba, pero como la llamada pasaba por una centralita, tenía que tener cuidado con lo que decía. Escribía cartas, pero me negué a leerlas. Y un día volvió, cuando David tenía trece semanas. Le dije que no la necesitaba. Le dije que me llevaría a David y viviría sola, lejos de ella. De Houston. Le dije que se fuera, que no volviera nunca.

Pensé en aquel larguísimo año. Mary había mentido, me había mentido a mí, a su marido y a todos los demás acerca del paradero de Joan. Al echar la vista atrás, parecía imposible que todos la creyéramos. Parecía imposible que nadie hubiera averiguado la verdad, que nadie hubiera visto a Joan en Plano o en Dallas, que nadie hubiera sumado dos y dos. Pero así fue.

—En aquel momento, fue cuando mi madre me dijo que me iban a cerrar el grifo. Al principio, no me lo creí. Mi padre nunca me dejaría sin dinero. Pero mi madre le dijo que era la única manera de que yo volviese de Hollywood. Mi madre es muy lista. Podría tener todo el dinero del mundo siempre y cuando hiciera su voluntad.

Joan no daba crédito. Yo no daba crédito al escucharla. Furlow Fortier era uno de los hombres más ricos de Tejas. Tenían tanto dinero que Joan nunca tenía que pensar en él, algo que, según comprendió más tarde, era el verdadero indicativo de la riqueza.

Aquel día, Mary lucía su uniforme habitual: una falda estrecha y una camisa almidonada. El trayecto en coche desde Houston no le había arrugado la ropa. Nada arrugaba a su madre, se dio cuenta Joan. Nada interfería con sus planes.

—A veces, era incapaz de obligarme a creer que a David le pasaba algo. Parecía una tontería. Claro que muchos de los detalles de cuidarlo eran normales. Ya sabes a lo que me refiero, porque tienes a Tommy.

Me miró con expresión desesperada. Intenté no echarme a llorar.

—David ensuciaba el pañal. Se tranquilizaba con mis caricias. Quería decirle todo eso a mi madre, pero no me dio la oportunidad. Repitió lo que los médicos habían dicho. David nunca hablaría, nunca andaría ni gatearía. Nunca desarrollaría su inteligencia. Seguramente moriría antes de cumplir su primer año. Sentí que me arrancaban la piel del cuerpo mientras la escuchaba. Pensé en todas las cosas que compraba todas las semanas. Pensé en Dorie. Necesitaba recibir su salario. La comida. Los médicos. Necesitaba dinero para todo eso. Vi que había dos mundos: uno para los que tenían dinero y otro para los que no lo tenían. —Soltó una carcajada—. Siempre había dado por sentado que pertenecía al primero. Pero no lo hacía, no de verdad. No como tú.

—Habría cambiado todo el dinero del mundo sin pensar por una madre que me quisiera. Por unos padres que permanecieran a mi lado.

Joan asintió con la cabeza.

—Sé que lo habrías hecho. Y eso es lo que nos diferencia, Cee. —Arrancó una brizna de hierba del suelo y la hizo girar entre sus dedos—. Mi madre iba a volver al día siguiente para llevarse a David. Antes de irse, me abrazó. Me dijo que confiara en ella. Iba a volver a Houston con ella. Tendría una bienvenida espectacular. —Sonrió—. Durante un par de minutos, pensé en oponerme. Me lo llevaría, con dinero o sin él. Me ganaría la vida para los dos. Sería una persona distinta, una persona mejor, tal vez podría haberlo sido. Me fui aquella noche. Le quité trescientos dólares a mi madre del bolso y me llevé una maleta llena de ropa. Dorie estaba con David. La oí cantándole al pasar por delante de la puerta del dormitorio. —Hizo una pausa—. Marcharme fue fácil. Lo más fácil que he hecho en la vida.

—No te creo —repliqué en voz baja.

—Es verdad. Después, fue espantoso. Pero cuando salí de aquel diminuto apartamento, me sentí... ¿Cómo explicarlo? —Me miró con expresión implorante—. Sentí que estaba mudando de piel. Cada día me parecía más duro, Cece. Y las cosas serían más duras con el paso del tiempo. David crecería. Me conocía cada grieta del techo del apartamento, cada tablón suelto, cada muesca en la pared. Nunca había vivido en un sitio tan pequeño. Mi madre lo dejó clarísimo: no estaba hecha para criar a un niño como David. No estaba hecha para criar a ningún niño. Y tenía razón. De modo que me marché. Debería haberme ido con David. Debería haberle plantado cara. No lo hice. Marcharme fue un alivio.

—A lo mejor te fuiste para no tener que despedirte de él.

—No. —Habló con voz firme—. Ese no es el motivo. Sé que no eres capaz de imaginártelo: dejar a tu propio hijo. Alegrarte de dejarlo. Otra diferencia entre nosotras. Algunas mujeres están hechas para ser madres. Yo me alegré de dejarlo, Cece.

—Pero ¿querías criarlo? —pregunté, desconcertada.

—¡Sí! —exclamó—. Sí. Quería las dos cosas. Quería criarlo y dejarlo a la vez. Me fui. Como he dicho, no estaba hecha para ser madre.

Pensé en mi madre.

—¿Para qué estabas hecha?

Joan meneó la cabeza.

—No lo sé.

En la estación de autobuses, Joan compró un billete para Amarillo. Parecía tan buen lugar como cualquier otro.

David parecía estar muy lejos. Le dolían los pechos, tal como le dolían cuando David lloraba, aunque Joan nunca lo había amamantado. Pero, después, el dolor desapareció y Joan durmió. Y siguió durmiendo.

Cuando se despertó, estaba en Amarillo. Se apeó del autobús y decidió que la ciudad era demasiado grande. Mary podría buscarla en aquel lugar. De modo que compró otro billete hacia una ciudad cercana más pequeña: Hereford. Allí nadie la buscaría, estaba segura.

—Todo el mundo creía que estaba en Hollywood. En cambio, me encontraba en el lugar menos elegante del mundo. Todo estaba pintado de verde. Al principio, no entendí el motivo. Pero luego lo descubrí: es el color del dinero.

Hereford estaba rodeado de explotaciones ganaderas de engorde. Las olió antes de verlas siquiera. «Capital vacuna del mundo», rezaba un cartel con forma de vaca. Había miles de vacas, hasta donde se perdía la vista. No, a Mary no se le ocurriría buscarla allí.

Joan agradeció la enorme extensión de Tejas. Su inmenso tamaño. Pegó la frente al cristal e intentó ver más allá de las vacas, más allá de las explotaciones ganaderas. Intentó imaginarse creando otra vida.

—Estuve un buen rato en la estación de autobuses. Y allí fue cuando me decidí.

—¿Qué decidiste?

—Que no confiaría en nadie. De la estación de autobuses fui a un restaurante. Bebí café. Cuando me marchaba, vi el cartel de que buscaban personal y le pregunté a la camarera si podía hablar con el jefe. Se rio en mi cara. Me tocó la manga del abrigo que llevaba y me dijo que podría mancharme. ¿Te acuerdas del abrigo blanco? Me lo puse ese año, antes de irme.

—De cachemira, con botones de nácar.

—Y cuello de pelo auténtico. Seguramente valía más que lo que ganaba la camarera en un año. O en cinco.

Nunca había experimentado semejante desdén. Joan no era nadie, nunca lo había sido, nunca lo sería. En Houston, el dinero de su padre la convertía en alguien. Pero había desaparecido, y Joan sintió que su posición en el mundo cambiaba de forma radical.

Mary ya se habría enterado de que se había marchado. David iría de camino a un hogar. Ella no valía nada. Valía menos que nada.

—Resultó muy sencillo alquilar una habitación. Me metí en la cama y dormí, dormí durante horas. Ni siquiera me quité la ropa. Solo me desperté para beber agua del grifo del cuarto de baño. Y, después, me desperté porque alguien llamaba a la puerta. La abrí. Creía que sería mi madre, creía que me había encontrado. Pero era un hombre alto.

Había cuatro habitaciones en la pensión, y Sid vivía en una de ellas. Las otras dos estaban ocupadas por granjeros, por hombres que trabajaban de sol a sol y agachaban la cabeza durante el almuerzo.

Era evidente que Sid no era un granjero. Joan no estaba segura de qué era. Le dijo que estaba en la ciudad para ver ganado. No era rico, eso estaba claro porque, de lo contrario, no viviría en la misma pensión que ella, pero parecía la clase de hombre destinada a tener dinero. Joan había conocido a hombres así a lo largo de toda su vida, hombres dedicados, hombres poderosos incluso antes de que el mundo les otorgara poder. Fue fácil reconocer a Sid como uno de dichos hombres.

Aquella primera semana establecieron una rutina: Joan dormía hasta la hora del almuerzo. Comían unos sándwiches juntos. La señora Bader, la dueña de la pensión, dejaba fiambre, pan y pepinillos. Un plato de galletas de avena como postre. A veces, se comían los sándwiches fuera, sentados en el jardín delantero. La casa de la señora Bader era otra destartalada construcción de estilo victoriano, como lo había sido el hogar para madres solteras, y durante el resto de su vida, Joan detestó ver una mansión de estilo victoriano. No le parecían bonitas ni elegantes.

—Había pagado dos semanas. Y cuando fui a pagar la siguiente, la señora Bader me dejó una nota en la que me decía que Sid se había ocupado de la cuenta.

No quería que fuera sencillo: la vida era sencilla con dinero. La vida era sencilla cuando alguien te cuidaba. Y, sin embargo, comprendía que era así de sencillo. Si quería abandonar Houston para siempre, podría llevar la vida de la camarera, dejarse las manos, no avanzar en la vida, no alcanzar un mínimo de comodidad. O podía dejar que hombres como Sidney Stark cuidaran de ella.

Joan no deseaba nada. Había dejado de desear cosas cuando David nació y comprendió que no estaba bien. Cualquier otra muchacha en su situación habría rezado, habría deseado que su discapacidad desapareciera. Pero

Joan ya no era capaz de albergar semejante esperanza. Nunca volvería a hacerlo.

De modo que dejó que Sid Stark cuidara de ella. Nunca buscó trabajo, nunca experimentó los sinsabores de una mujer trabajadora. Nunca conoció el placer de ganarse el sueldo. De ser independiente. Ninguna de nosotras lo hizo, por supuesto. Joan no era distinta en ese sentido. Pero estuvo a punto. Y lo había deseado con desesperación. Al escucharla, me pregunté si, de no aparecer Sid Stark, habría llevado una vida totalmente distinta. Tal vez habría luchado con más ahínco. Tal vez habría encontrado una manera.

Sin embargo, Joan no era de la misma opinión. Ella sabía que, de no haber ido Sid aquella noche a su habitación, habría desaparecido sin más. No habría comido, no habría salido de su habitación, no habría mantenido contacto alguno con el mundo más allá de la pensión. Habría sido muy fácil desaparecer. Quiso hacerlo, en cierto sentido.

Aquella noche, después de que la señora Bader le devolviera el dinero, Joan fue a la habitación de Sid, algo que nunca antes había hecho. Siempre había ido él a buscarla.

—Me acosté con él. Fue la primera vez.

No entendí lo que quería decir.

—¿La primera vez?

—Desde que David nació. Creí que dolería. Esperaba el dolor. Quería que doliese. —Pensé en cómo me había clavado las uñas en las mejillas la noche que me enteré de la marcha de Joan, siete años atrás, en cómo el dolor me pareció apropiado—. Pero no dolió. Fue como si Sid estuviera borrando a David. Me quedé tumbada bajo su cuerpo y pensé en cómo desaparecía mi hijo.

—¿Y has invitado a un hombre así de vuelta en tu vida?

—No fue culpa de Sid. Fue culpa mía. Me comporté como una puta. Pero nunca he sido otra cosa, Cece. Nunca he sido nada más que una chica cuya vida estaba pagada en su totalidad por hombres.

—Menuda tontería —protesté. Tenía las mejillas coloradas—. Tenías dieciocho años. No había más alternativa.

—Tal vez la había o tal vez no. Sea como sea, acepté el dinero de Sid.

Intentó no pensar en David en ningún momento, pero casi no pensaba en otra cosa. La forma en la que intentaba, sin conseguirlo, levantar la cabecita cuando lo tenía apoyado contra su hombro. Los movimientos de su boquita, como si intentase mamar, aunque lo estaban alimentando por una sonda. La forma en la que ella, solo ella, podía tranquilizarlo cuando estaba muy alterado. No quería a Dorie. La quería a ella.

Desesperación. Dijo que era la emoción más pura que había experimentado en aquellos días cuando pensaba en David, llorando en el hogar, sin nadie que lo atendiera. Sin nadie que lo comprendiera.

—Quise irme. Y lo hice. Pero, en Hereford, solo quería estar con David. Si hubiera tenido un niño normal, lo habría entregado y, al pensar en él, me habría imaginado a un niño feliz con una vida feliz.

—También habrías echado de menos a ese niño —dije—. Eras madre.

—No —replicó Joan—. No, no lo creo. Tú eres madre, Cece. Estabas hecha para ser la madre de alguien. Yo no. Pero era incapaz de deshacerme del sentimiento de culpa. No había peleado por mi hijo. Me imaginé a la mujer que lo cuidaría en el hogar. Era fuerte, resistente. Capaz. Todo lo que yo no era. Pero en mi cabeza, no era amable con David porque no era su hijo. No dejaba que flotase en la bañera durante horas para distraerlo del dolor. No lo abrazaba mientras sollozaba, con su cabecita enfebrecida quemándole el brazo. Yo lo habría hecho. Lo hice. Porque era su madre.

—Te guiaba el instinto —dije—. De protegerlo. De tranquilizarlo.

—Sí, cierto. Pero mi instinto también me llevó a abandonarlo. A marcharme. —Me miró de reojo—. Soy buena en eso de irme. Tú lo sabes mejor que nadie. Al principio, David hizo que fuera más de lo que fui antes. Y después me fui. Y me convertí en menos.

Pensé en lo que Idie me había dicho, que dejé de ser una niña cuando mi madre enfermó. Joan dejó de ser una niña cuando David nació.

—Te arrepentiste —dije—. Cometiste un error.

Se desentendió de mis palabras.

—No puedo ni imaginarme cómo se sentía. Todo lo que le era conocido había desaparecido. No sé nada del lugar al que mandé a mi hijo. —Se apartó el pelo de la frente—. No podía vivir con él. Y no podía vivir sin él. Cuando me permitía pensar en lo que había hecho, me quería morir. Y cuando me sentía de esa manera —continuó—, me tomaba una pastilla. O una bebida. La bebida actuaba más deprisa, pero el efecto de la pastilla duraba más tiempo. Era sencillo. Pasaron los días. Los meses. Me mudé a la habitación de Sid. Cumplí los diecinueve años. Esperaba a Sid durante todo el día. Ya no leía, pero daba igual. Podía esperar para siempre. No había futuro allí, ni pasado. Y, después, mi madre me encontró. No sé cómo. Pero vino a verme y yo renuncié a todo.

Mary le contó a Joan su plan. David viviría en Galveston con Dorie. Primero en la casa de la playa, mientras se construía una casa más adecuada, sin escaleras, en un lugar cercano. El marido de Dorie, un hombre fornido, viviría con ellos. Podría mover a David a medida que fuera creciendo, llevarlo de una estancia a otra. Joan podría ver a David cada vez que quisiera. Con dos condiciones: volvería a Houston y viviría como si nada de eso hubiera pasado; y nunca podría hablarle a nadie de su hijo.

—Y después me dijo algo que me llevó a decir que sí. Dorie le había contado que a David le encantaba el agua. Y en Galveston, cómo no, siempre tendría la playa al lado —siguió Joan—. Consiguió que volviera a estar donde ella quería. A esas alturas, habría hecho lo que fuera por David. Habría ido a cualquier parte.

En Hereford estuvo paralizada. A veces se despertaba en plena noche y se preguntaba si estaba muerta; sabía que moriría pronto. Y, luego, apareció Mary y le ofreció otra oportunidad. Joan se dio cuenta, a medida que su madre hablaba, de que haría lo que fuera que esta le pidiese. Si así conseguía ver de nuevo a su hijo. Si así David no vivía en un hogar. Si así podía disfrutar de la playa. Dorie había querido a Joan. Dorie también querría a David. Ya lo hacía.

Tal vez, si Joan hubiera estado en sus cabales habría rechazado el ofrecimiento. Habría exigido dinero y después se habría llevado a David a otro lugar. Pero ¿adónde habría ido con un niño como David? ¿A qué rincón del mundo? Tal vez le habría dicho a Mary que no iba a esconder a David, que no se avergonzaba de él. Pero Joan ni se imaginaba lo que supondría esconder a su hijo, cómo la cambiaría. Fue incapaz de predecir la vergüenza que sentiría.

Joan nunca sabría qué podría haber conseguido de haberse enfrentado a Mary. Siempre se lo preguntaría. Siempre sería consciente de que había tenido una oportunidad en aquella diminuta habitación de Hereford, Tejas.

—Y la desperdicié. Pero ni siquiera sabía lo que quería. Y ya le había fallado a David en una ocasión. Creía que si discutía, si intentaba negociar, mi madre se iría sin más.

—Fue en ese momento cuando volviste.

—Sí.

—Pero seguiste en contacto con Sid.

—Sí —repuso. Se levantó el pelo de la nuca y suspiró cuando la brisa acarició su piel sudorosa. Yo también la sentí—. Cuidó de mí cuando yo no podía hacerlo. Mantuvimos el contacto. Es la única persona, aparte de mi madre, que sabe toda la historia.

«Yo siempre he estado aquí —quise decir—. Siempre he estado esperando, siempre he deseado conocerte.»

—Y luego David murió, el pasado mayo. Mientras dormía. Dorie lo encontró en plena noche, cuando fue a ver cómo estaba. Yo había salido, con las chicas, contigo y con vuestros maridos. No me enteré de que había muerto hasta varias horas después.

En la tumba se podía leer «10 de mayo». Intenté hacer memoria, pero fui incapaz. Habíamos salido, seguramente estuviéramos en el Cork Club. Ray estaba conmigo. Ray, cuya presencia quería decir que yo no tendría que pasar jamás por lo que había pasado Joan. Él lo pasaría conmigo. Por mí. Joan había estado sola.

—Los médicos se equivocaron. Dijeron que no viviría para ver su primer cumpleaños. —Sonrió con orgullo, y pensé en Tommy, y sentí una tristeza inmensa—. No andaba ni hablaba. Pero me reconocía. Me gusta pensar que me quería.

—Por supuesto que te quería.

—Cuando murió, llamé a Sid. Porque él me conoce.

Eso me dolió, pero mis sentimientos eran el menor de los problemas de Joan.

—Joan —dije—, ¿cómo era?

—Ah. —Se llevó una mano a la garganta—. Igualito a mí. Era un niño muy guapo.

Nos quedamos sentadas un rato en el duro suelo. Sentía una inexplicable mezcla de temor y de emoción. Joan me lo había contado, por fin había confiado en mí. Pero su historia... Durante un brevísimo instante, deseé que no me hubiera contado nada.

—¿Me culpas?

—¿De qué? —pregunté, aunque sabía muy bien a qué se refería.

—De dejar a David.

—No —contesté, y era verdad, no la culpaba. Le cogí la mano. Joan se la miró antes de mirarme a los ojos. Tuve la sensación de que era la primera vez que me miraba en años—. Te compadezco.

Joan sonrió, una sonrisa triste.

—No lo hagas —dijo.

Pero era imposible. Siempre lo haría.

—Tu madre te dejó enterrarlo... —Señalé la tumba—. ¿Te dejó enterrarlo aquí?

—Mi única victoria. Le dije que si se negaba a hacerlo, me iría y no volvería jamás. Lo permitió. Seguramente creyó que nadie se daría cuenta. ¿Qué más da una tumba en un cementerio lleno de ellas? Yo también estaré enterrada aquí algún día. —Tocó la tierra—. Aquí. Con él.

El cielo empezaba a cambiar de color, del negro al gris. Tendríamos que irnos pronto, antes de que Ray se percatara de mi ausencia.

Quería preguntarle a Joan cómo lo había soportado, cuando yo tuve a mi hijo. También un niño, un niño que debía parecerle, aunque no hablaba, perfecto. Nos visitó en el hospital y lo acunó. Debió de costarle muchísimo. Quería preguntarle cómo lo había soportado durante todos esos años, cómo había guardado semejante secreto, cómo se había negado el amor de su hijo, día tras día.

—Creo que nunca he llegado a conocerte —dije de repente.

—Me conocías —repuso ella, y yo esperé, y me di cuenta de que estaba debatiendo cómo terminar la frase—. Mejor que nadie —acabó.

Tal vez fuera cierto que la había conocido mejor que nadie. Desde luego, era muy insistente. Desde luego, era terca. Conocía a Joan tan bien como ella quería que la conociera.

Joan se puso en pie. Tenía las manos manchadas de tierra. Ansiaba con desesperación tomarle las manos y limpiárselas. No lo hice.

—Voy a irme —anunció—. Tengo que hacerlo.

—¿Adónde te vas? —La noticia no me sorprendió. Joan se marcharía. Iría a algún lugar donde nadie la conociera. A algún lugar frío. Bullicioso.

—Te lo diré mañana por la noche —dijo—. Vayamos al Cork Club. Por los viejos tiempos.

Fred detuvo el coche tres casas antes de la mía, delante de la de los Dempsey.

—Ray —le dije a Joan a modo de explicación, ya que me miraba con las cejas enarcadas. Me avergonzaba decirle que a Ray no le gustaría vernos juntas.

Sin embargo, a Joan le daba igual Ray. En ese momento, me di cuenta de lo que David le había quitado: la capacidad de preocuparse por otra persona. No lo había hecho desde que nació. Pero en ese instante, una vez que había muerto, la vida que había imaginado, su estancia en el hogar para madres solteras: ¿era suya?

Se le había secado el pelo por completo y le caía a ambos lados de la cara con delicadas ondas. Seguía teniendo la manta de cuadros sobre los hombros y estaba medio recostada en el asiento, agotada, con los ojos enrojecidos e hinchados.

—Te veré mañana —le dije, y me pareció algo muy raro: como si nos fuéramos de una fiesta o de un club.

—A medianoche —repuso Joan. Estaré allí.

Me colé en la casa sin hacer ruido tal como esperaba. Eran las cinco de la mañana. Faltaban dos horas para que Tommy se despertase. Y una hora para que lo hiciera Ray. Los dos dormían: Ray tumbado de espaldas, tal como lo había dejado, y Tommy con la cabecita contra un rincón de la cuna y con un pico de la mantita en la boca.

Me quedé en su habitación un buen rato sin tocarlo. No le aparté el pelo de la frente que, sabía, estaba húmeda y caliente, como siempre estaba por las noches. Dormía como un tronco, tal como hacía desde que era un bebé. Intenté imaginarme una vida en la que Tommy no estuviera —en la que hubiera sido criado por otra persona, cerca, pero no estuviera conmigo— y fui incapaz. Parecía un castigo divino: tener a tu hijo tan cerca y tan lejos a la vez. Un niño que era un espantoso secreto. Intenté imaginarme la vida de Joan, todos esos años sin su hijo, y fui incapaz.

Cuando Tommy nació, rechacé el ofrecimiento de Ray de contratar una niñera. Su madre se había mantenido alejada, tal vez porque se daba cuenta de que yo no quería su ayuda. No quería la ayuda de nadie. Ese niño era mío. Durante aquellos primeros días, la vida fue un torbellino de olores y de sonidos: su llanto, que parecía más una balada triste que un lloro; el leve olor a podrido de sus pañales sucios; los suaves murmullos que emitía al dormir; el olor dulzón que brotaba de su boquita roja. Pero lo que más recuerdo era su cálido peso mientras descansaba durante horas sobre mí, con su cuerpecito moviéndose al compás de mi respiración. Tommy hizo que me sintiera necesitada por primera vez en la vida. No podría sobrevivir sin mí. Después, Ray volvía a casa del trabajo y le besaba la manita —decía que no quería besarlo en la frente por si le contagiaba algo— y me daba cuenta de que estaba orgulloso de mí por querer a su hijo. Querer a Tommy fue lo más natural del mundo.

Querer a David también habría sido un acto instintivo para Joan. Pero Tommy era un ancla. David había sido una trampa.

Me había pasado mucho tiempo, años y años, intentando averiguar la forma de entrar en el cerebro de Joan. Intentando ver el mundo tal como lo veía ella. Intentando comprenderlo tal como lo comprendía ella.

Al día siguiente llevé a Tommy al parque y fui al Jamail's para comprar algunas cosas que faltaban en vez de mandar a Maria. El día no pasó con rapidez, pero pasó.

Ray y yo solíamos acostarnos a las diez, a las diez y media como mucho. Esa noche no fue distinta. Cenamos en el exterior —hamburguesas a la parrilla y mazorcas de maíz—, acostamos a Tommy y nos tomamos una copa de vino en el salón, sumidos en un cómodo silencio. Me acosté junto a Ray y estuve atenta a su respiración, escuchando cómo se quedaba dormido.

A las once, me levanté y bajé al lavadero, donde había guardado un conjunto de ropa.

Durante el resto de mi vida, me preguntaría los verdaderos motivos de Joan. ¿Quería que nos reuniéramos en el Cork Club por motivos sentimentales? Allí habíamos sido felices. Ella había sido feliz allí, la reina de Houston. O tal vez no fuera feliz. Tal vez solo le hubiera servido de distracción.

Iba a reunirme con Joan esa noche porque quería una conclusión. Me subí la cremallera del vestido y me pinté los labios a tientas.

Me imaginé nuestro futuro de forma clara: ella se mudaría y yo la vería unas cuantas veces al año, cuando volviera a Houston de visita. Nos cartearíamos. Hablaríamos por teléfono. Ray estaría contento.

Me atusé el pelo, me alisé el vestido, uno nuevo en un tono azul plateado, con un hombro al descubierto; era un vestido que normalmente no habría desaprovechado para un miércoles por la noche. Me pasé las manos por las caderas y apagué la luz antes de abrir la puerta del lavadero.

Ray. Me lo encontré con su pijama de rayas, con los puños apretados a los lados.

—Oh —dije, y busqué el pomo de la puerta a mi espalda, como si pudiera ocultarme de nuevo en el lavadero.

—Oh —repitió Ray—. Oh. —Me di cuenta de que se burlaba de mí. Ray rara vez se burlaba de mí. No era su estilo.

—He quedado con... —Dejé la frase en el aire.

—Has quedado con Joan. —Terminó por mí.

Asentí con la cabeza.

—¿Y también estabas con ella anoche? —Esperó mi respuesta. Como no respondía, continuó—: No estabas en la cama. Esperaba que estuvieras en mi despacho, bebiendo whisky, deprimida. No me levanté para comprobarlo, porque no quería saberlo. Pero lo sabía. —Apartó la vista.

—Me ha contado muchas cosas, Ray. Se ha explicado. Ha...

—¿Qué te ha contado? —Me interrumpió—. ¿Qué dijo exactamente?

Me miré las manos, me miré la manicura de hacía

una semana y también miré el bolso. No podía decirle a Ray lo que me había contado.

—¿Cece?

Lo miré.

—Se va —dije—. Se muda.

—Me da igual. —Y luego—: Me lo prometiste.

—Te prometo que volveré —repuse—. Te prometo que las cosas serán distintas. —Mientras lo decía, me pregunté cuántas mujeres le habían dicho eso mismo a sus maridos; cuántos maridos se lo habían dicho a sus mujeres. Me daba cuenta de que Ray quería creerme.

Guardó silencio, se limitó a mirarme mientras echaba a andar hacia la puerta delantera. Estaba a medio camino cuando volvió a hablar:

—¿Qué está pasando, Cece?

Me detuve.

—¿A qué te refieres?

—¿Cuándo se va a acabar? —Levantó los brazos y los dejó caer—. ¿Hay un final, con Joan?

Ray lo comprendía. No había un final con Joan. Ella seguiría para siempre.

Pero no se refería a eso.

—Sí —respondí—. Le he puesto fin. Solo tengo que verla una última vez.

Meneó la cabeza, molesto.

—Estoy tratando de ser sincera —añadí.

Ray resopló.

—¿Quieres un premio? No. Solo quieres a Joan.

Me daba cuenta de que quería preguntarme algo más. Iba a llegar tarde, pero lo mínimo que podía hacer era contestar la pregunta de Ray.

—¿Quieres a Joan como me quieres a mí? —preguntó en voz baja.

Me quedé de piedra.

—¿Cómo puedes preguntar algo así?

—Es una pregunta justa —replicó.

¿Lo era? Intenté pensar. Intenté aclararme las ideas.

—Nunca he querido a nadie como te quiero a ti.

Ray asintió con la cabeza.

—Si te vas, no puedo prometerte que vuelva a aceptarte.

No lo miré a la cara, no me detuve ni le pedí que repitiera sus palabras para asegurarme de que entendía lo que había dicho. Lo entendía. Si miraba a la cara de mi marido, a la cara que conocía mejor que la de ninguna otra persona, salvo la mía, y la de mi hijo, no saldría de esa casa, me quedaría y nunca sabría qué quería Joan.

Si hubiera tenido que elegir entre Ray y Joan, entre la vida de uno y la del otro, habría escogido a Ray. Por supuesto. Pero no estaba escogiendo, no lo hacía en realidad. Ray me aceptaría de nuevo, me permitiría regresar. Se lo explicaría, conseguiría que lo entendiera.

Y, tal vez, por eso no tuve la sensación de estar escogiendo. Ray era demasiado fiel, demasiado bueno y demasiado sincero. Siempre me querría. Siempre estaría allí.

Me fui porque no creía que estuviera hablando en serio.

El Cork Club estaba tranquilo esa noche. Había hombres de negocios desperdigados por el lugar, bebiendo whisky, tomando lo que suponía eran decisiones importantes. Uno de ellos, un hombre calvo con las mejillas sonrosadas de los borrachos, me miraba fijamente, pero la mayoría ni me miró. En primer lugar, lucía una alianza; y en segundo lugar... en fin, tenía veinticinco años y empezaba a ser demasiado mayor.

Me senté a una mesita para dos. Louis apareció un segundo después con dos copas de champán hacia abajo en una mano y en la otra una botella de champán.

—Ah —dije, ya que no quería herir sus sentimientos—. No he pedido nada.

—La señorita Fortier ha llamado —anunció sin mirarme a los ojos, concentrado como estaba en la ceremonia del champán, con la botella acunada en un paño blanco, como si fuera, pensé sin querer, un bebé—. Ha estado en la bodega de los Fortier durante años —murmuró al tiempo que acariciaba la etiqueta con una mano, una etiqueta en la que había escritas muchas palabras en francés que no significaban nada para mí—. Bollinger R. D., 1952 —continuó—. Champán.

—Deberíamos esperar para abrirla —dije—. A que venga Joan.

—Por supuesto —convino Louis.

Justo en ese momento apareció Joan, como si la hubiera invocado. Un placer profundo y sereno se apoderó de mí, y me di cuenta de que había pasado muchísimo tiempo desde la última vez que Joan me hizo tan feliz. Pero allí estaba ella, que acudía a encontrarse conmigo, a la hora convenida además. Entró en tromba, ataviada con un vestido de seda rojo con escote palabra de honor y una capa a juego sobre los hombros. Me pregunté, por supuesto, dónde se la había comprado. ¿En Nueva York? ¿En París? Me pregunté cuándo había tenido tiempo para pensar en la moda durante esos meses. Y después supe que Sid se la había comprado.

—Sid —dije cuando ella se sentó. Extendí el brazo por encima de la mesa para acariciar el rígido material de la capa con los dedos.

Joan asintió con la cabeza.

—Le encanta verme de rojo. —¿Con qué más le encantaba verla? Joan charló con Louis mientras este abría la botella de champán y yo la observé, observé a mi amiga, que parecía muy diferente de la que había visto la noche anterior, muchísimo menos vulnerable que la Joan de Glenwood.

Di un respingo al escuchar el tapón de la botella, aunque el ruido quedó amortiguado por el paño blanco de Louis.

Joan sonrió de oreja a oreja.

—Es una celebración —dijo ella.

—¿De qué? —¿Qué estábamos celebrando exactamente? ¿Su triste historia? ¿El secreto que había guardado desde que éramos adolescentes? ¿El hecho de que fuera a dejarme definitivamente?

—¡Celebramos tu presencia, Cece! No celebramos tu vida lo suficiente, ¿no te parece? —Había algo falso en su voz.

Brindamos, apenas un roce de nuestras copas. Pensé en Ray, que seguramente no estaría durmiendo, seguro que estaba dando vueltas o pasando las hojas de un libro en un intento por distraerse, y me asaltó el repentino impulso de romper mi copa contra la de Joan, pero el impulso pasó tan deprisa como había llegado.

Bebí un sorbo de champán. Joan hizo lo propio. Nos mantuvimos calladas, algo raro en nosotras. Las dos sentíamos la misma falta de entusiasmo, la misma melancolía.

—Necesito —comentó Joan, y se le quebró la voz. Estaba nerviosa, algo que me conmovió—. Necesito decirte otras cosas —dijo— y también necesito que me escuches. —Apuró la copa y Louis reapareció enseguida para rellenársela.

Joan encendió un cigarro y le dio una buena calada. Fue como si el humo del tabaco fuera lo único que se interpusiera entre Joan y la histeria. El cigarro era un consuelo, una forma de mantener la calma.

—Esto es lo que tengo que decirte —siguió. Carraspeó. Le di unos golpecitos a mi copa con un dedo—. Necesito dinero —dijo. Hizo una pausa, inspiró hondo y dio otra larga calada.

Me lo había supuesto antes de que me lo dijera. Tal vez lo supiera desde el principio.

—Puedes quedarte con el mío —repuse, aunque nada más hacer el ofrecimiento supe que no lo aceptaría.

—No, Cece. No puedo.

—Ay, Joan —dije—. ¿Qué piensas hacer?

Aplastó el cigarro en el cenicero de cristal verde y bebió otro sorbo de champán.

—Joan —dije con voz desesperada.

Me miró a los ojos.

—Necesito desaparecer.

La escuché, en silencio.

—Sid se dio cuenta de lo infeliz que era cuando vino. Ha accedido a ayudarme. Y es muy amable al hacerlo. Él también necesita dinero.

Me eché a reír.

—Tiene dinero, Joan. —Pensé en su enorme Cadillac, en sus llamativos trajes, en el sujetabilletes de oro—. Creía que ese era su mayor atractivo. —Era un comentario cruel, pero Joan no se percató.

—Ganó mucho dinero en Hereford —dijo ella—, pero luego lo perdió. Tiene los lujos superficiales que da el dinero, pero poco más.

—Como tú.

Asintió con la cabeza.

—Exactamente como yo.

—¿Cómo te va a ayudar?

Miró a su espalda para asegurarse de que nadie podía oírla. La forma en la que había entrado en el club esa noche, la ropa que lucía y el champán que había mandado sacar de la bodega... Todo era una farsa.

—Puedes contármelo —la animé, aunque temía lo que iba a decirme.

Soltó una carcajada nerviosa.

—Voy a desaparecer, con Sid. Y Sid va a pedirle dinero a mi madre.

—¿Vas a chantajear a tu propia madre? —pregunté—. ¿Qué te hace pensar que va a pagar?

—Pagará.

—Pero ¿por qué iba a hacerlo?

—Porque —dijo y no se atrevió a mirarme a la cara— Sid le va a decir que me hará daño si no lo hace. Ya lo ha dejado caer.

Estaba confundida, pero después me quedé de piedra al comprender el plan de Joan. El moratón, la admisión de Mary de que temía por Joan. De que temía a Sid. ¿Ese era el motivo?

—Oh —dije.

—Oh, ¿qué? No pienso detenerme ante nada.

—No —repliqué—. Parece que no lo vas a hacer.

Se encogió de hombros.

—Sid y yo tenemos un objetivo común. Va a ayudarme a desaparecer. Nos iremos a otra parte, empezaremos de cero.

—Desaparecer —repetí. La idea me resultaba incomprensible—. Vas a desaparecer. —Me eché a reír, se me escapó—. Nunca en la vida has sido alguien que no fuera Joan Fortier, lo sabes, ¿no? Desde que éramos pequeñas, todo el mundo sabía quién eras antes de que entraras en una habitación. ¿Crees que puedes renunciar a todo eso así sin más? —Chasqueé los dedos—. ¿Así? Creo que te equivocas. —La rabia me fue consumiendo a medida que hablaba—. Ya lo intentaste una vez —seguí—. La cosa no te salió demasiado bien. —En cuanto las palabras brotaron de mi boca, supe que era una crueldad. Pero me daba igual. Joan había sido cruel conmigo, ¿no? Había dejado que creyera que la conocía, que la comprendía, durante años.

—Odio ser Joan Fortier —dijo ella—. La odio. Odio lo que hizo.

Mi rabia desapareció.

—Eras muy joven —repuse.

Se encogió de hombros.

—Necesito irme, Cece.

Pensé en Mary.

—Esto matará a tu madre.

—Sí —dijo sin titubear—. Sí, lo hará. Pero tú aprenderás a vivir sin mí.

«Tú aprenderás.»

—Nos veremos un par de veces al año —dije—. Hablaremos entre tanto. —Me lo imaginaba: le diría a Ray que iba a ver a mi padre, pero pondría rumbo a una rutilante nueva ciudad. Joan me recogería en el aeropuerto y me llevaría a su apartamento.

—No —dijo Joan.

—¿No?

—No puedo.

—No puedes —repetí, uniendo las piezas muy despacio—. ¿O no quieres?

Joan adoptó una expresión contrita.

—Me conoces demasiado bien —dijo a la postre—, y necesito que nadie me conozca.

—¡No puedes empezar de cero! —exclamé—. No somos niñas. No es un juego. No puedes decidir empezar de cero solo porque te apetece. Solo porque has decidido que ya no te gusta tu antigua vida.

—Aquí no hay nada para mí —sentenció Joan—. Antes estaba David, pero ya no.

—Así que has quedado aquí conmigo para despedirte. En un lugar público, para que no montase una escena.

Extendió el brazo por encima de la mesa y me agarró la mano con gesto desesperado.

—Tengo que hacerlo —dijo—. Creo que sí puedes empezar de cero cuando tu hijo muere.

Joan me miraba como si fuera la única persona en el mundo. Había pasado mucho tiempo desde la última vez que me miró de esa forma. Nunca volvería a mirarme así.

Oí que me llamaba mientras yo atravesaba el club casi a la carrera, clavando los tacones en la moqueta. Tenía la sensación de correr sobre arena. En esa ocasión, yo corría para alejarme de Joan, cuando siempre había sido al revés.

—Perdóneme, señorita —dijo un hombre cuando pasé a su lado, por la puerta. Me estaba poniendo en ridículo.

Quería estar en otra parte. No sabía dónde: en casa no, con Ray, que me odiaba. Me metería en el coche y ya lo decidiría. Tal vez un hotel. Un lugar en el que no conociera a nadie. Si Joan podía desaparecer, yo también. ¿Por qué no? ¿Quién me lo impedía?

En ese momento salí al exterior. El calor me recibió como un viejo amigo. El aire estaba tan cargado que se podría cortar. Aminoré el paso hasta andar con normalidad. Un aparcacoches se tocó la gorra a modo de saludo.

No sabía adónde ir. Mis planes se desvanecieron. Estaba perdida.

Después, sentí la mano de Joan en mi hombro. Alcé mi mano hacia la suya de forma instintiva.

—No quiero que te vayas —dije. Una cosa era imaginármela en otra ciudad, con una dirección y un número de teléfono. Una forma de ponerme en contacto con ella. Y otra muy distinta era imaginármela desapareciendo.

—Lo sé.

Me condujo hasta un banco cerca del puesto de los aparcacoches, y la frescura del hierro bajo mis muslos, a través de la seda de mi vestido, fue un alivio. Allí era donde las mujeres con zapatos de tacón esperaban a que los aparcacoches les llevaran sus automóviles. Desde allí se veía Houston. Su bullicio, su extensión. Nunca viviría en otro sitio. Pertenecía a ese lugar, de la misma manera que Joan. Todas lo hacíamos. Pero, a diferencia de Joan, nunca me marcharía. No quería hacerlo. Mi hijo vivía allí, al igual que mi marido.

Por primera vez en la vida tenía algo con lo que presionar a Joan. Podría destruir su plan en un segundo.

—¿Por qué me lo has contado?

Hizo ademán de hablar, pero se detuvo.

—¿Por qué me lo has contado? —insistí—. Podría decírselo a tu madre. Podría decírselo a la policía.

Joan negó con la cabeza.

—Confío en ti.

—¿Cómo puedes decir que confías en mí? Has estado años sin contarme absolutamente nada.

—Lo siento —dijo, y su voz sonaba lastimera—. Te lo he contado porque quiero que una persona sepa la verdad. Que me conozca... quiero que me conozcas, Cece.

Me emocioné. No pude evitarlo.

—¿Puedes fiarte de Sid?

Asintió con la cabeza.

—No te preocupes por Sid. Lo conozco desde hace mucho. No te preocupes por mí.

—Ay, Joan —dije—. ¿Crees que va a funcionar? ¿Crees que puedes desaparecer sin más? ¿Crees que tu madre dejará de buscarte alguna vez?

—Es mundo es grande. Encontraré un rincón en el que esconderme. Será como si nunca hubiera existido. Casi lo conseguí en otra ocasión. Podría haberlo conseguido de tener dinero. Es un plan que llevo ideando años.

—Años —repetí—. Creía que eras feliz.

Joan me dio un apretón en la mano.

—¿De verdad lo creías?

—Pues sí.

Era el don de Joan, o su maldición, porque no estaba segura, el ser tan insondable.

Le había fallado. Todos le habíamos fallado.

Oí el rugido a lo lejos, un Cadillac negro dobló la esquina. Joan se tensó, alerta. Era el coche de Sid.

—Prométeme... —dijo Joan—. Prométeme que me ayudarás.

Joan me había ayudado cuando éramos jóvenes. Si pudiera retroceder en el tiempo, ¿qué les diría a nuestros yo más jóvenes? Le diría a Joan que tuviera cuidado. Le diría que no fuera tan descuidada con su afecto. A mí me diría lo mismo. Sabía que necesitaba que Joan se fuera tanto como ella necesitaba irse. Mi vida no era mía cuando ella estaba presente.

—Muy bien —dije.

—Dilo.

—Te lo prometo.

Han pasado años y sigo sin comprender qué sucedió a continuación. Sid apareció en su Cadillac, una tartana enorme. Salió hecho una furia del coche y le soltó algo al aparcacoches que se acercó a por sus llaves. Sid no se las dio. Sentí pena por el aparcacoches, el mismo que se había tocado la gorra al verme. Parecía desolado —no lo conocía— y, en ese momento, entendí el motivo: el coche de Sid les bloqueaba el paso a los demás. De modo que de ahí la urgencia tan inmediata: Sid tenía que irse. Tenía que apartar el coche. Podría costarle el puesto al aparcacoches.

Lo vi todo desde lejos.

Le puse una mano a Joan en la rodilla.

—No tienes que hacerlo —dije, pero sabía que lo haría.

—No tengas miedo por mí —susurró Joan—. Estaré bien. Es de cara a la galería.

¿Me asustó Sid aquella noche? Otras personas dijeron que yo parecía asustada. Una joven que había ido al Cork Club para tomarse algo con su prometido le dijo a un periodista del *Chronicle* que tanto Joan como yo parecíamos aterradas. «Y ese hombre, Sid Stark, agarró a Joan Fortier del brazo como si fuera una muñeca de trapo. Como si no fuera nada.»

Sin embargo, no había nada de trapo en Joan aquella noche. Era sólida. Era fuerte. Seguía con mi mano en su rodilla.

—Sid —dije—. Sid. —Era la primera vez que él me miraba a los ojos desde aquella soleada mañana, tantos años antes, cuando me convencí de que había rescatado a Joan de la cama en Sugar Land. A lo mejor la había rescatado, o a lo mejor no. Nunca lo sabré.

«Es una buena chica», dijo él en aquel momento, y nunca olvidaría esas palabras.

—¿Qué quieres que haga? —pregunté, y Sid contestó en lugar de Joan, enfurecido...

—Quiero que te quedes ahí sentada y mires. —Su cuerpo irradiaba calor. Percibía su rabia. Era capaz de captar su olor tan peculiar: sudor, puros y rabia. Pero ¿era algo real? ¿Sid era tan buen actor como mi querida Joan?

—No hablaba contigo —repliqué. Sentí que Sid se movía hacia mí, sentí cómo su presencia me rodeaba, pero me daba igual—. Joan —dije—. Joan. ¿Qué quieres que haga? —«Dímelo, Joan. Han pasado muchos años y sigo sin saberlo.»—. Joan —repetí—, por favor, contéstame.

Sin embargo, Joan estaba concentrada en Sid, concentrada en lo que haría, en dónde la llevaría.

—¿Joan? —insistí, con voz titubeante en esa ocasión—. ¿Por favor?

No contestó. Nunca contestaba. Me quedé sentada mientras veía cómo Sid medio arrastraba medio llevaba a Joan a su coche. La verdad, era difícil saber qué hacía. ¿Se quería ir Joan? ¿Participaba de forma voluntaria? ¿Era una víctima? ¿Era algo intermedio?

Los miré.

En cuanto Joan estuvo en el coche, Sid dejó caer las llaves. Se tumbó boca abajo en el suelo, buscando a tientas por debajo del coche. Su torpeza le proporcionó algo de tiempo a Joan. Bajó la ventanilla, se llevó la mano a la boca y después me señaló con su mano extendida. Solo a mí. Como si el resto del mundo, salvo nosotras dos, hubiera desaparecido, tal como yo siempre había deseado. Se había congregado una multitud para observar el espectáculo, pero yo solo tenía ojos para Joan. Y ella solo tenía ojos para mí.

Hasta que se alejó en el coche, hasta que se la llevaron, no me di cuenta de que Joan me había lanzado un beso.

Joan había terminado conmigo. Y yo con ella. Intenté memorizar su cara, sería la última vez que la viera. Su pelo, sus brazos, la forma en la que entró en el Cork Club esa noche.

Sin embargo, solo veía la espalda de Joan. Teníamos seis años y ella corría hacia los brazos de Furlow. Teníamos trece años y ella desaparecía en el océano. Teníamos catorce años y ella salía por una ventana. Teníamos quince años y ella cerraba la puerta del dormitorio de mi madre por última vez. Teníamos diecisiete años y ella salía a la pista de baile del brazo de un muchacho. Teníamos dieciocho años y ella se colaba en un dormitorio durante una fiesta. Teníamos veintidós años y ella salía de un club, en esa ocasión del brazo de un hombre. Teníamos veinticuatro años y ella salía de mi casa con la promesa de regresar pronto.

Teníamos veinticinco años en ese momento y Joan buscaba otra cosa. Ojalá que en esa ocasión la encontrara.

28

1957

La puerta principal de la casa no estaba cerrada con llave, tal como me la había dejado. Tal vez Ray me estuviera invitando a entrar. «Es mi hogar», pensé mientras entraba en el vestíbulo y dejaba las llaves junto al jarrón verde que había comprado antes de que Tommy naciera y que me encantaba mirar todos los días. Lo cogí y lo admiré en ese momento: era pequeño, pero pesado, sin adornos, sin la sofisticación de cualquier objeto de casa de mi madre. No estaba pensado para tener algo dentro. Solo para existir sobre el taquillón de la entrada y ser admirado.

Entré primero en la habitación de Tommy. Sentía la presencia de Ray, estaba en la casa conmigo, pero no sabía dónde.

Tommy estaba dormido, como siempre a esa hora. Podía contarse con él para muchísimas cosas: para dormir y despertarse a ciertas horas, para comer lo que yo le daba. Para ser un preciado peso contra mi pecho, con su húmeda mejilla contra la mía y su aliento en mi oreja. Para brindarnos placer a Ray y a mí sin intentarlo siquiera, por el mero hecho de existir. En eso consistía ser madre, o en eso debería consistir, pensé mientras le colocaba a Tommy el pelo detrás de la oreja: ser un lugar de descanso para tu hijo. Ser el nexo entre el mundo y él. Joan no había querido estar atada a nada ni a nadie. Se quedaría con Sid mientras la ayudara. Y después también lo abandonaría a él, tal como abandonaba a todo el mundo.

Yo había sido una carga para mi madre, tal como David había sido una carga para Joan. Y también me había convertido en una carga para la propia Joan. Pero ya tenía veinticinco años y era esposa y madre. Ya no era la carga de nadie.

Me di cuenta de que Ray entraba en la habitación. Quería quedarme allí para siempre: Ray a mi espalda y Tommy delante de mí.

—Cece —dijo Ray, y habló en voz baja para no despertar a Tommy, pero no era amable—. Mírame.

Mi certeza desapareció. No tenía nada sin Ray.

—No puedo —susurré. Pensaba: «Si no lo miro, no podrá decirme lo que quiere decirme. Si no lo miro, se marchará y yo podré colarme en la cama junto a él, más tarde, y nos despertaremos por la mañana y me habrá perdonado. Tendrá que perdonarme».

Eran las dos de la madrugada. Tenía la sensación de que nos movíamos en un sueño.

—Vete —dijo en voz alta, y Tommy se agitó mientras dormía. Ray parecía al borde de la histeria. Nunca le había oído un tono de voz así.

Estaba furioso, estaba furioso porque se sentía dolido. Saberlo me infundió valor, de modo que me di la vuelta y me acerqué a él. Me planté delante de Ray, muy cerca, pero sin llegar a tocarlo; era evidente que no quería que lo tocase.

La primera noche que pasé en el apartamento de soltero de Ray, me desperté por la mañana temprano y Ray estaba de pie, junto a la cama. Daba la sensación de que llevaba allí un tiempo. No dije nada, me limité a cerrar los ojos una vez más. Nadie me había observado mientras dormía hasta ese momento.

Éramos jóvenes. Estábamos enamorados. Ray intentaba conocerme al observarme durante el momento en el que estaba más vulnerable. Cuando Joan y yo éramos adolescentes, creíamos que las relaciones eran el vehículo de la pasión y del romanticismo. No sabíamos nada del matrimonio ni del ámbito doméstico. Los hombres seguían siendo eso para Joan: pasión y sexo. Una necesidad de algo que Joan era incapaz de nombrar.

Sin embargo, yo sabía lo que quería. Quería eso. Quería estar con el hombre que ansiaba conocerme con tanta desesperación que me observaba mientras dormía. Quería lo que ya tenía.

—Ray —dije, y clavé la mirada en la suave alfombra azul marino que había comprado después de que naciera Tommy sin reparar en el precio. Había esperado a que naciera, hasta saber si era niño o niña, para comprarla—. Quiero tener otro hijo.

No fue rudo, pero tampoco fue precisamente delicado, cuando me agarró de los hombros.

—Repítelo.

—Quiero otro hijo. —No podía mirarlo a la cara.

—Mírame a la cara y repítelo.

No olí alcohol en su aliento. No era la clase de hombre que intentase ahogar los problemas con la bebida. Tampoco era la clase de hombres que lanzara amenazas vacías. No era la clase de hombre que debería haber acabado con una mujer como yo. Le había mentido más veces de las que quería recordar. No le había dado motivos para confiar en mí.

—Quiero otro hijo —repetí.

—Parece muy conveniente —dijo Ray.

Sí que lo parecía, y tal vez lo fuera. Pero era verdad. Era un anhelo que llevaba grabado en los huesos.

A esas alturas, mis ojos se habían acostumbrado a la oscuridad. Podía ver las bolsas debajo de los ojos de Ray, señal de que no había dormido. Algo cambió entre nosotros: Ray me creía.

—¿Va a ser distinto esta vez? —preguntó. Su voz sonó lastimera en vez de severa. Todavía me deseaba. Todavía me necesitaba.

—Ahora soy toda tuya —le aseguré—. Te lo prometo.

Una promesa de una mujer como yo no valía nada. Tenía que demostrarlo de alguna manera. Me acerqué a la cuna de Tommy, metí un brazo entre los barrotes y le acaricié la cabeza. Todavía, pese a los años, era un alivio comprobar que respiraba. Cuando era un recién nacido, entraba en su habitación en plena noche, con la certeza de que le tocaría la mejilla y la descubriría fría en vez de cálida. Creía que era la única madre del mundo que lo hacía, porque no me imaginaba a mi propia madre preguntándose si seguía viva o no. Cuando era niña, yo dormía en la habitación de Idie. Un día, le mencioné a Ciela lo que hacía con Tommy y se echó a reír, me dijo que ella había hecho exactamente lo mismo decenas de veces cuando Tina era bebé. Antes pensaba que Joan estaba libre de todas las preocupaciones de la maternidad. Sentía lástima de ella y, a veces, cuando tenía un día especialmente malo con Tommy, sentía celos. Pero, cómo no, Joan también había ido a ver a David de noche.

Sentía la mirada de Ray sobre mí. Lo cogí de la mano y lo saqué del dormitorio de nuestro hijo para entrar en el nuestro.

—Ven aquí —dije, y le di unas palmaditas en el sitio que había junto a mí—. Siéntate.

Lo hizo.

El colchón se hundió bajo su peso. La cama estaba deshecha: parecía imposible que hubiera estado durmiendo en ella apenas unas horas antes. Pasé la mano por la suave sábana que había entre los dos. Las sábanas se cambiaban todas las semanas, como un reloj, desde que nos casamos.

—Ray —dije—, quiero contártelo todo. —Se me quebró la voz.

Al otro lado de la ventana, el cielo seguía oscuro, pero pronto se iluminaría. Tommy se despertaría. Tenía poco tiempo. ¿Quién puede decir lo que nos merecemos y lo que no en esta vida? Yo no me merecía a Ray. Él se merecía algo mejor que yo, una esposa tan dispuesta a ir a lugares a los que él tenía vedado el paso.

—Joan —comencé—. Creía que la conocía por completo. Creía que la comprendía.

Ray no hizo preguntas. Se limitó a escuchar.

Le hablé de Evergreen, de la extraña tensión que siempre había percibido entre Mary y Joan, de la ferviente devoción con la que Furlow había mimado a su única hija. Le hablé de lo generosos que habían sido los Fortier conmigo, pero mis sospechas de que, en cierta forma, siempre había sido una doncella para Joan: la mitad de guapa y con la mitad de suerte. Por supuesto, él ya sabía algo, conocía los detalles generales, pero nunca me había sincerado con Ray, ni con otra persona, acerca de Joan.

Ray dio un respingo cuando dije que era la mitad de guapa que Joan. Hizo ademán de corregirme, pero lo silencié. Era un hecho que yo no era tan guapa como Joan. Además, ¿qué le había reportado su belleza al final? El orgullo de su madre. La atención de todos los hombres, incluso la de aquellos a los que no había que atraer. El desprecio de todas las mujeres.

Si se sorprendió cuando le conté que Joan me había llevado a Glenwood el martes por la noche, no lo demostró. Como tampoco se sorprendió ni se escandalizó al enterarse de lo de David: ni de su vida, ni de su muerte.

Al final, le conté el plan de Joan: pedirle dinero a Mary y huir. O, para ser precisa, huir y pedirle dinero a Mary. Cuando Mary enviara el dinero, Joan ya estaría muy lejos.

Casi me interrumpí en ese punto.

—¿Cee?

Continué.

—Sabes que mi madre murió —dije—, pero no sabes cómo lo hizo. —Cuando terminé, me cogió de la mano. Sentí su palma fría contra la mía, ardiente—. La quería —dije—. Pero nunca la conocí.

—Amar y conocer a alguien no son equivalentes —repuso él con una sonrisa torcida—. No puedes conocer a alguien que no quiere que lo conozcan. —Hablaba de mí, no de Joan—. Lo abandonó —añadió.

Intenté ver el mundo con la sencillez de mi marido. Nos había agotado a los dos. Le coloqué una mano en la barbilla, áspera por la barba. Ray era lo que yo quería. Y casi había renunciado a él.

—No fue tan sencillo —repliqué.

—No —dijo él—. Nunca lo es. Pero me da igual, Cece. Te ayudó, pero eso fue hace mucho tiempo. Quiero que vuelvas.

—Me tienes —aseguré—, si me quieres.

—Te quiero. Siempre te he querido. —Me acarició el pelo—. Ya sabes lo que tienes que hacer —siguió, y no era una pregunta.

—Sí —dije.

—¿Y qué es?

—No tengo que hacer absolutamente nada. Solo tengo que dejarla marchar.

Ray asintió con la cabeza. Sonreí, no pude evitarlo.

—Joan y tú queréis lo mismo.

Ray me besó en la frente y yo contuve las lágrimas.

Ray me dejó dormir hasta tarde esa mañana. Esperó con Tommy, le dio el desayuno y jugó con él mientras yo dormitaba en nuestra cama. Yo había dejado la puerta abierta, de modo que podía oírlos. Mi dulce hijo y su mimoso padre. La voz de Ray y los ruiditos de Tommy —una vez incluso se echó a reír— casi hicieron que me durmiera del todo.

¿Qué estaba haciendo Joan en ese preciso momento? Había hecho eso toda mi vida. Aquí estoy, pensaría, comiendo tortitas con Idie y Joan está en casa, lavándose la cara con un paño, con Mary cerca para asegurarse de que se lava a conciencia. Aquí estoy, acostada en Evergreen, mientras Joan se salta la hora de llegada con John. Aquí estoy, comiéndome un sándwich de atún con Ray, mientras Joan está tomando el sol junto a la piscina, con un cóctel en la mano. Podía saborear el vodka mientras el licor se deslizaba por su garganta. Podía sentir el calor del sol que le bronceaba las piernas untadas de aceite.

Pero, en ese momento, descubrí que no podía imaginarme lo que Joan estaba haciendo. La vi con Sid, en un coche, perdidos en alguna parte, dirigiéndose hacia... En fin, no sabía el destino. El dolor que me inundó mientras estaba acostada en la cama fue algo físico: lo sentí en el estómago, en los hombros. Lo sentí en todo el cuerpo.

Nunca volvería a ver a mi amiga. Me dije esas palabras, las repetí en silencio hasta que se convirtieron en una plegaria. Pero no terminaba de creérmelas. Seguro que no era la última vez que veía a Joan Fortier.

29

1957

En esa ocasión, la desaparición de Joan fue un escándalo de primera magnitud. Tres días después de la última vez que la vi, me levanté temprano y salí de casa descalza. El camino de entrada ya estaba caliente, aunque solo eran las cinco de la mañana y el sol aún no había salido. Abrí el *Chronicle* y encontré una foto de la cara de Joan y un titular: *Joan Fortier desaparece*. Era una fotografía antigua, una de mis preferidas: estábamos en el Cork Club, y Joan miraba por encima de su hombro. ¿Me estaba mirando a mí? No lo recordaba.

Era lo que estaba esperando. Leí el artículo sin entrar en casa, mientras el hormigón me calentaba los pies. Ni siquiera me había puesto la bata. El artículo era breve. La doncella de Joan había llamado a la policía al ver que Joan no regresaba a casa el miércoles por la noche. Pensé en Sari mientras hacía la cama de Joan, alisando las sábanas con esas manos tan capaces. Me pregunté hasta dónde habrían llegado sus suposiciones acerca de lo que sucedía.

La ropa de Joan seguía en su armario. Me demoré en ese detalle. Tenía sentido, por supuesto. Si vas a fingir un secuestro, no puedes llevarte una maleta. Pero el detalle me entristeció muchísimo. Yo había elegido el guardarropa de Joan. O, al menos, lo había elegido en su mayor parte. Cuando se ponía una falda que yo había escogido, un vestido que yo había diseñado para ella, me gustaba imaginar que pensaba en mí.

Me pregunté si Mary estaría leyendo el periódico en ese mismo momento. Era una mujer madrugadora, más a medida que envejecía. Me pregunté si acaso dormía y si cuando lo hacía, sería un sueño breve e inquieto, como el mío.

Sid le habría dicho a Mary que no se pusiera en contacto con la policía. Tal vez ella le había dicho a Sari que lo hiciera. Tal vez ya les hubiera enviado el dinero con la esperanza de que Joan apareciera el día menos pensado, tan perfecta e impoluta como el día que desapareció. Tal vez Mary sospechara que Joan la estaba engañando. Mary era muy astuta. Pero si alguien podía engañarla, si alguien era capaz de hacerla actuar en caliente en vez de con la cabeza fría, esa era Joan.

Entré en casa con el periódico y lo dejé en la mesa de la cocina, tras lo cual subí la escalera para encerrarme en el cuarto de baño.

Me quedé en la ducha hasta que se gastó el agua caliente. Apoyé la cabeza en las baldosas mientras el agua helada me caía sobre la cara. Y lloré. Era como experimentar otra muerte: primero, mi madre; después, Joan. Pero, para esta muerte, no contaba con el consuelo de Joan.

El día que saltó la noticia, la policía vino a casa. Fueron amables. Estaban investigando la desaparición de Joan como un caso de secuestro con Sid como principal sospechoso. Todo se estaba desarrollando tal cual Joan lo había deseado.

Les dije que Sid me había parecido un poco brusco, que Joan no parecía ella misma. Pero que eso era lo único que sabía, dije. Que no conocía muy bien a Sid Stark.

—Pero conocía a Joan —señaló un policía, el de mayor edad—. ¿Era ella consciente de que se encontraba en peligro?

—Sacó la mejor botella de champán de la bodega de su padre. Un gesto atípico. —Me observaron con gran atención—. Pero no sé por qué lo hizo.

Regresaron de forma periódica durante las semanas y los meses posteriores, y después dejaron de hacerlo.

La primera vez que Joan desapareció, no nos preocupamos. Quería que regresara, pero sabía que estaba bien. Me había enviado una postal. Pensamos que se había marchado a Hollywood. Un rumor que había extendido la misma Mary, pero que todos creímos. Joan se encontraba en algún lugar glamuroso, siendo glamurosa. Todo tenía sentido y, por supuesto, Mary estaba metida en el ajo.

En esta ocasión, su desaparición parecía fatídica. Ya no tenía dieciocho años, no estaba en la flor de la juventud, en el mejor momento para que la fichara el director de un estudio, o un empresario rico. El mundo de Joan ya no era ilimitado. Y, además, estaba Sid; un forastero con una reputación fea. Nadie confiaba en los forasteros.

En algunos momentos deseaba que la policía apareciera otra vez en mi puerta y destapara mi mentira. Pero, de todas formas, Joan no volvería. Con dinero o sin dinero, había encontrado un rincón en el mundo y se había escondido en él.

Una semana y media después de la desaparición de Joan, Ciela vino a mi casa. Me había llamado varias veces, pero yo no contestaba las llamadas telefónicas desde la desaparición de Joan. No asistí a la reunión del Club de Jardinería, y envié a Maria a comprar al Jamail's en vez de hacerlo yo. El *Chronicle* había solicitado alguna cita mía para publicarla, por mi condición de mejor amiga de Joan. No les devolví la llamada. Darlene me había dejado una tarta de café en la puerta, un gesto tan considerado que me conmovió. Esperaba que llamara a la puerta, que entrara en tromba, buscando algún cotilleo. No quería hablar con ella. Ni con Ciela. No quería hablar con nadie, salvo con Ray. Y, sobre todo, no quería hablar con Mary. No sabía si sería capaz de mentirle. No sabía si mi corazón lo permitiría, atado como estaba a Evergreen. En dos ocasiones había llamado una mujer, pero se había negado a dejar un mensaje —sus palabras literales—. Ray fue quien atendió las dos llamadas. Dijo que la voz podía ser de cualquiera y pareció irritarse por mi certidumbre, por mi insistencia en pedirle que me repitiera las palabras exactas que había empleado. Pero ¿quién se habría negado a dejar un mensaje si no Mary Fortier?

Estaba haciendo unos largos en la piscina cuando abrí los ojos y vi que una mujer me miraba desde el borde. Por un instante pensé que era Joan. Sin embargo, mis ojos la enfocaron bien y la emoción (¿temor? ¿alegría?) desapareció. Solo era Ciela, observándome.

No me deslizaba con elegancia por el agua, como lo hacía Joan. Mis brazadas eran torpes, desaliñadas. Nunca nadaba dando brazadas. La piscina era para remolonear, para mojarse los pies. Para sentarse en el borde con una copa en la mano. Pero tenía que distraerme. Ya no soportaba sentarme sin hacer nada, a esperar noticias, el ritual diario de abrir el *Chronicle* en el camino de entrada.

Sin embargo, sabía que sería peor cuando Houston empezara a olvidar, cuando las noticias sobre Joan pasaran de la portada a la última página. Cuando algún otro escándalo, más reciente, captara nuestra atención.

—¿Qué haces aquí? —No pretendía parecer hostil, pero la imagen de Ciela en mi piscina cuando era evidente que yo quería estar sola, me desarmó—. Me refiero a que no sabía que ibas a pasarte —enmendé, tratando de que mi voz sonara más agradable y suave.

—No he podido hablar contigo —respondió, restándole importancia al asunto—. Se me ha ocurrido venir a verte. Maria me ha dicho que estabas aquí.

Salí del agua. Me tomé mi tiempo para secarme, escurrirme el agua del pelo y aplicarme aceite en las piernas. El olor a coco me recordó a Joan.

—¿Te importa que nos sentemos aquí fuera? —pregunté—. Quiero tomar un rato el sol.

No quería tomar el sol ni mucho menos. Odiaba ponerme morena. El aceite era para las visitas de Joan. No sabía muy bien por qué lo había usado, salvo por el hecho de que no quería entrar en casa con Ciela.

Ciela esperó hasta que estuvimos sentadas, un poco incómodas, en las tumbonas rojas de plástico. Ella no parecía incómoda, aun ataviada como iba con un vestido ajustado de color amarillo. Todavía no se le notaba el embarazo.

—Debes de estar destrozada —empezó. No me esperaba su compasión.

Me eché a llorar y ella se sentó a mi lado.

—Vas a arruinarte el vestido —comenté al tiempo que señalaba la mancha de aceite que se extendía en la zona de la cadera.

Ella negó con la cabeza.

—Es viejo. ¿Cómo estás, Cece? ¿Cómo lo llevas?

—La echo de menos —contesté.

—Por supuesto que la echas de menos. Y sin saber... dónde está. —Eligió las palabras con cuidado—. Y la pobre Mary Fortier, pobrecilla. Joan era su vida.

—Sí —repliqué con un hilo de voz.

Ciela siguió.

—También era tu vida, ¿a que sí? Antes os envidiaba por lo unidas que estabais —confesó.

—¿Y ahora?

—Ahora lo siento por ti. —Me soltó la mano y se colocó el pelo detrás de las orejas. Llevaba unos pendientes de rubíes y turquesas en forma de estrella. Era capaz de lucir con acierto joyas que en otra persona parecerían horteradas.

No me molestó su compasión. La recibí de buena gana. Quería que me tocara otra vez. Extendí la mano para tocarla, pero en ese momento ella se volvió y dejé la mano en el regazo.

—Cece, tengo que preguntarte algo. Sé que viste a Joan antes de que desapareciera. —Todo el mundo lo sabía. Había salido en el periódico y, aunque no lo hubiera hecho, Ciela lo habría sabido. Las noticias volaban en nuestro círculo, y Ciela siempre se enteraba de todo—. ¿Te dijo algo antes de desaparecer?

Mucho después admiré la astucia de Ciela. De haberme preguntado si sabía adónde se había ido Joan, podría haberle contestado que no con total sinceridad.

Pero me hizo la pregunta adecuada, lo que significaba que sospechaba. Agradecí que supusiera que Joan había confiado en mí.

Estuve a punto de decírselo.

Pero no lo hice. La miré directamente a los ojos y mentí.

—No —respondí.

Ciela asintió con la cabeza.

—Pobre Joan —dijo.

—¿Por qué? —repliqué.

—Nunca fue realmente feliz. En el fondo, nunca fuimos bastante para ella, ¿verdad?

Mis piernas, que relucían al sol, ya tenían un color más oscuro.

Ciela esperó mi respuesta.

—¿Crees que está muerta? —susurré.

—Eso es lo que piensan todos —contestó Ciela—. Lo siento. Es que cuanto más tiempo pase sin que recibamos noticias... No es muy prometedor, ¿verdad?

No respondí. «Prometedor.» Qué forma más rara de expresarlo.

—¿Qué opinas? —insistió Ciela en voz baja.

—No lo sé —contesté con sinceridad—. Creía conocerla —añadí despacio. Quería decirle algo, algo que fuera verdad—. Pero, al final, resulta que no la conocía.

La cristalera se abrió. Ray estaba en casa.

—Hola, Ciela —dijo, siempre considerado y agradable. Estaba detrás de nosotras—. ¿Te ha ofrecido Cece algún cóctel?

Esa tarde me acosté en la cama con las cortinas corridas. No encendí el ventilador. Tommy estaba durmiendo la siesta y dejé que Maria se fuera temprano a casa. Ray estaba en su despacho.

De repente, la habitación se llenó de luz.

—Alguien ha venido a verte —anunció Ray. El colchón se hundió bajo su peso cuando se sentó. Sentí una mano en la espalda.

No quería que me tocaran. Quería estar a solas con mi sufrimiento.

Pero esa mano era pequeña, y su roce era suave.

Me di media vuelta.

—Hola —me dijo Tommy, que de un tiempo a esa

parte hablaba mucho. Ya llevaba su pelele, y tenía el pelo húmedo y peinado hacia atrás. Olía a polvos de talco.

Extendí los brazos y se lanzó a ellos sin titubear.

—Hola —repliqué—. Hola.

Las noticias del día siguiente se centraban en el arresto que sufrió Sid, años antes, por fraude fiscal. No había nada violento en su pasado, al menos, no oficialmente; pero ¿quién sabía? A Houston le encantaba especular.

Acababa de entrar con el periódico cuando sonó el teléfono. No sé qué me llevó a contestar.

—Cecilia —dijo Mary después de que yo saludara.

—Sí —repliqué—. Soy yo.

Presioné el auricular contra la oreja, esperando casi oír los sonidos de Evergreen: algún criado llevándose una taza de café; Joan, correteando en el fondo. No oí nada, por supuesto. Esos eran los viejos sonidos de Evergreen.

—¿Mary? —dije con voz indecisa. Esa mujer me convertía en una niña en un abrir y cerrar de ojos.

—Espero que hayas visto el artículo de hoy del *Chronicle.*

—Sí. —Lo tenía en la mano. Distinguía el olor de la tinta y del papel.

—Tú también eres madre.

—Sí —repliqué en voz baja.

—En ese caso, podrás imaginarte... —Guardó silencio—. He llamado para decirte que sé que no sabes nada, Cecilia.

No repliqué.

—Sobre el posible paradero de Joan. Porque si lo supieras, me lo habrías dicho. Se lo habrías dicho a alguien. Quieres demasiado a Joan como para no hacerlo.

Aferré el auricular con fuerza.

—¿Cecilia? ¿Hago bien en suponerlo? —Yo seguía sin poder hablar—. ¿Cecilia? ¿Estás ahí? Por favor. —Oír cómo se le quebraba la voz a Mary Fortier, escucharla por fin como lo que era: una mujer de sesenta y siete años preocupada, me permitió responder. Ella misma se lo había buscado. Había colaborado en la ruina de Joan.

—Sí —susurré. Y repetí, en voz más alta—: Sí, lo habría dicho. Por supuesto que lo habría dicho.

—Eso pensaba —repuso Mary, cansada. Parecía muy mayor—. Eso pensaba, Cecilia. Eso pensaba. Joan tiene suerte de contar con una amiga como tú.

Creo que Mary Fortier se habría sentido complacida si yo hubiera sido su hija. Quería las mismas cosas que ella quería: quedarme en mi sitio, ni más ni menos. ¿Había sido Mary quien había arruinado a Joan? Tal vez el culpable fuera Furlow, que la había hecho creer en la ficción de su propio poder. De esa manera, la había tratado más como a un hijo que como a una hija, permitiéndole creer que podía tener cualquier cosa. Todo. Solo tenía que desearlo para que fuera suyo. Durante un tiempo fue cierto: un poni, un diamante, la infinita adoración de Furlow. Pero, después, Joan dejó de ser una niña y sus necesidades se hicieron más complejas: empezó a desear un mundo que Furlow no podía haber previsto. Y no le había dado los medios para moverse por dicho mundo, porque, en el fondo, Furlow no había querido que lo hiciera. Furlow le había dado muchas cosas a Joan, pero jamás le había abierto una cuenta bancaria a su nombre.

¿O fue David quien arruinó a Joan? Un niño que no podía evitar las circunstancias de su propia vida. Un niño nacido del irreflexivo deseo de su madre. Podría ser una fantasía, pero quería creer que David le había dado algo a Joan. Que Joan podía haberse arrepentido de su vida, pero no de su hijo; que era capaz de separar una cosa de la otra: el sufrimiento del regalo de su existencia. David le había entregado su confianza a su madre, aun cuando Joan no la merecía.

Pero ¿quién sabe?

Nadie quería que Joan se marchara. Era una hija. Nosotros, sus padres y yo, creíamos que nos pertenecía. Las hijas se quedaban en su sitio. Las hijas acataban. No se marchaban.

Pero, al final, Joan no era hija de nadie.

Ray me encontró sentada a la mesa de la cocina, mirando por la ventana.

—Todo saldrá bien —dijo.

Tal vez sí, pensé, o tal vez no. Solo el tiempo lo diría. Pero había algo seguro: la cálida mano de Tommy en la mía, todos los días. La sólida presencia de Ray a mi lado, todas las noches. La vida de Joan me era desconocida. Pero Tommy y Ray estaban vivos, estaban sanos. Eran míos.

30

1958

Viví un año sin saber qué le había sucedido a Joan. Ya estuviera viva o muerta, no tenía modo de saberlo. Houston continuó con su vida, como de costumbre. Había sobrestimado el interés de la ciudad por Joan Fortier. Debería haberlo sabido: al fin y al cabo, llevaba viviendo toda la vida allí. A veces, creía que lo mejor era que Joan se hubiera ido cuando lo hizo. Había muchachas más jóvenes y resueltas para ocupar su lugar. Al principio, cuando las chicas y yo recuperamos la rutina de ir al Petroleum Club para las cenas mensuales, éramos un espectáculo. Las amigas de Joan. Después, poco a poco, la gente dejó de mirar. También habría dejado de mirar a Joan, aunque ya sabía que a ella le habría dado igual.

Nunca volví a hablar con Mary Fortier. Lo intenté en una ocasión. Fui a Evergreen, cuando estaba embarazada de cuatro meses y se me empezaba a notar. Me quedé embarazada un mes después de que Joan se fuera y, al principio, temí por el bebé que crecía en mi interior, temí que pudiera arruinar esa nueva vida con mi tristeza. Tenía náuseas, tal como me había sucedido durante el embarazo de Tommy, pero esas eran distintas. Parecía que me estaba purgando. Me pasaba días enteros tirada en el suelo de baldosas y solo me ponía de rodillas para vomitar. Mi desdicha servía a un propósito, en contraposición con el anhelo imposible que sentía por Joan. Mi anhelo no la traería de vuelta.

Nunca averigüé lo que Mary sabía de la desaparición de Joan. Y, a la postre, no supe qué era peor: no saber nunca el destino que había corrido tu hija o saber que tu hija te había estafado. Que tu hija había orquestado su desaparición, al menos en parte, porque no quería volver a verte.

Leí la esquela de Furlow en el *Chronicle*. Se celebraría un funeral, pero no habría ceremonia religiosa. La imagen que acompañaba la noticia de su muerte era la misma que había visto en tantas ocasiones: un joven Furlow de pie en un campo de petróleo, con la vida por delante y sin que Joan fuera siquiera una posibilidad. Fue una bendición que la mente de Furlow desapareciera antes que Joan. No habría sobrevivido a su ausencia. Ojalá que hubiera muerto sumido en un mundo en el que su hija seguía presente, era guapa y lo quería.

Empecé a olvidar. Es una de las mayores bendiciones de la mente o su peor travesura: olvidamos a los que queremos. Si pensé en ella un millar de veces al día en los meses posteriores a su desaparición, después pensé novecientas noventa veces en ella el año posterior a su desaparición, y así sucesivamente, hasta que tuve que mirar su fotografía para recordar su cara. Pero su voz, esa voz ronca y melosa, siempre la recordaría.

Fui a Evergreen para dar el pésame. Ray me esperó en el coche, con Tommy. En ese momento, me tocaba a todas horas la barriga, un indicio de lo que había ganado al sacrificar a Joan. Y Tommy... Tommy floreció después de que Joan se marchara. Ojalá pudiera verlo, deseaba con desesperación que pudiera disfrutar del niño en el que se estaba convirtiendo. Por fin hablaba sin problemas, tenía preferencias que yo ni habría soñado: le encantaban los pájaros que comían del comedero que había al otro lado de nuestra ventana, sobre todo, le encantaban los ruiseñores. Le encantaba la música, el sonido de las copas al brindar, algo que Ray y yo descubrimos una noche al brindar por nuestro aniversario de bodas con copas de champán. Por las noches, brindábamos siempre, nosotros con vasos de agua y él con un vaso de leche, antes de cenar. Ya no lo escondía. Me sentía culpable por haberlo hecho en otro tiempo.

Dorie abrió la puerta.

Mary estaba en Galveston.

—Allí es donde vive ahora —dijo Dorie.

—¿Sola?

Dorie asintió con la cabeza.

—Totalmente sola.

Retrocedí —Dorie no me había invitado a entrar—, pero cambié de opinión.

—Quiero ver una imagen de él. Una fotografía.

—¿De quién?

—Ya sabes a quién me refiero —dije en voz baja.

Dorie no se movió. Nunca le había caído bien, ni siquiera cuando era pequeña.

—Sé que tiene que haber una —insistí.

Ella asintió con la cabeza, un gesto apenas perceptible. Cuando regresó, un minuto después, llevaba un pequeño marco de plata, reluciente.

Abrió la puerta mosquitera y lo dejó en mi mano.

—David —dije. Los ojos de Joan, sus labios—. Era guapísimo. —Y era cierto.

—Ni se lo imagina —replicó Dorie, pero habló con voz tierna.

—Se parece a Joan. Es Joan en miniatura. —Sonreía con la vista hacia un lado. Parecía tener unos cuatro años. Ya no era un bebé, pero tampoco un niño crecido. Quería pensar que estaba mirando a su madre, a la mujer que solo había querido a una persona en la vida: a él.

Parecía como cualquier otro niño. Seguramente no sabría hasta qué punto lo quería su madre. Le devolví la fotografía a Dorie.

—¿Dónde está esta foto? —pregunté.

—En mi mesita de noche —contestó—. La señora Fortier también tenía una en la suya. Se la llevó consigo.

Asentí con la cabeza y retrocedí un paso. Estar allí, en Evergreen, me destrozaba. Casi esperaba que Joan rodease la casa, ataviada con su bañador rojo, me sonriera y me hiciera señas para que la acompañase a la piscina.

—Fue un niño querido —dijo Dorie con fervor, antes de que yo me diera la vuelta para marcharme—. Fue un niño adorado.

Mi hija nació en abril, cuando las azaleas estaban en flor. Le pusimos Evelyn, por la abuela de Ray. Ray me preguntó si quería ponerle Joan de segundo nombre, pero le dije que no. Quería que el nombre muriese con Joan, conmigo.

Cuando Evelyn tenía seis meses y Houston ya no parecía estar tan caldeado como el mismísimo infierno, abrí un sobre sin remitente. Casi no lo vi: el colgante de Joan, el que Furlow le había regalado tantísimos años antes. No lo había visto desde aquella noche, cuando aún estábamos en el instituto.

—Mira —dije, y sostuve la delicada cadena con un dedo. La estrella era más pequeña de lo que recordaba, al igual que el diamante.

Evelyn intentó cogerlo.

Nota de la autora

He pasado mucho tiempo investigando sobre el pintoresco y rico pasado del Hotel Shamrock de Houston, y aunque en la mayor parte de los casos he intentado ser fiel a la historia, los hechos en este libro siempre están supeditados al placer de la ficción. Un ejemplo: en marzo de 1957, el Cork Club mudó su emplazamiento del Hotel Shamrock a un local situado en el centro de Houston. En el libro, por supuesto, sigue formando parte del hotel. Mi corazón no soportaba ese cambio.

Agradecimientos

Gracias a mi agente, Dorian Karchmar, cuya dedicación a la escritura en general, y por suerte a la mía en particular, es tan apasionada. A veces, todavía me sorprende su entrega.

Gracias a mi editora, Sarah McGrath, con quien tengo la suerte de trabajar. Ha mejorado muchísimo este libro. No hay ojos más perspicaces que los suyos. Sin su paciencia, su sosegada presencia y sus sugerencias editoriales, siempre incisivas y brillantes, este libro no habría sido escrito. Siempre le estaré agradecida.

Gracias a todo el espectacular equipo de Riverhead, pero en especial a Geoffrey Kloske, a Jynny Martin, a Danya Kukafka y a Lydia Hirt.

Gracias a mi publicista, Liz Hohenadel, cuyo amor por los libros es contagioso, y que es fantástica promocionándolos. No pretendo comprender todo el trabajo que conlleva la publicación de un libro, pero estoy muy agradecida por todo el esfuerzo que tanto Riverhead como Liz han dedicado al mío.

Gracias a Tracy Fisher, Anna DeRoy, Simone Blazer y Jamie Carr, de William Morris Endeavor.

Gracias al Departamento de Lengua Inglesa de la

Universidad de Auburn, donde todos los días me rodean buenos estudiantes y compañeros.

Gracias a Tim Mullaney por leer el manuscrito.

Gracias a Roy Nichol por su generosa ayuda al explicarme el mundo de River Oaks.

Como siempre, gracias a mi madre, a mi padre y a mi hermana por su amor y por su apoyo.

Gracias a mi marido, Mat Smith, por todo.

Este libro está dedicado a los dos Peters de mi vida: al del pasado, y al del presente y el futuro.